알로하

알로하

윤고은 소설집

창비

차
례

프레디의 사생아

이미 죽은 사람이 걸어다니는 집에 살 이유는 없다.

단, 그가 프레디 머큐리라면 얘기가 좀 달라진다.

여러 출판사에서 다양한 판형의 책을 내는 작가들은 마음에 들지 않는다. 모든 출판사의 책들이 다 같은 판형이라면 모르겠지만 현실이 그렇지 않으니 하는 말이다. 책들을 나는 출판사별로 정리해야 하는가, 아니면 작가별로 정리해야 하는가. 작가별로 정리하고 싶지만, 그렇게 되면 책의 높낮이가 엉망진창이 된다. 출판사별로 정리하자니 필요할 때 책을 찾기가 어렵다. 이건 모두 여러 출판사에서 여러 책을 낸 작가들 때문에 벌어지는 소모적인 고민이다. 책장 정리에 집착하는 나 같은 독자는 전혀 고려하지 않은, 배려 없는 결정인 것이다. 이년 전, 바스띠유 부근에 이삿짐을 풀었을 때도 비슷한 고민을 한 기억이 있다. 빠리 이전, 서울에서도 별반 다르지 않았다. 이사할 때마다 나는 책장 정리 기준에 대해 고민했다. 모든 책이 다 같은 판형을 고수한다면 문제될 게 없지 않은가. 그렇게 투덜거리다보면 책은 얼추 정리가 된다.

책 정리를 할 때는 주로 퀸의 음악을 들었다. 지금 흘러나오는 것은 그들의 1986년 웸블리 공연 실황 앨범이었다. 그걸 몇번 반복해서 들은 후에 정리가 막바지에 다다르면 퀸의 마지막 앨범 'Innuendo'로 넘어갈 예정이었다. 이건 늘 같은 순서였고 지금이 음반을 교체할 시점이었다. 나는 한 손에 맥주캔을 든 채로 몇소절을 따라 하며 오디오 쪽으로 걸어갔다. 그런데 오디오에는 어떤 음반도 들어 있지 않았다. 뭐지…… 나도 모르게 숨을 죽였다. 허공에 귀를 기울이자 들켰다는 듯이 갑자기 음악이 뚝 끊기고 말았다. 분명 내가 오디오를 향해 걸어갈 때까지만 해도 음악이 흘러나오고 있었는데 말이다. 저 빈 오디오에서.

음반 정리는 이미 책 정리에 앞서 다 끝내놓은 상태였고, 대부분 케이스의 규격이 일정하다보니 수월했다. 아티스트별로 배열되어 있었고, 거기서 퀸의 웸블리 공연 앨범을 찾는 데는 삼초도 걸리지 않았다. 케이스를 열어 그 내부를 확인하는 데도 긴 시간은 필요하지 않았다. 동그란 CD가 케이스 안에 그대로 들어 있다는 것에 머리가 복잡해졌을 뿐이다.

내가 오디오에서 멀어져 책장 앞으로 걸어가자 음악이 다시 들리기 시작했다. 「A kind of magic」이었다. 갑자기 피로가 몰려왔다.

내일 오전에는 14구에 있는 프레데릭과 앙뚜안, 아멧을, 그리고 오후에는 6구와 8구에 있는 마르셀과 루치를 만나야 했다. 모두 유명한 조향사들이고 어렵게 잡은 약속이었다. 다음 날엔 또다른 약속들이 기다렸다. 나는 자야 했다.

노랫소리가 또 들린 건 다음 날 밤 열시쯤, 인스턴트 라자냐를 데우고 있을 때였다. 누군가가 노래를 부르기 시작했는데, 내가 그 노랫소리를 처음부터 인지한 건지 아니면 중간에 깨닫게 된 건지도 모호했다. 처음에는 노래가 아니라 거리에서 들려오는 조금 시끄러운 대화라고 생각했던 것이다. 그러나 여긴 조용한 동네였다. 게다가 들리는 목소리는 조금도 낯설지 않았다. 나는 그 목소리의 다음 대사를 예상할 수도 있었다. 그건 「Don't stop me now」였다.

4옥타브를 자유롭게 넘나드는 목소리, 누가 들어도 그건 퀸의 전설적인 보컬 프레디 머큐리였다. 나는 숟가락을 내려놓고 노랫소리에 좀더 가깝게 다가갔다. 소리는 조금씩 가늘어지다가 어느 순간 멈춰버렸다. 침실과 연결된 발코니 앞이었다. 창을 열고 발코니로 나가보았다. 8월 말, 빠리 16구의 까만 밤이 있었다. 비둘기색 지붕 아래 정갈하게 늘어선 창문들, 그리고 새어나오는 불빛을 통해 다른 이들의 씰루엣을 볼 수 있었으나, 그뿐이었다. 기타를 연주하거나 노래를 부르는 이는 보이지 않았다. 다시 방으로 들어와 창을 닫았다. 검은 머리, 짙은 눈썹, 깎았다고도 길렀다고도 할 수 없는 모양새의 턱수염, 뭔가에 홀린 듯한 표정으로 서 있는 동양 남자는 바로 나였다. 나 외에는 아무도, 아무것도 없었다. 나는 괜히 「Don't stop me now」의 몇구절을 중얼거렸다.

지난 며칠간 퀸의 노래가 귓가에 맴돌았는데, 그러지 않은 순간이 있다면 내가 의식하지 못한 것뿐이었다. 누구의 음반도 누구의 흉내도 아니었다. 노래가 재생된 순서도 이상했다. 이런 순서로 구성된 앨범은 찾으려도 찾을 수 없을 것 같았다. 라자냐는 그새 식어 있었다.

이 문제를 다시 생각해보게 된 건 하루 이틀이 더 지난 뒤, 집에 놓을 화분을 사러 갔을 때였다. 화원은 집이 있는 거리의 맨 끝에 있었는데, 주인 여자는 배달장부에 내가 적은 주소를 보고 새로 이사 온 거냐며 반색을 했다. 이사 온 후 동네에서 이렇게 살갑게 맞아주는 사람은 처음이어서 얼떨떨했다. 화원의 녹색 차양에는 '1979년부터'라는 글자가 인쇄되어 있었고, 주인은 가게를 연 후 이 동네를 떠나본 적이 없다고 했다. 주인은 나 이전의 거주자들에 대해서도 많은 걸 알고 있었다.

"아는 사람은 다 알죠, 거기에 프레디 머큐리가 두해 정도 살았던 거."

나는 처음에 화원 주인이 농담을 한다고 생각했지만 그게 아니었다.

"아는 사람은 다 안다고요? 전 몰랐는데요?"

주인은 나를 흘끔 보고서 대답했다.

"소문이 근거 없이 퍼지나요."

나는 그 자리에 주저앉아 이런저런 얘기를 나눴다. 주인의 말에 따르면 프레디 머큐리가 이 동네에 처음 온 건 1983년이라고 했다.

그것은 퀸의 빠리 공연이나 프레디 머큐리의 쏠로앨범과는 별개로 흘러간 또 하나의 역사였다. 바쁜 프레디 머큐리는 이곳을 아주 가끔 머무는 지극히 사적인 용도의 휴식처로 사용했는데, 여기에 살았던 이년은 그 어디에도 기록되어 있지 않지만 아는 사람은 알았다. 그 녹색 차양 아래서 한시간가량 앉아 있는 동안, 나는 퀸의 노래를 부르는 게 누구의 입도 음반도 아니고 그 집이라는 걸 알게 되었다. 내가 오전에 걸어나왔고 이제 내가 걸어들어가야 할 저 집 말이다. 프레디 머큐리가 여기 살던 당시에는 종종 그의 목소리가 창밖으로 들렸다고 했다. 이년 후 이 집 주인은 지금의 소유주로 바뀌었는데, 프레디 머큐리와는 어떤 관계도 없는 사람이었다. 프레디 머큐리가 1991년에 죽은 후로도 이 집에 프레디 머큐리가 산다는 소문이 돌았는데, 가끔 들리는 노랫소리와 그가 창문을 열고 닫는 걸 봤다는 몇몇 제보 때문이었다.

내가 프레디 머큐리의 집에 들어오게 된 건 단지 타이밍 때문이었다. 한사람이 집을 구할 그 시기에 또 한사람은 최대한 빨리 세입자를 구해야 했고, 어느 여름날 오후에 우리는 만나게 된 것이다. 물론 이 구역을 선택한 건 나였다. 16구는 집세가 비쌌지만, 이곳에 둥지를 트는 것은 사업상 필요한 전략이었다.

이 집에 프레디 머큐리의 목소리가 출현한다는 걸 화원 주인이 아는 걸 보면 이웃들은 다 안다는 건데, 부동산에선 내게 그런 얘기를 해주지 않았다. 하긴 프레디 머큐리의 목소리가 들린다는 것이 집을 거래할 때 홍보할 부분이 되는지 숨길 부분이 되는지는 모호했다. 어쨌든 그는 죽은 사람 아닌가. 그러나 월 900유로의 임대

료로 프레디 머큐리가 살았던 집에 살 수 있다면, 그건 나쁘지 않은 것도 같았다. 한때 퀸이 내 우상이던 시절도 있었다. 귀신이라 해도 한번쯤 만나볼 만하지 않은가. 900유로는 적지 않은 돈이었지만, 이 동네의 시세로 보면 오히려 저렴한 편이었다. 화원 주인의 말로는 이 집 주인이 오랜 시간 집을 방치해뒀다고 했다. 어쩌면 그는 어떤 노래를 들을 만한 시간조차 없었던 걸지도 모른다. 설사 무언가를 들었다 해도 여긴 빠리 아닌가. 발자끄, 졸라, 보들레르, 싸르트르, 위고, 싸강, 이오네스꼬, 싸띠, 고흐, 쇼팽, 삐까소, 위트릴로, 달리…… 이름만 들어도 요란한 이웃들이 살았고, 그들이 한번쯤 거쳐간 집이야 발에 챌 만큼 많았다. 이 도시에서 프레디 머큐리가 잠깐 살았다는 게 뭐 대수일까. 게다가 이미 런던의 가든 로지, 몽트뢰의 호숫가가 프레디 머큐리의 흔적을 잘 보여주고 있지 않은가. 여긴 단지 집만 덩그러니 있을 뿐이다. 순례할 만한 것도 없다. 그 흔한 푯말 하나 붙어 있지 않은, 이 무명의 집에 운 좋게 내가 들어온 것뿐이다. 적당히 차분해진 나는 화분이 배달되어 오면 그걸 어디에 둘까 고민하기 시작했다. 화분이 온 다음에 자꾸 옮겨서 힘 빼고 바닥을 망가뜨리느니 그전에 자리를 확실히 정해두는 게 좋았다. 그때, 왜 여기에 순례할 게 없느냐는 듯이 소리가 들리기 시작했다. 프레디 머큐리의 소리가.

그랬다. 여기엔 프레디 머큐리의 목소리가 있었다. 그는 「Now I'm here」를 부르고 있었다. 이건 어마어마한 것 아닌가. 매일 몇 톤의 꽃다발이 놓일지 모르는 런던의 가든 로지나 몽트뢰의 프레디 머큐리 동상 아래 종일 서 있어봐야 들을 수 있는 건 여행객들의 목소리와 카메라 셔터음뿐이다. 그런데 여기엔 사람들이 프레디 머큐리를 사랑할 수밖에 없던 그 이유가 있었다. 그의 노래 말이다.

화분은 약속한 시간에 배달되었다. 화원 주인은 벤저민이나 스투키를 비롯한 화분들을 거실 곳곳에 놓아주었다. 나는 모두 다섯 개의 크고 작은 화분을 샀는데, 화분이 두개 더 있었다. 제라늄과 란타나. 그건 화원 주인의 선물이었다. 정확히 말하면 내가 아니라 프레디 머큐리에게 보내는.

"프레디 머큐리가 죽었을 때, 이 집 대문 앞이 흰 국화로 가득했지. 동네 주민들이랑 용케 여길 알았던 팬들이 두고 간 거예요. 국화 말고 제라늄이 있기도 했지. 프레디 머큐리가 제라늄을 좋아했거든요. 그건 나만 아는 사실이었지만, 국화가 떨어지고 나서 사람들한테 내가 그 사실을 알려줬지. 란타나는 취향에 맞았는지 어땠는지 모르지만. 그가 제라늄을 좋아했다는 걸 알고 있었어요?"

"아뇨, 고양이를 좋아했던 건 압니다만."

"그건 누구나 다 아는 거고. 이제 아는 사람만 아는 것도 좀 만들어봐요."

화원 주인은 집을 한바퀴 쓱 훑어봤다.

"책이 많네. 이 집 주인이 무슨 사업을 한다는데 주로 외국에 드나드는 일이었어요. 그러니까 여긴 삼십년 넘게 비어 있다가 오랜만에 사람을 만난 거예요. 이 집이 얼마나 좋겠어요, 지금. 이렇게 화초도 있고. 한국분이라고 했죠? 책을 쓰시나? 학생은 아닌 것 같은데."

슬쩍 물어보는 어조였지만 어쩌면 그게 본론이었을 수도 있다. 내 대답이 이 여자의 입을 통해 동네 주민들과 공유될지도 몰랐다. 나는 아직 위아래 층의 이웃들과도 제대로 인사한 적이 없지만, 조용하고 보수적인 이웃들은 새로 이사 온 이방인에 대해 적당히 경계하고 있을 터였다.

"책에서 영감을 많이 받거든요. 지금은 향수회사를 운영합니다."

내가 과장한 건 표정뿐이었다. 이 사업이 잘될 수 있을까에 대한 불안감 같은 것, 반드시 성공해야 한다는 절실함 같은 것을 한겹 아래 숨겼다. 이 도시를, 이 거리를 여유롭게 소비할 수 있는 이방인의 냄새를 풍기는 것, 그게 이 동네에선 특히 중요했다.

화원 주인이 가고 나서 나는 창가에 늘어선 제라늄과 란타나를 한참 바라보았다. 책장에는 프레디 머큐리에 관한 책이 두권쯤 있었다. 문학서적은 아니어서 작가별도 출판사별도 아니고 주제별로 분류해둔 거였다. 폭 80센티미터의 육단 책장으로 네단 정도가 예술들의 삶에 관한 책들로 채워져 있었다. 『베토벤의 가계부』와 『글렌 굴드 피아노 쏠로』 사이에 프레디 머큐리가 있었다. 한권뿐이었다. 다른 한권이 더 있었는데, 그건 어디로 갔는지 보이지 않았다. 역시 분야 상관없이 가나다순으로 배열했어야 하는 건가. 나는 프레디 머큐리를 들고 소파에 앉았다. 책은 연도별로 프레디 머큐리의 스타일이 어떻게 바뀌었는지를 보여주고 있었다. 1980년, 만 서른네살 되던 해부터 프레디 머큐리는 콧수염을 기르고, 더이상 레오타드를 입지 않았다. 이때부터 팬층에 변화가 생겼다. 떠나가는 팬도 있었고 더 가까워진 팬도 있었다. 1985년의 첫 쏠로 표지를 보면 변화된 프레디 머큐리의 외모가 드러난다. 이 집은 책의 진행대로라면 167페이지 전후 어딘가에 들어가 있어야 했다. 그러나 책의 어디에도 이곳의 흔적은 없었다.

16구로 이사 온 목적을 상기시켜준 건 서울에서 걸려온 벗의 전화였다. 벗은 이년 전에도 서른일곱에 빠리까지 이동한 내 결정을 유일하게 응원해준 사람이었다. 그는 첫마디에 빠리는 좀 어때? 하고 물었는데, 그건 내가 빠리에 간 목적, 그러니까 향수사업에 대한 질문이었을 것이다. 그걸 모르진 않았으나 지금 내 기분은 167페이지 전후의 어딘가에 도사리고 있었다. 내 대답은 동문서답이 될 수밖에 없었다.

"이사를 했어. 그런데 누가 살던 집이었는지 알아? 프레디 머큐리!"

벗은 나만큼이나 흥분했지만 내 얘기의 절반만 믿는 것 같기도 했다. 아니면 이게 얼마나 엄청난 일인지 실감하지 못하는 것일 수도 있었다. 나는 그의 반응이 성에 안 차서 얼른 덧붙였다.

"누군지 알지?"

벗이 그를 모를 리가. 벗은 대학 때 내게 퀸의 음악을 전파해준 전도사였다. 그는 단지 너무 놀란 나머지 할 말을 잃어버린 걸지도 몰랐다.

"프레디 머큐리가 네 영감일지도 몰라. 그가 널 빠리로 부른 걸지도 모른다고."

벗이 드디어 입을 열었다.

"네 빠리행은 좀 갑작스럽지 않았어? 잘 다니던 회사를 그만두고 갑자기 빠리로 가서 향수사업의 둥지를 틀겠다고 한 과정을 생각해봐. 이년 전에 네가 거기로 갈 때만 해도 이렇게 오래 머물 줄은 몰랐어. 네 모든 여정 뒤에는 그가 있었던 거야, 프레디 머큐리."

갑자기 온몸에 소름이 돋았다. 이상한 전율에 휘말려서 뒷목이 마구 간지러울 지경이었다. 나는 오래전 일을 기억해냈다.

"그 넥타이 같은 것?"

내 말에 벗은 아직 그걸 기억하느냐며 웃었다. 미당 서정주의 넥타이 말이다. 대학 때 우리는 전북 고창에 있는 미당문학관에 간 적이 있었는데, 거기서 벗이 미당의 넥타이 하나를 슬쩍했던 것이다. 순식간에 벌어진 일이었다. 나프탈렌 냄새 나는 장롱 속에는 미당의 물품들이 전시되어 있었는데, 보안장치가 따로 없어서 벗은 마치 제 것을 꺼내듯 거기서 넥타이를 꺼냈던 것이다. 벗은 시인 지망생이었다. 내가 그걸 두고 죽은 사람의 물건인데 좀 찜찜하지 않으냐고 묻자 벗은 상기된 얼굴로 대답했다.

"미당이라면 얘기가 다르지. 난 내게 시귀가 씌길 간절히 기다리고 있다고."

그뒤에 나는 그것이 진짜 미당의 넥타이가 아니라 전시 소품 중 하나가 아니겠느냐는 의혹을 제기하기도 했다. 그렇지 않고서야 그렇게 허술하게 놓여 있겠느냔 말이다. 그러나 벗은 당시는 개관 초기여서 그랬을 수도 있다며, 그게 아니라도 자신이 CCTV조차 눈감아줄 만큼 빈곤한 도둑이었으니 괜찮다고 대답했다. 어느 쪽이든 벗은 몇년 후에 시로 등단했고, 지금도 그 넥타이를 부적처럼 갖고 있다.

그걸 내가 가질걸. 아니면 손수건이라도. 그런 생각을 한참이 지나서야 몇번 했다. 나는 시인을 꿈꾸지 않았고 향수회사에 들어가 성실한 홍보맨이 되었지만, 영감이 불필요한 분야가 지구상에 어디 있겠는가. 나는 늘 창의력 부족을 지적받았고, 영감이 필요했으나 스무살 이후 그것은 고갈되고 있었다. 무척 빈곤했다.

"삼십년간 비어 있다시피 했다면, 뭔가 흔적이 있을지도 몰라. 나라면 일단 지하나 다락부터 찾아보겠어."

벗은 그렇게 말했다. 확실히 주도면밀한 녀석이었다. 나는 다시 미당에서 프레디 머큐리로 넘어와, 고창에서 빠리로 넘어와, 이 집에 대해 생각했다. 노래는 계속되었다. 그가 부르는 「I was born to love you」를 듣고 있자니 심장이 빨리 뛰기 시작했다. 노랫소리는 마치 바로 귓가에 입술을 대고 부르는 것처럼 사실적으로 들렸다. 어디선가 불쑥, 프레디 머큐리가 걸어나올 것 같은 기분도 들었다. 그 언젠가, 무대에서 샴페인잔을 손에 들고 있었던, 건배를 권하던 그 씰루엣으로.

나는 접신이라도 받아들일 각오로 그의 목소리에 몰입했으나 잠들어버리고 말았다. 그리고 몇시간 후 잠에서 깨자마자 창고 문을 열었다. 창고, 창고가 있었다. 벗의 말대로 뭔가가 있을지도 몰랐다. 여긴 4층 아파트의 4층이었고, 지하나 다락 같은 건 없었지만, 햇빛이 들지 않는, 세평쯤 되는 창고가 딸려 있었다. 그것은 집 주인이 짐짝처럼 몇짝의 와인을 보관하는 데 썼던 것으로, 지금은 텅 비어 있었다. 나는 창고 문을 열고 그 먼지들을 훑어보기 시작했다.

그리고 그 작업 끝에 몇개의 성과를 얻었다. 깨진 와인병으로 추정되는 유리 조각 몇개, 담배꽁초 몇개, 질감과 양감이 풍성한 먼지 덩어리와, 벽의 균열인 줄 알고 닦았을 뿐인데 걸레에 딸려나온 머리카락 한올.

머리카락은 검은색이었고, 좀 낡아 보였다.

프레디 머큐리의 집을 수색하기 위해 이사를 한 건 아니다. 분명 그랬다. 나는 이사 전에 새로 만든 향수 쎔플 백개를 프랑스 전역의 향수평론가와 조향사들에게 보냈다. 16구에 향수 스튜디오를 여는 것과 동시에 야심작이라 할 만한 제품을 출시할 예정이었고, 그것에 대한 평을 듣고 싶었던 것이다. 그러나 어떤 반응도 돌아오지 않았다. 모두가 묵묵부답인 건 아니었지만, 돌아온 몇몇 반응은 충분히 평이한 것이어서 눈에 띄지 않았다. 내가 원하는 반응은 오지 않는데, 경쟁사라고 할 만한 브랜드들(그들은 생각이 다를 수도 있었다)에서는 용케도 내 새 주소로 자신들의 홍보물을 보내왔다. 그중에는 양장본 형태의 케이스를 가진 제품도 있었는데, 책 안쪽을 향수병 모양으로 파낸 후 그 안에 향수병을 넣어둔 형태였다. 그리고 맨 앞 열 페이지 정도에는 향수의 탄생 비화 같은 것이 적혀 있었다.

향수와 가장 가까운 감각은 물론 후각이겠지만, 요즘에는 향수도 눈으로 읽는 경우가 더 많았다. 향수 자체보다도 하나의 향수를 설명하기 위해 동원되는 이미지와 표현들을 읽는 게 더 중요한 시대였다. 최근에 접한 어떤 향수 하나는 '멋진 분비액'이라는 이름을 갖고 있는데, 코코넛과 백단향을 주로 이용한 제품이었다. 그건 그냥 향수일 뿐이지만, 로사 도브의 설명에 따르면 이것은 '외설적인 대안'이며 '파괴적이고' '불온한' 무언가다. '첫눈에 사랑 또는 증오를 느끼게 될 것'이며, '피, 땀, 정액, 침처럼 사람들을 환락이나 쾌락의 절정으로 끌어올리는 후각적인 성교와 같다'고 한다. 나는 그 표현이 부러웠다. 어떤 이들에게는 향수가 영감을 불러일으키는 무언가가 되기도 하지만, 정작 그런 영감의 언어들을 가장 필요로 하는 건 바로 향수 자체였다. 내 새로운 브랜드야말로 그런 영감의 언어들, 놀라운 수식들이 필요했다.

나는 메리라는 직원과 함께 일했다. 굳이 16구로의 이사를 부추긴 것도 메리였다. 그녀의 요구사항은 더 있었다. 16구로 이사를 한 후에는 동네의 사교모임에 나가고, 스타와 연애를 하고, 이름 중간에 '드(de)'를 넣는 건 어떠냐고도 했다. 그 모든 노력이 우리 브랜드로 돌아올 거란 얘기였는데, 나는 그중에 겨우 하나를 실행했을 뿐이다. 메리는 상류층의 거주지로 출근을 하니 신이 난 모양이었다. 그러나 거주지를 옮겼다고 해서 우리 브랜드의 급이 갑자기 높아진 건 아니었다. 메리는 향수 쨈플을 보낼 주소록을 만들면서 상습적으로 놀랐다. 누구는 알베르 까뮈의 후손이고, 누구는 헤네시 가문의 손자고, 누구는 누구의 조카이며, 누구는 누구의 딸이라는 식이었다. 향수시장에서 거물급 중에서도 이렇게 출생 자체가 묵직한 이들이 따로 있었고, 그들의 영향력은 컸다. 메리는 마침내 인정하듯이 외쳤다.

"아아, 이 바닥은 역시 피가 중요하다니까요."

지난 몇주간, 내가 한 일은 향수계의 거물들에게 단어 하나를 구걸하는 거였다. 내 향수에 대한 느낌을 한 단어라도 좋으니 말해달라는 식이었는데, 유명한 평론가들에게 아무리 쌤플을 보내도 정답을 들을 수 없었다. 내 것에 부여된 말들 중에는 마음에 드는 것이 없었던 것이다. 사람들은 너무 바빴고, 내 브랜드는 젊긴 했지만 그게 다였다. 내 딴에는 획기적이고 신선한 브랜드라고 생각했지만 실은 빠리에서는 흔히 찾아볼 수 있는 작은 회사에 불과했다. 어쩌면 일초에 아홉병씩 팔린다는 모 화장품처럼 이런 향수회사가 빠리에서 일초에 아홉개씩 생겨나고 있을지도 몰랐다. 향수평론가들에게는 하루에도 몇백병씩 새 향수들이 배달될 테고, 그중에 하나가 내 향수다.

루아얄 거리 끝자락부터 깜봉 거리까지 순회하며 발품을 팔았지만, 내가 얻은 건 수취인이 내가 맞는지조차 증명할 수 없을 만큼 아주 통상적이고 무난한 메모들뿐이었다. 그 메모를 가방에 집어넣는 나를, 메리는 안쓰럽게 바라보았다. 가방 안에 머리카락이 들어 있지 않았다면 나는 더 우울해질 뻔했다. 그러나 프레디 머큐리의 머리카락이 가방 안에 있었기 때문에 나는 메리의 염려만큼 우울하지는 않았다.

그것은 지퍼백 속에 들어 있었다. 나는 그것을 어떻게 할까 고민하다가 일단 화원 주인을 만나보기로 했다. '1979년부터'라는 글씨 아래 앉아 있는 그 여자는 이 머리카락을 어떻게 해야 할지에 대해서도 알고 있을 것 같았다. 물론 이것에 대해 소문을 내도 좋았다. 그런 식으로라도 소문나고 싶었다. 프레디 머큐리의 머리카락을 지퍼백에 넣어 가지고 다니는 남자, 정도로.

화원 주인이 블랑을 보내주겠다고 했을 때는 그게 새로 나온 식물의 한 종류인 줄만 알았다. 그러나 다음 날 오전에 문을 두드린 건 어떤 식물이 아니라 블랑이라는 이름을 쓰는 여자였다. 나는 얼떨결에 문을 열고 커피도 대접했다. 블랑은 집을 보러 온 사람처럼 여기저기 두리번거렸다.

블랑은 내게 이 집을 어떻게 하고 싶으냐고 물었다. 그게 어떤 의미인지 몰라서 나는 이사 온 지 얼마 되지 않았다는 대답을 할 수밖에 없었는데, 속으로는 이 여자가 나를 이 거리에서 몰아내려는 것이 아닌가 경계하고 있었다. 블랑은 전형적인 이 동네 원주민처럼 보였다. 내 대답에 블랑은 프레디 머큐리 말이에요. 그를 어떻게 할 거냐고요, 하고 말했다.

블랑은 유명인들이 살던 집에 살고 있는 세입자가 그 집을 잘 활용하도록 도와주는 전문가였다. 여기서 세입자란 표현은 그 집을 소유했는지 임대했는지의 여부와는 관계없는 말이었다. 내가 설사 이 집의 소유주라 하더라도 나는 프레디 머큐리의 집에 들어온 세입자와 같았다. 인지도 면에서, 사람들은 누구나 그렇게 생각할 거였다.

블랑은 집을 남긴 유명인사들은 대체로 두 부류로 나눌 수 있다고 했다. 몹시 자주 이사한 경우와 한곳에 진득이 눌러산 경우였다. 쇼팽은 빠리에서만 아홉번 이사했고, 발자끄는 열번이나 이사했다. 그런가 하면 프로이트 같은 사람은 사십칠년간 한집에서만 살기도 했다. 또는 이렇게 분류할 수도 있었다. 대중에게 내부를 공개한 집과 그러지 않은 집. 쇼팽은 빠리에서만 아홉번 이사했지만, 그중에 사람들에게 내부가 공개된 곳은 단 한곳도 없었다. 복원된 형태의 집이 있긴 하지만 원래 집을 활용한 경우는 아니었고, 쇼팽이 마지막으로 머무른 방돔광장 12번지에는 그곳에 쇼팽이 거주했다는 간단한 설명만 붙어 있다. 그런가 하면 빅또르 위고가 머물렀던 보주광장의 집이나 바로 여기, 빠시 지구에 있는 발자끄의 집은 대중에게 온전히 공개되어 있었다. 물론 아무런 표식조차 없는 집도 있었다. 지금 여기가 그랬다.

"이제 이곳을 어떻게 할 것인지 결정하실 때네요."

내가 왜 그래야 하느냐고 묻자 블랑은 웃었다.

"사업을 하신다던데, 당신에게 나쁠 게 없을 거예요."

혹시 필요하면 자신이 도와줄 수 있다는 거였다. 블랑에게는 일정 금액을 내면 된다고 했다. 부동산 복비보다는 좀더 비쌌다. 선불리 결정할 수 없다고 하자 블랑은 나를 이해한다고 말했다. 블랑역시 누군가의 집에 살고 있었다. 에디뜨 삐아프가 한때 살았던 집이 지금 블랑의 집이었다. 그 말을 듣고 보니 블랑이 에디뜨 삐아프와 닮은 것 같기도 했다. 블랑은 그 집을 일반인들에게 공개하진 않았다. 다만 에디뜨 삐아프가 살았다는 흔적을 가로 20쎈티미터, 세로 18쎈티미터의 표식으로 만들어서 초인종 옆에 붙여놓았고, 에디뜨 삐아프를 기리는 여러 단체와도 긴밀히 교류하고 있었다. 그 공간은 블랑의 일에 있어서 중요한 역할을 했다. 블랑이 에디뜨 삐아프의 집에 살고 있다는 사실이 블랑을 만나는 고객들에게 공감을 불러일으켰고, 그게 결국엔 신뢰감으로 바뀌었다.

블랑이 떠난 후, 나는 책장 앞에 서서 다시 책을 정리하기 시작했다. 이미 문학은 작가별로, 비문학은 주제별로 한바탕 정리가 끝난 것이었지만, 이번에는 문학을 출판사별로, 비문학은 가나다순으로 한번 바꿔보는 거였다. 습관적으로 퀸의 음악을 틀려다가 관두었다. 나는 침묵 속에서 책을 정리했다. 그러나 잠시 후 노래가 들리기 시작했다.

가방 속에는 프레디 머큐리의 머리카락이 들어 있었다. 욕실 거울 앞에서 나는 그 지퍼백 속의 머리카락을 꺼내 내 것과 비교해보았다. 검다는 건 닮은 점이었고, 그외에 다른 점은 육안으로 식별할 수 없었다. 김 서린 욕실은 무언가를 판단하기에 부적합하긴 했다. 책 속의 그라면 사적인 영역은 사적인 영역으로 남겨두고 싶어할 것이 뻔했다. 그러나 프레디 머큐리는 이미 죽었다. 나는 거울을 보면서 말했다.

"이봐, 프레디, 어떻게 하는 게 좋겠어?"

"이 집을 어떻게 하고 싶어? 알 수 있는 노랫말을 줘봐."

그러다 피식 웃고 말았는데, 맥주 기운이 약간 올라오고 있었다. 그리고 그 기운 속에서 프레디 머큐리의 노랫소리가 들렸다. 그가 불러준 건 몽세라 까바예와 함께 부른 「Barcelona」였고, 그중에 그의 파트가 아닌 부분에서는 침묵했다. 바르셀로나, 바르셀로나, 바르셀로나. 이게 내 질문에 대한 답이란 얘기인가. 이 노래를 어떻게 해석해야 할지 막연했다.

메리가 온 건 자정이 넘어서였다. 이건 복권 당첨과 같은 거라고 메리가 말했다. 내가 술김에 그녀에게 전화를 건 듯했지만, 프레디 머큐리에 관한 얘기를 한 것 같았지만, 기억은 없었다. 메리의 손에는 샴페인이 있었고 우리는 그걸 마셨다. 직원이자 친구인 메리는 내게 친밀한 사람이었다. 그러나 우린 한번도 서로에게 이성적인 감정을 느껴본 적이 없었다. 지금은 달랐다. 나는 메리가 단지 메리이기 때문에, 같은 이름을 가졌던 프레디 머큐리의 첫사랑을 떠올릴 수 있었고 메리와 좀더 얘기하고 싶었다. 그리고 예정된 수순처럼 메리와 침대로 갔다. 그리고 어느 순간 알았다. 내가 섹스를 하고 있는 게 아니라 보고 있다는 걸. 분명 메리와 엉켜 있는 몸은 내 것인데, 나는 그걸 보고 있었다. 꼭 그런 기분이었다.

메리는 욕실로 갔다. 나는 욕실 문 밖에서 메리에게 쏟아지는 물줄기 소리를 들으며 프레디 머큐리의 노래들을 떠올리고 있었다. 바르셀로나라니, 그리로 가란 말인가. 그러다 퍼뜩 머리를 스치는 것이 있어 욕실 문을 두드렸다. 나는 욕실에 대고 소리쳤다.

"머리카락! 욕조에 머리카락!"

메리는 얼른 문을 열었지만 이미 머리카락은 물에 푹 젖어 무거워진 채로 수챗구멍 위에 떨어져 있었고, 하나가 아니었다. 메리도 머리카락이 검었고, 딱 프레디 머큐리, 그만큼의 길이였다. 프레디 머큐리의 머리카락은 메리의 머리카락과 뒤엉켜 있었다.

참 이상한 건, 프레디 머큐리의 것이 메리의 것과 섞여 있으니 그 거대한 머리카락 덩어리가 아무것도 아닌 듯 보였다는 거다. 처음에 내가 벽에서 그 머리카락을 발견했을 때 느꼈던 전율 같은 건

이미 수챗구멍 아래 쎈 강으로 흘러간 듯했다. 머리카락은 모두 스무개가 넘었는데, 육안으로는 그것을 두 부류로 나눌 능력이 없어서 일단 밀폐용기에 넣어두었다.

머리카락이 든 밀폐용기는 블랑에게 전해졌다. 블랑은 과연 전문가였다. 물론 현대과학의 힘이겠지만, 블랑은 능숙하게 절차를 밟아 그 머리카락 더미 속에서 프레디 머큐리의 머리카락을 용케 가려냈다. 내가 더미라는 표현을 쓰자 메리는 화를 냈다. 향수 홍보 문구 때문인지 우린 요즘 단어 하나하나에 너무 민감했다. 어쨌거나 메리는 그 머리카락 더미 사건이 미안했는지 나보다 더 열심히 집을 관찰하기 시작했다. 손전등을 들고 몇번이고 창고 부근을 살피더니 한참 후에 어떤 액자 하나를 들어 보이며 이건 원래 여기 있던 건가요? 하고 물었다. 그건 내 것이 아니었으니, 여기 있던 게 맞았다. 그러나 그 액자에서 내가 읽을 수 있는 정보는 'made in china'뿐이었다. 맥이 탁 풀렸다.

"중국산이라고 다 가짜인가요? 프레디 머큐리의 물건일 수도 있죠."

메리는 목장갑 낀 손으로 액자를 상자에 담았다. 그리고 또 한참 벽과 모서리 앞에 달라붙어서 고생대 삼엽충의 화석을 찾는 사람처럼 굴었다. 그러다 메모를 찾아냈다. 종이의 상태로만 보자면 정말 삼십년은 묵었을 것 같은 메모였다. 메모가 발견된 곳은 발코니 근처였다. 발코니와 침실의 연결 부위에 아귀를 맞추기 위해 들어간 것 같은, 문지방 형태의 나무함이 있었는데 그것을 들어낸 거였다. 그 안에는 놀랍게도 영수증 같은 종이 뭉치가 있었고, 거기에 보낸 사람이 메리로 짐작되는 메모가 있었다. 물론 메리 오스틴 말이다. 프레디 머큐리의 연인이었던, 결혼을 하지 않았을 뿐 가족 같던 그 여자. 그건 시 아니면 노래 가사 같았다. 편지일 수도 있었다.

어떤 메리가 내게 영향을 준 것인지는 몰라도, 나는 블랑과 계약서를 작성했고 복비보다 비싼 금액을 지불했다. 피가 중요한 이 세계에서, 피는 없어도 프레디 머큐리의 이웃 혹은 동거인 정도는 될 수도 있지 않겠는가. 에디뜨 삐아프의 집이 블랑의 이력에 큰 역할을 하고 있는 것처럼, 프레디 머큐리의 집도 내 사업에 중요한 역할을 할지 몰랐다. 무엇보다도 아직 제대로 공개된 프레디 머큐리의 집이 없다는 게 결정적이었다. 얼마 전에는 프레디 머큐리의 묘지가 발견됐다가 다시 감춰진 것이 떠들썩한 뉴스가 된 일도 있었다. 그에 대한 관심은 충분했다. 이제 쏟아부을 곳만 있으면 되는 거였다.

머리카락을 잃어버릴 뻔하지 않았다면, 메리 오스틴의 메모를 발견하지 않았다면, 중국산 액자가 모호하지 않았다면, 나는 블랑을 다시 만나지 않았을지도 모른다. 그러나 그 모든 사건이 나를 부추겼고, 나는 블랑과 함께 여기저기 떨어져 있는 유명한 집들을 보러 다니기 시작했다. 얼핏 보면 우리는 부동산에서 만난 사람들 같았다. 빠리 시내에만도 돌아볼 유명인사들의 집이 무수히 많았다. 박물관처럼 공개된 곳도 있었고, 공개되진 않았지만 블랑과의 친분으로 내부를 구경할 수 있는 곳도 있었다. 블랑은 곳곳에 나를 소개하며 '프레디 머큐리의 집에 사는 사람'이라고 말했다. 그건 낯선 표현이었지만, 사실이었다. 우리는 그들의 집에서 많은 걸 읽어낼 수 있었다. 그들의 것으로 추정되는 머리카락을, 작품의 초고나 미완성된 계획을, 그들의 가구와 벽지를, 그들이 느꼈을 채광과 전망을, 나아가 그 시대의 문화를, 예술가의 습관을, 작품 밖의 현실을.

까페의 의자들은 사람들을 구경하기 좋은 방향으로, 항상 길을 향해 뛰쳐나갈 준비가 된 것처럼 앉아 있었다. 블랑과 나는 그 의자에 앉아 사람들을 구경했다. 시선은 공기만큼이나 당연한 것으로 여겨졌다. 그리고 이제 나는 관음을 즐기는 사람들을 위해 또하나의 볼거리를 제공하기로 했다. 신문에 내가 프레디 머큐리의 집에 살고 있다는 사실을 공개할 수도 있었지만, 좀더 극적인 방법을 선택했다. 블랑의 제안으로 한 다큐멘터리 감독을 소개받은 것이다. 프레디 머큐리에 대한 다큐멘터리를 제작 중인 감독이었다. 그는 영국인이었고, '예술가의 집'이란 주제로 이미 여러편의 다큐멘터리를 만든 사람이었다. 그는 프레디 머큐리의 유년 시절 친구부터 대학 동창까지 많은 지인들을 인터뷰했지만, 빠리 주민으로서의 프레디 머큐리는 누구에게나 처음일 거라며 들떴다. 그의 말을 듣고 있자니 내가 프레디 머큐리의 인생에, 나아가 퀸의 음악에 조금 기여한 사람처럼 느껴질 지경이었다. 나는 묘한 연대감에 휘말려 프레디 머큐리의 가족들이나 퀸의 다른 멤버들의 연락처를 알 수 있느냐고 물어보려다가 겨우, 관두었다.

어쩌면 삼분 혹은 이분이 들어갈지 모르는 내 분량을 위해

CCTV를 집 안 여섯군데에 설치하고 일주일을 보냈다. 발코니에 하나, 거실에 둘, 침실에 하나, 주방에 하나, 현관에 하나였다. 이건 빠리에 남아 있는 프레디 머큐리의 집을, 그의 흔적을 보여주는 장면이었지만 동시에 그곳에 현재 살고 있는 내 모습을 보여주는 것이기도 했다. 내게는 그 장면이 앞으로의 내 인생을 바꿔줄 몇분이 될 수도 있었다. 그렇게 생각한 사람이 나만은 아니었는지, 편집이 어떻게 되든 간에 일단은 화면에 잡히고 보려는 사람들이 좀 있었다. 화원 주인은 생뚱맞게 화분 몇개를 들고 와 또 프레디 머큐리의 제라늄 얘기를 하고 갔다. 나는 모두 알던 얘기였지만 처음 듣는 이야기인 양 열심히 들어주었다. 메리는 새 옷을 입고 출근했고, 이런 일에 능숙할 것만 같은 블랑은 오히려 나타나지 않았다.

내가 꾸려놓은 짐이 내 몸보다 더 큰 그림자로 쌓여 있었다. 프레디 머큐리의 흔적이 들어 있는 상자들이었다. 손님의 것이라 하기엔 많고 주인의 것이라 하기엔 적은 양이었다. 그 안에는 프레디 머큐리의 머리카락과 영수증, 메리와의 메모, 틀만 남은 액자 따위가 들어 있었지만 다큐멘터리 감독은 그걸로 충분하다고 했다. 그냥 내가 자연스럽게 이곳에서 지내는 걸 보여주면 된다고 했다.

아르 누보 양식의 아파트가 가득한 이 거리의 사람들은 관광객에게는 관대한 편이지만 막상 외국인이 이웃이 되면 까다로워졌다. 관광객들로 가득한 대로변보다도 이 골목에 들어서면 나는 더, 내가 이방인이라는 사실을 실감하곤 했다. 어떤 이웃들은 이방인이 자신의 아파트에 입주한 것도 거슬리는데, 카메라까지 드나들고 부산을 떨어 썩 내키지 않는 표정을 지었다. 그러나 대체적으로 이웃들은 호의적이었다. 프레디 머큐리 덕분이었다. 아래층의 누군가는 직접 구운 케이크를 들고 와서 집을 구경하고 갔다. 카메라가 돌아가는 일주일 동안 메리와 나는 그 어느 때보다 열심히 일했다. 나는 단지 새로 출시될 예정인 향수의 이름을 고민하는 역할을 했다. 메리는 카메라에 잘 잡히는 위치에 서서 이렇게 말했다.

"프레디 머큐리에게서 영감을 받은 향수잖아요!"

그렇게 향수의 이름은 '37, 프레디 머큐리'가 되었다. 37은 집의 번지수였다.

얼마 후 감독은 완성된 편집본을 보냈는데, 그 안에는 내가 전혀 예상 못한 장면들이 중요한 요소로 들어가 있었다. 이를테면 내가 책장 정리에 심취하는 모습이 여과 없이 노출되었던 것이다. 화면 속의 나는 마치 어떤 놀이를 하는 사람 같았다. 책장 앞에 서서 헤밍웨이를 카프카 옆에, 덩컨을 로댕 옆에, 바흐를 그 틈새에 배열했다가는 또 재배열하기 시작했다. 나는 몇권의 책이 되어 있는 유명 인사들을 이리 옮기고 저리 옮겼다. 그러다가 책의 높이가 제각각이라 가지런한 맛이 없다고 투덜거리곤 했다. 새 제품의 이름을 고민하는 역할도 자연스럽게 방송을 탔다. 까탈스러운 내 표정은 사실 많이 긴장해서였는데, 그게 내 향수 브랜드의 이미지를 아주 정교하게 만들고 있었다. 그러나 내가 가장 신경 쓴 부분, 그러니까 프레디 머큐리의 노랫소리에 대해서는 많은 분량이 할애되지 않았다. 그것은 말미를 장식하긴 했으나, 노랫소리가 잘 잡히지 않았다. 노래가 들린다고 말하는 내 모습만 있을 뿐이었다. 프레디 머큐리의 목소리는 음반으로 대체되었고, 내가 이 집에서 프레디 머큐리의 노래가 들린다고 말한 부분에 대해서 어느 전문가가 그건 공명현상이라고 말하는 장면이 슬쩍 지나갔을 뿐이다. 공명현상이라니. 그건 정답이 아니었다.

다큐멘터리가 방영되기도 전에 어떻게 알았는지 거물들에게서 연락이 왔다. 나는 이 집에서 내 브랜드 출시 기념 파티를 할 계획이었는데, 초대장을 보내달라는 요청이 심심찮게 들려왔다. 그들 중에는 헤네시나 까뮈도 있었다. 향수계의 입이라고 불리는 전설적인 평론가에게서는 초대에 응하는 메일을 한통 받았는데 거기엔 '프레디 머큐리라니!'라고 쓰여 있었다. 그건 아주 간단한 한 문장이었는데, 내가 원하던 정답을 이제야 발견한 듯한 느낌이었다. 그걸 홍보물의 문구에 써야겠다고 생각한 순간 삐거덕거리는 소음이 들렸다. 발코니 쪽이었다. 발코니는 예전에도 그랬지만, 그 메모가 들어 있던 나무 조각을 떼어낸 후 더 허술해져서 언제든 아래로 추락할 것만 같았다.

파티에서 내가 가장 많이 들은 말은 프레디 머큐리와 닮았다는 거였다. 당연한 결과였다. 나는 콧수염이 없던 시절의 프레디 머큐리와 좀 비슷했다. 그렇게 준비했고 블랑이 계산한 대로 움직이고 있었을 뿐이다. 집에는 프레디 머큐리와 내가 함께 산다고 말할 수 있을 만한 증거물들이 수두룩했다. 내가 그린 계단 옆의 프레디 머큐리 그림은 대표적인 포토월이 되었다. 파티는 흥겨웠고 향수계에서 내가 만나고 싶어했던 사람들이 참석했다. 다만 프레디 머큐리의 가족이나 퀸의 다른 멤버 혹은 프레디 머큐리를 추모했던 동료들이 오지 않을까 기대했지만 그런 일은 없었다. 프레디 머큐리의 노랫소리를 듣고 싶어하는 사람들이 있었지만, 그가 언제 노래를 부를지는 알 수 없었다. 그걸 기다리느라 파티에 음악을 틀지 않을 수도 없었기 때문에, 설령 프레디 머큐리가 노래를 불렀다 해도 알아챌 수는 없었을 것이다. 흘러나오는 음악도 물론 퀸의 음반들이었다. 다음 날 아침, 지역신문을 비롯한 몇몇 지면에 이 파티에 대한 기사가 떴다.

며칠 후, 파티의 잔열이 식었을 때쯤 벗에게 전화를 걸었다. 여긴 밤이었지만 거긴 아침이었다. 오히려 벗이 자고 있을 시간이었다. 예상대로 벗은 세번 연속해서 전화를 건 후에야 겨우 받았다.

"파티는 잘 했어? 나 여기서 기사 읽었어."

"뭐라고 쓰여 있디?"

"프레디 머큐리. 4옥타브를 넘나드는 향수."

잠에서 갓 깨어난 탓에 벗의 발음은 정확하지 않았다. 사실 나는 4옥타브를 넘나드는 게 아니라, 4층 높이에서 생사를 넘나들고 있었다. 침실에 붙어 있던 발코니 때문이었다. 파티 때 하도 많은 사람들이 그 발코니에 몰려들었기 때문인지, 안 그래도 부실하던 발코니가 거의 너덜너덜해졌다. 다큐에 발코니에서 프레디 머큐리가 메리의 메모를 읽고 영감을 얻었을지 모른다는 식의 이야기가 등장했기 때문이었다. 향수계의 거물들도 그 발코니에 서보려고 애를 쓰는 것이 어쩐지 내게는 좀 우스꽝스러워 보였는데, 웃고 떠드는 틈에 발코니에 조금씩 균열이 가는, 그 우지끈, 하는 소리를 들은 사람은 나 말고는 없는 것 같았다.

발코니가 언제든 툭 떨어질 수 있기 때문에 밟으면 안되는데, 밟지 않는다고 문제가 없는 건 아니었다. 바람이 불 때마다 그 발코니 언저리가 덜컹거렸고, 낡은 모서리를 따라 빗물이 집 안으로 들어왔다. 양동이 몇개를 그쪽에 가져다놓고 수건을 깔아놔야 했다. 메리는 발코니를 보면서 이렇게 말했다.

"우리가 그때 뜯어낸 나무상자가 이 집의 기둥 같은 거 아니었을까요?"

기둥이라니, 그렇게 확대할 건 없었다. 단지 저 발코니만 철거하면 되는 문제였다. 가만 보니 아래층 집들은 모두 공사를 거친 것 같았다. 원래 발코니가 있던 자리를 현대식으로 고쳐놓은 흔적이 보였다. 나 역시 발코니 공사를 하기 원했는데 화원 주인은 별로 좋은 생각이 아니라고 했다. 내게는 그렇게 말했을 뿐이지만 다른 이웃들에게는 좀더 강한 어조로 말했을지도 몰랐다. '발코니를 뜯어내다니 그 남자가 미친 게 아닐까요?' 하는 식의 말이 돌아 돌아 내 귀에 들어왔다. 프레디 머큐리를 통해 안면을 튼 이웃 노인은 내게 다짜고짜 그 결정에 대해 듣고 너무 놀랐다는 식으로 말했다. 노인은 나를 프레디 머큐리를 상업적으로 이용한 후 버리려는 사람으로 생각하는 것 같았다.

블랑은 발코니가 다큐멘터리에서 아주 비중있게 다뤄지는 바람에, 단지 그걸 철거하는 것만으로도 이제 그 집은 더이상 프레디 머큐리의 집이 아닐 수도 있다고 말했다. 프레디 머큐리를 기리는 단체에서 메일이 날아오기도 했다. 그 발코니에서 프레디 머큐리가 영감을 받아 작곡한 것으로 짐작되는 곡의 목록과 함께.

나는 책장의 한쪽을 차지한 스크랩북에서 이 집의 기사들을 다시 꺼내 읽어보았다. '프레디 머큐리 빠리에 부활', '프레디 머큐리 집에 사는 남자', '프레디 머큐리가 향수로?' 등 그 제목 이면의 것들에 대해 생각하지 않을 수 없었다. 그 와중에도 발코니는 끊임없이 삐걱거렸고, 마치 자고 일어나면 비바람에 휩쓸려 사라져 있을 것도 같았다. 차라리 그랬으면 싶었다. 이 집의 기능적인 면에 대해 생각해보자면 불만이 한두개가 아니었다. 보수가 필요했다. 발코니만 불만스러웠던 건 아니다. 내부에 페인트칠도 하고 싶었으나, 이름도 들어본 적 없는 무슨 무슨 학회들이 나타나서 그건 안된다고 말렸던 것이다. 물론 그들에겐 법적인 권한이 없었지만, 나는 이목을 고려하지 않을 수 없었다.

얼마 전에 구경했던 집들을 떠올려보았다. 누구의 집이었던가. 내부를 공개하진 않았지만 그 집 앞 우체통에 사람들이 기대어 사진을 찍는 것까지 막을 수는 없었다. 외부인들의 카메라 플래시가 매일 터졌다. 카메라를 총처럼 멘 사람들이 집을 다녀갔다. 그 집 세입자는—실제 그 집을 소유한 주인이었음에도 불구하고 세입자 같았다—새소리가 아니라 사람들의 말소리에 아침잠을 깼다. 그가 일어나기도 전에 이미 집 앞은 방 유리창에 동공을 맞춰보는 사람들로 가득했다. 호기심 어린 시선들이 유리창을 통과하면 곧 창을 등지고 자는 남자를 볼 수 있었다. 뒷모습이었지만 사람들은 그 뒤통수만 보고도 그에게서 뭔가를 읽어내려고 애썼다. 그는 눈을 뜬 채 자신의 뒤통수를 훔쳐보는 사람들의 시선을 감내했다.

그게 누구의 집이었더라. 이런 상황을 목격했던가. 자꾸만 창을 등지고 자는 그 남자의 몸을 돌려보면 내 얼굴이 붙어 있을 것만 같았다. 이런 식의 유명세는 원하지 않았다. 어떤 기자 하나가 내게 2004년에 등장했던 프레디 머큐리 생존설을 언급하며 그가 만약에 살아 돌아온다면 초대하겠느냐고 물었다. 물론 나는 초대도 하고 향수도 선물하겠지만, 그가 만약 아직 살아 있거나 부활한다면 프레디 머큐리라는 이름으로 살지는 않을 거라는 생각을 했다. 그는 스스로 버렸던 이름, 파로크 불사라로 다시 평범하게 살아갈지도 모른다. 10월 말이었다. 두달이 아니라 몇 계절을 이 집에서 반복한 것 같은 기분이었다. 발코니의 삐걱거림을 뒤로하고 집을 나섰다.

자정이 지난 시간에 거리를 배회하는 사람은 둘뿐이었다. 이쪽 방면에서 걸어가는 나와 저쪽 방면에서 걸어오는 한 남자. 그는 나를 알아보았다. 나도 그를 알아보았다. 언젠가 그의 집에 간 적이 있었다. 블랑이 아는 사람이었다. 짐 모리슨이었나, 헤밍웨이였나, 아무튼 일년 정도 누군가가 머물렀던 집에 살고 있었다.

"프레디 머큐리는 잘 지냅니까?"

"덕분에요."

우리는 다큐멘터리에 대해 이야기했다. 이 남자 역시 오래전에 다큐멘터리를 세편 정도 찍었다고 했다. 그는 내게 카메라는 모두 치워졌는지 물었다.

"카메라요? 그건 저번에 가져갔는데요."

"잘 찾아보세요. 또 있을지도 몰라요."

그는 그런 성가신 일이 또 있겠느냐는 듯 내게 투덜댔다.

"제 경우에는 오후 네시에 찾으러 오겠다고 해놓고, 아직도 깜깜 무소식입니다."

"카메라를요?"

"네."

"그럼 전화를 해보시죠, 그쪽도 급할 수 있는데."

"1987년 8월의 오후 네시였습니다."

남자의 대답은 그랬다. 역시 그렇게 성가신 일이 또 있겠느냐는 듯한 표정과 말투였다. 남자는 아직 찾으러 오지 않은 카메라가 자신의 집 한쪽에서 계속 돌아가고 있다고 했다. 나는 그가 어딘가 이상하다고 생각하면서도 왜 그걸 치우지 않느냐며 전원을 꺼두라고 말했다. 그는 웃었다.

"어디에 있는지 알면, 진즉에 그랬겠죠."

이상해 보이는 건 그였는데 그는 마치 당신이 이상하다는 듯 내 어깨를 두드리며 괜찮을 거라고 말했다. 그러면서 이렇게 묻는 거였다.

"그런데, 프레디 머큐리는 요즘도 노래를 부르나요?"

나는 대답하는 대신 되물었다.

"그런데 그는 왜, 자꾸 노래를 부르는 걸까요, 저 집에서."

남자는 뭐 그런 성가신 일이 또 있겠느냐는 듯이, 대수롭지 않게 대답했다.

"프레디 머큐리는, 라이브를 좋아하니까요."

우리는 정말 인사를 하고 헤어졌다. 그가 헤밍웨이의 집에 살았던 이인지, 짐 모리슨이었는지는 여전히 기억나지 않았다. 남자는 끝까지 카메라를 조심하라고 말했다. 난 괜찮았다. 카메라는 이미 수거해갔고, 남아 있는 카메라도 없었지만, 설사 있다 해도 관계없었다. 카메라를 수거해간 후에도 나는 종종 카메라를 의식하는 내 모습을 발견하고 있었으니까. 나를 관찰하는 카메라는 어디에도 없었지만, 그게 있다고 생각하는 게 더 편했다. 이미 몸에 배어버렸기 때문에 딱히 힘들 것도 없었다. 그 카메라는 홍보용이기도 했고, 기록용이기도 했지만, 동거용이기도 했다. 누군가가 나를 지켜본다는 사실이 가끔은 위로가 될 때도 있는 법이었다.

골목은 조용했다. 저 발코니는 마치 가설무대의 불안한 소품처럼 내 벽에 붙어서 달랑거리고 있었다. 내일은 저 발코니를 꼭 철거하리라 생각하면서, 나는 계단을 올랐다. 내가 그려둔 퀸의 앨범 표지 디자인이 마치 앨범 속으로 나를 인도하는 것 같았다. 「Love of my life」가 듣고 싶었다. 사실 남자의 질문에 바로 대답하지 않은 건 최근에 프레디 머큐리의 노래를 들었던 게 가물가물해서였다.

그 밤에 프레디 머큐리는 오랜만에 노래를 불러줬다. 'Show must go on.' 쇼는 계속되어야만 해, 쇼는 계속되어야만 해…… 나의 화장은 조각나지만, 나의 웃음은 영원히 남아 있으리라.

그건 프레디 머큐리가 불러준 마지막 라이브였다. 다음 날 나는 발코니를 고치는 대신 가로 60쎈티미터, 세로 30쎈티미터의 문패를 내걸었는데, 거기엔 '프레디의 사생아'라고 적어두었다. 그 아래에는 프레디 머큐리가 머물렀다는 문구가 있었다. 나는 기꺼이 세입자로 남는 길을 택했다. 프레디 머큐리가 내게 쇼를 계속하라고 했던 그날 새벽, 인터넷에 누군가가 프레디 머큐리의 사진 한장을 올렸는데, 그 오래전 사진 속에는 이 집의 발코니가 정확하게 붙어 있었다. 프레디 머큐리는 발코니에 서서 어딘가를 응시하고 있었다. 사람들은 프레디 머큐리가 이 발코니에서 영감을 얻어 만든 노래들에 다시 집중했다. 그 근거가 뭔지는 누구도 몰랐지만, 사람들은 증거를 원했다. 배경 공간이 실제로 남아 있다는 건 전설을 좀더 풍요롭게 만드는 일이었다. 그 떠들썩한 소문을 들으면서 나는 내가 프레디 머큐리가 아니라는 사실을 인지했다. 게다가 나는 정말 세입자였다. 내가 이 거리의 37번지에 언제까지 머물 수 있을까. 집 주인이 어느날 돌아와서 아파트를 빼달라고 하면 그만 아닌가. 여기에 머무는 동안 나는 프레디 머큐리를 최대한 성장시켜야 했다. 내 향수, '37, 프레디 머큐리' 말이다. 나는 프레디 머큐리의 집에 사는 세입자 중 가장 프레디 머큐리다운 사람이어야 했다.

새로 판 명함에도 '프레디의 사생아'라는 문구가 들어갔다. 그게 내 향수 스튜디오의 이름이었다. 37번지 4층이란 주소는 37번지 4옥타브라고 표기했다. 사람들은 프레디 머큐리가 된 양, 기꺼이 4옥타브를 올라왔다. 방 하나를 빼고는 모두 공개했다. 질 좋은 가죽의류를 옷장에 채워넣었고, 사람들이 그것을 쉽게 열도록 했다. 내가 세심히 고른 액세서리들, 심지어 넥타이까지도 그 안에 있었다. 누가 물어보면 프레디 머큐리가 썼던 것이긴 하지만 2013년도에 샀다는 농담을 던졌다. 사람들은 재미있어했고 심지어 어떤 이들은 향수와 함께 그것을 사고 싶다고 말하기도 했다. 품목은 점점 늘어났다. 프레디 머큐리가 쓰던 책상, 프레디 머큐리가 쓰던 침대,

프레디 머큐리가 쓰던 옷걸이, 프레디 머큐리가 신던 구두, 프레디 머큐리의 책장(이제 나는 책 배열에 신경 쓰지 않는다), 제리라는 이름의 고양이도, 톰과 오스카, 티파니라는 이름의 고양이들도 들여놓았다. 고양이는 모두 여섯마리가 있었다. 블랑은 이제 모든 일을 다 했다고 말했다. 블랑의 말대로 이제 그 집에는 모든 것이 있다. 단지 프레디 머큐리의 목소리만 없을 뿐이다.

알로하

하와이를 낙원처럼 생각하는 사람들은 이렇게 말한다. 인간이 누릴 수 있는 최적의 온도와 습도를 가진 곳이 바로 여기라고. 그건 하와이를 수식하는 습관적인 문장이지만, 여기 사는 나는 가끔 그 사실을 잊는다.

최적의 온도와 습도를 가진 곳에서 할 수 있는 가장 쉬운 일은 광합성이다. 호놀룰루 시내를 걷다보면 건물과 나무들, 그리고 사람들이 햇빛샤워를 하는 모습을 자주 볼 수 있다. 호놀룰루의 인구 밀도가 겨울에 부쩍 높아지는 것도 이 온화한 햇빛 때문이다. 소문에 따르면 겨울의 초입, 미국 내 열두개 주에서 노숙자들을 태운 비행기가 출발해서 이곳, 호놀룰루로 날아든다. 노숙자들의 동사

예방을 위한 조치로 봄이 오면 다시 이들을 데리러 온다고 한다. 그들을 태운 버스가 오아후 섬을 한바퀴 돌며 마지막 임무 — 관광지 순회 — 를 수행하고, 그대로 호놀룰루 공항으로 간다는 이야기다. 마치 철새떼의 겨울나기처럼, 그렇게 말이다.

"그렇지만 대부분은 돌아가는 버스에 올라타지 않았어. 가긴 왜가, 여기가 낙원인데."

1989년 12월, 당신을 태운 비행기는 뉴욕에서 출발했다. 당신에게 처음 하와이행을 제안한 사람은 당신과 안면이 있는 역무원이었다. 그는 당신에게 서류와 함께 갓 구운 빵을 내밀었는데, 빵 한 조각이 삶의 터전을 바꾸는 데 큰 영향을 미친 건 아니지만, 당신이 하와이를 막연히 따뜻할 거라고 느낀 건, 그 빵 때문이기도 했다. 물론 처음부터 하와이에 눌러앉을 생각은 없었다. 서류의 설명 그대로 이 겨울을 무사히 통과하기 위해 따뜻한 하와이로 잠시 가는 것뿐이었다.

"미련은 없었어. 난 뉴욕과 잘 맞지 않았거든. 겨울이 오는 것도 싫었고."

"서류라는 건, 비행기 탑승서류를 말하는 건가요? 아니면 이주에 대한 동의서라도 쓴 건가요?"

내가 당신의 말을 믿지 않는 것처럼 보였는지 당신은 연신 '진짜'라고 강조했다. 표정이 좀 억울해 보이기까지 했다. 그러면서도 당신은 이게 섣불리 믿기 어려운 이야기라는 걸 인정했다. 1989년의 그 비행기 안에서도 마찬가지였다. 탑승객 대부분이 처지와 탑승경로가 비슷했는데, 그들은 자신의 동사를 방지하기 위해 이 비행기가 날고 있다는 걸 믿을 수 없어했다. 기내에선 말들이 많았다. 비행기가 태평양 한가운데서 폭파될 거란 얘기도 있었고, 다리나 탑 공사장으로 가는 거란 얘기도 있었다. 그들이 새로운 백신 실험에 동원될 거란 얘기도 있었다. 그 흉흉한 얘기들 중에 가장 그럴 듯한 건 이 비행기의 목적지가 사실 하와이가 아니라는 거였다. 지도에도 없는 무인도라는 얘기였는데, 그것이 가장 유력한 설이었다. 흉흉한 추측들은 기내식을 먹는 동안에도 꼬리에 꼬리를 물고 이어졌고, 비행기 문이 열리자마자 장기 적출 씨스템이 가동될 거라는 말까지 돌았다. 그러나 바퀴가 활주로에 닿은 순간, 그 뉴욕발 비행기를 맞이한 건 다름 아닌 무지개였다. 비현실적일 만큼 크고 선명한 무지개.

"뉴욕에서는 한번도 본 적이 없었던 것 같아. 기억이 안 나는 걸 보면."

그리고 무지개처럼 꼭 일곱개 노선의 버스들이 그들을 기다리고 있었다. 당신은 3번이라는 푯말이 붙은 버스를 탔다. 선택권은 탑승자들에게 있었는데, 당신이 뭘 알고 3번을 선택한 건 아니었다. 가장 많은 사람들이 그 버스에 올라탔기 때문에 당신 역시 그쪽으로 갔던 것뿐이다. 3번은 알라모아나 쇼핑센터 앞으로 가는 노선이었다.

"다른 노선을 탔으면 뭐 좀 달라졌을까? 매일 그런 생각을 하면서 잠에서 깨."

당신은 그렇게 말하며 잠시 생각에 잠겼다.

"그렇지만 별 차이 없었을 거라고, 그런 생각을 하면서 잠자리에 들지."

창밖으로 뉴욕보다 좀더 뽀얗게 느껴지는 거리가 보였다. 당신은 그냥 이대로 계속 버스가 달렸으면 했지만, 버스는 결국 알라모아나 쇼핑센터 주차장에 멈춰 섰다. 내리기 직전, 운전기사는 돌아가는 버스가 삼개월 뒤 바로 여기서 출발한다고 설명했다. 버스를 타면 다시 공항으로, 비행기로, 미국의 열두개 주로 이동할 수 있다고 했다.

쫓기듯 움직이는 사람도 있었고 최대한 뭉그적거리는 사람도 있었지만 결국은 버스의 모두가 하차했다. 짐을 찾아야 하는 사람들은 버스 짐칸 앞에서 한참을 기다렸다. 짐이 없는 사람도 그 앞에 서서 뭔가를 기다렸다. 마지막 짐을 누군가가 찾아간 후, 운전기사가 당신에게 물었다. 짐을 실었습니까? 당신은 아니라고 대답했다. 버스가 눈앞에서 사라진 후에야 대부분의 사람들은 서서히 흩어지기 시작했다.

뉴욕에서는 등록된 노숙자에 한해 매주 수당이 나왔다. 생계를 위한 최저금액이었다. 이제 그런 것은, 적어도 여기 머무는 동안에는 기대할 수 없었다. 비행기 안에서 받은 작은 가방이 생각났다. 그 안에는 칫솔과 치약, 면도기와 비누가 들어 있었다. 그리고 100달러가 담긴 봉투도 있었다. 그건 적다고 할 수 없는 돈이었지만, 이걸로 삼개월을 버틸 수 있을지는 의문이었다. 물론 하와이에서는 굶는 일이 없다고, 누군가가 말한 기억이 났다. 노숙자쉼터에 등록을 하면 어떤 도움을 받을 수 있을 거라는 설명도 있었다.

그러나 지금 이 순간, 당신에게 필요한 건 그런 게 아니었다. 걷는 방향에는 수많은 간판들이 있었고, 뉴욕에서보다 좀더 많은 동양인들이 보였다. 기후는 확실히 더 온화했다. 당신은 시계상점을 발견하고는 그 앞에 멈춰 섰다. 쇼윈도우 안의 시계들은 제각각 다른 시간을 가리키고 있었다. 당신은 지나가는 사람을 붙들고, 지금이 몇시냐고 물어보았다.

당신이 호놀룰루에 뿌리를 내린 건 1989년 12월. 나는 그때 한살이었다. 하와이로 건너온 건 몇년 후였으니, 당신이 나보다 하와이의 과거에 대해 더 많이 아는 셈이다. 차라리 2011년 이후의 일이라면 나도 좀 할 말이 있다. 삼년 전부터 나는 지역신문사 '넥스트 호놀룰루'에서 일해왔다. 이 신문은 매일 사천부씩 발간하는데 주로 지역민의 소소한 소식을 상세하게 다룬다. 이를테면 졸업이나 결혼, 출산이나 이직, 이사 같은 한사람의 인생에서 중요한 것들을 그 사람이 지극히 평범한 누군가라 해도 집중조명해주는 것이다. 그중에서도 내 업무는 부고에 관한 것이다.

실제 일어난 일과 기록될 일 사이에는 그 규모의 차이가 있어서, 서류 위에 몇줄로 남을 때는 삶이 약간의 변형을 거치게 된다. 육하원칙에 따른 몇줄의 기록은 누군가의 삶을 허무하리만큼 간단하게 압축해버리기도 하지만, 누군가의 삶을 꽤 평범하게 포장해주기도 한다. 그 몇줄은 초라해지기에도, 홀가분해지기에도 적절하다. 그러나 내가 몸담고 있는 신문은 좀더 많은 이야기를 요구한다. 지역 내의 누군가가 죽으면 나는 그 사람의 삶에 대해 타블로이드판 두 페이지를 할애해야 한다. 내 담당 페이지 사이사이에는 장례식 화환이나 운구차 광고들이 실려 있다. 병원이나 경찰서, 구급차나 경찰차, 때로는 가해자나 피해자, 목격자 사이를 오가는 일도 생긴다. 가끔은 우연히 듣는 구급차의 싸이렌 소리에서 어떤 감정을 읽게 될 때도 있다. 구급차는 피곤한 듯 울기도 하고, 두려워서 울기도 하고, 당연하다는 듯 울기도 하고, 정말 슬퍼서 울기도 한다. 이제 어떤 거리는 떠올릴 때 구급차 소리로 재생되기도 한다. 이건 정말 업무의 영향인 것 같다.

이런 소소한 신문을 누가 읽겠느냐고 생각하기 쉽지만 『넥스트 호놀룰루』의 인기는 꽤 안정적이다. 재질이 두껍고 질겨서 와이키키 해변 끝자락, 카피올라니 공원 부근에 배포된 신문은 항상 수량이 부족하다. 그곳은 노숙자들에게 인기있는 구역인데, 특히 간디 동상 주변이나 샤워가 가능한 화장실 주변이 붐빈다.

당신 역시 『넥스트 호놀룰루』를 활용하는 노숙자 중 한명이었다. 당신은 어제의 기사에 대해 이야기하기 시작했다. 그건 파라세일링을 하다가 죽은 남자에 관한 것이었다. 신혼여행이었기 때문에 유족들은 이 상황을 쉽게 받아들이지 못했다. 한쌍의 남녀가 구명조끼를 입고 하늘로 솟아올랐는데, 마치 거미처럼 보이던 그들이 바다 위를 달린 지 이분 만에 사고가 났다. 파라세일의 줄이 근방을 달리던 제트스키와 얽히면서 생긴 사고였다. 남자는 죽고 여자는 가까스로 살았는데, 남겨진 여자의 모습은 절반의 확률로 살아난 것을 안도해야 하는지, 절망해야 하는지 혼란스러울 정도였다. 사고경위서라든지 사망확인서, 방부처리확인서 같은 서류들을 여자는 생각해본 적이 없었을 것이다. 이런 줄거리를 한번도 상상해보지 못했을 것이다. 그러나 사람들은 생각지도 못한 사소한 일들로 죽는다. 사십년째 반복해 걷던 산책로에서 죽기도 하고 파도를 즐기다가 죽기도 하고 다이빙을 하려던 찰나에 죽기도 한다. 말싸움이나 교통사고, 식중독, 개에 물리는 사고로도 죽는다. 그 이유를 우리가 다 예측할 수는 없다. 예측하지 못하게 태어나는 것처럼, 사람들은 예측하지 못한 일들로 죽는다. 이곳이 낙원이라고 믿는 사람들에게도 예외는 없다.

여자는 고국으로 돌아갔다. 이곳에 올 때처럼 남자와 같은 비행기를 탔지만 좌석은 한참 떨어져 있었다. 여자의 자리는 일반석, 그리고 남자의 자리는 화물칸이었다.

나는 당신의 말을 듣고서야 이 이야기에 대해 기억해냈다. 당신은 조금 실망한 듯 내게 그럼 존에 대해 아느냐고 물어보았다. 아니면 셰인이나 로라를 아느냐고. 나는 그중에 누구도 알지 못했다. 그들은 당신의 지인도 아니었다. 단지 최근 부고기사에 실렸던 이름들이다. 당신은 매일 아침 『넥스트 호놀룰루』를 읽었다. 이름을 읽고, 사연을 읽고, 의도하지는 않았지만 더러는 기억하기도 했다. 나는 매일 오후 세시에 기사를 마감하는데, 이름을 쓰고, 사연을 쓰고, 의도하지는 않지만 한줄도 제대로 기억하지는 못한다. 원고를 넘김과 동시에 내 뇌는 깨끗하게 소각된다. 어쩌면 그러기 때문에 당신은 내게 이런 부탁을 하는 걸 수도 있다.

"나에 대해 쓰지 않겠어? 얼마 남지 않았거든."

당신의 이름은 윤. 한국계 미국인으로 1968년생이다. 서울과 뉴욕을 거쳐 1989년에 하와이로 왔고, 지금은 거리에서 살고 있다. 지난달에 대장암 말기 판정을 받았고, 당신 말대로 얼마 남지 않았다. 나는 좀 당혹스러웠다. 누군가가 죽은 후 주변인들이 정보를 보내오는 경우가 있긴 했지만, 당사자가 미리 자신의 부고기사를 부탁하는 경우는 없었다.

전날 어떤 독자가 『넥스트 호놀룰루』의 부고기사는 거짓'이라고 항의 메일을 보내왔기 때문에, 나는 누군가의 삶에 대해 그 사람이 죽은 후에 얼마나 진실에 가깝게 쓸 수 있는지 회의를 느끼던 참이었다. 이 부고기사가 죽은 이와 남겨진 이, 그들 중 누구를 위한 거냐는 물음에 부딪쳤던 것이다. 그러나 바로 그 이유로 나는 당신의 말에 끌리고 있었다. 당사자가 요약하는 부고는 어떤 내용인지 궁금했는지도 모른다. 어쩌면 당신이 줄곧 옆에 두던 노란색 써핑보드 때문인지도 모른다. 죽음을 예고하기엔 너무 다부진 몸 때문인지도 모른다. 여러 이유로 나는 당신이 궁금해지고 있었다.

당신은 밥을 사겠노라고 말했다. 당신이 가장 좋아하는 메뉴라며, 이건 자신에 대한 첫번째 정보가 될 거라고 했다. 당신은 오래 노숙생활을 했던 사람답지 않게 —이건 나의 편견일 수 있었다—아주 세심하고 정교하게 버거를 골랐고, 내게 몇몇 메뉴를 추천해주기도 했다. 그리고 그 1989년의 뉴욕발 비행기에 대해 이야기하기 시작했다. 반은 농담처럼 듣고 있었지만 진실 여부와 관계없이 당신에겐 장면을 드라마틱하게 요약하는 재주가 있는 게 분명했다. 이야기는 흥미로웠고, 모든 건 순항했다. 난기류에 휘말린 건 식사가 끝난 후였다. 당신은 돈이 없었다. 당신 말에 따르면 분명 있었는데 사라졌다.

"문제없어. 친구가 있거든. 전화 좀 빌려줄래?"

당신은 텍사스에서 온 친구에게 전화를 걸어 20달러만 부탁한다고 말했다. 그러나 친구는 마치 사고가 아닌가 싶을 정도의 속도로, 전화를 끊었다. 결국 우리의 결말이 무전취식이 되지 않기 위해서는 내가 계산서를 집어드는 것이 마땅했다. 당신은 계속 분명히 주머니 안에 있었던, 사라진 20달러에 대해 얘기했다. 그건 마치 그 1989년의 비행기 같은 존재였다. 확인할 길 없는 소문 혹은 농담.

열두개 주에서 노숙자들을 태운 비행기가 이곳으로 날아왔다는 기록은 어디에도 없다. 확실한 건 이제 호놀룰루에서는 불어나는 관광객만큼이나 높아진 노숙자들의 인구밀도가 늘 숙제라는 점이다.

이제 노숙자들의 동선은 관광객과 겹치기도 한다. 노숙자들은 세탁소에 동전을 넣고 며칠 치 옷을 세탁하며, 더러는 편도 2.5달러의 버스를 타고 움직인다. 낮에는 써핑을 즐기기도 하고, 저녁이 오면 와이키키 해변에 누워서 이곳 모래가 호주산이라는 사실을 질경질경 씹어대곤 했다. 그렇게 시간이 흘러가는 동안 와이키키 해변의 모래들은 잔파도에 씻겨서 몇 킬로미터 아래 산호초 주변으로 떠내려가곤 했다.

"이름이 빌리야. 텍사스에서 온 친구 말이야."

좀 전에 전화를 끊어버린 그 친구 말이다. 다시 1989년으로 돌아가자면, 텍사스에서 출발한 비행기는 뉴욕발 비행기보다 하루 먼저 호놀룰루에 도착했다. 그날도 무지개가 보였는지 어땠는지는 몰라도, 일곱개의 버스노선은 그대로였다. 빌리는 당신처럼 3번 노선을 선택했지만, 버스에서 내려서는 당신과 정반대 방향으로 걸어갔다. 당신이 왼쪽이었다면 빌리는 오른쪽, 당신이 오른쪽이었다면 빌리는 왼쪽, 하는 식으로. 그 방향이 어쩌면 우리의 인생을 조금, 아주 조금 움직인 건지도 모른다고, 당신은 회고했다. 빌리가 걸어간 방향에는 구인공고 게시판이 있었고, 마침 운전을 할 수만 있다면 가능한 종류의 일이 있었다. 숙식이 제공되는 곳이었다. 빌리는 거기서 일을 했고, 처음에 받은 100달러를 조금도 헐 필요가 없었다.

빌리보다 하루 늦게 당신이 걸어간 방향에서는 구인공고 같은 걸 발견할 수가 없었다. 단지 렌터카대리점이 있었을 뿐인데, 스물네시간에 30달러로 노란색 포드를 대여할 수 있었다. 단지 보증금이 좀 필요했는데 그것도 20달러면 충분했다. 렌터카대리점의 청년은 당신에게 오아후 섬의 지도도 전해주었다.

"지금 당신이 있는 곳이 바로 여기죠."

청년은 볼펜으로 지도 위에 점을 찍고서 어디로 갈 거냐고 물었다.

"일단 섬을 한바퀴 돌아보지요."

그런 생각을 해본 적도 없는데, 자신이 그렇게 말하고 있다는 사실이 당신은 생소했다. 청년은 지도 위에 볼펜으로 쭉, 쭉, 길을 그려주었다. 그 볼펜은 매끄러웠고 도톰했고 심이 좋아 보였다. 당신은 자동차 열쇠를 건네받을 때 몇가지 주의사항을 들었다. 청년은 당신에게 작게 욕을 하긴 했지만, 그가 준 지도는 유용했다.

지도 끄트머리에는 몇군데 맛집의 쿠폰들과, 하와이의 역사와 기후, 언어 등에 대한 정보가 짧게 실려 있었다. 당신은 하와이의 인사말, '알로하'와 '마할로'를 읽으면서 조금 전 그 청년이 자신에게 했던 말이 욕이 아니라는 걸 알았다. 청년은 '망할 놈'이 아니라, '마할로'라고 말했던 것이다. 그건 고맙다는 뜻이었다. 그런 인사를 받아본 것도 정말 오랜만의 일이었다.

마지막으로 운전대를 잡아본 것이 언제인지 기억도 나지 않았다. 페달을 밟아 차가 앞으로 밀려나간다는 사실이 당신을 긴장하게 했다. 자동차는 아까 그 볼펜처럼 심이 좋아 보였다. 쭉, 쭉, 거침없이 뻗어나갔다.

당신은 줄기차게 달렸다. 차가 섬의 절반쯤을 달렸을 때 당신은 차를 길에 세우고 잠이 들 수도 있을 만큼 편안해졌다. 그게 하필, 코코야자 아래였다. 몇시간 후 뭔가가 차 앞유리를 향해 추락하는 소리가 들렸고, 당신은 놀라 깼다. 코코넛 하나가 떨어진 거라고는 믿을 수 없을 만큼 큰 소리였다. 소리만큼이나 피해도 컸다. 그제야 청년이 코코야자 밑에는 주차하지 말라고 했던 게 떠올랐다. 길을 달리는 동안에는 열매가 달린 코코야자를 발견하기도 힘들었다. 미리 거세된 나무들이 태반이었다. 그러나 어느 순간부터 인간의 손이 미치지 못하는, 그만큼 인적도 드문 길로 접어들었던 것이다.

차를 뒤로 빼보니 떨어진 열매는 하나가 아니었다. 세개 혹은 네개쯤. 당신은 앞유리가 없어도 상관없었지만 이 차의 주인은 그렇지 않을 거였다. 당신은 울고 싶었다. 차를 두고 내빼려다가, 여긴 하와이라는 사실을 기억해냈다. 여기선 뭐든 새로워야 한다고, 당신은 그렇게 생각했다.

"희한한 게 말이야, 차만 주인이 있던 건 아니었어. 코코야자도 주인이 있었다구. 그러니까 어떻게 보면 나도 책임을 떠넘길 수 있지 않을까, 그런 생각을 했던 거지. 그 코코야자 주인이 그 여자만 아니었다면 말이야."

그 대목에서 당신은 눈을 찡긋했다.

"꽤 괜찮은 여자였거든."

여자의 이름은 에이미였다. 에이미와 당신이 가장 먼저 한 일은 유리가 깨진 차를 타고 다시 쇼핑센터 옆 렌터카대리점으로 가서 반납하는 거였다. 당신이 갖고 있던 나머지 현금이 모두 사라졌다. 그러나 에이미는 마침 일손을 필요로 했고, 당신은 돌아갈 곳이 없었다. 에이미는 커피농장을 운영하고 있었다. 당신은 에이미를 도와 일했다. 그해 겨울은 유독 추웠고, 미국 본토에 남아 있던 노숙자들은 자주 동사했다. 그러나 이곳 호놀룰루의 기온은 한번도 영상 십칠도 아래로 떨어지지 않았다. 온화한 햇빛은 시차 적응에도 도움을 주었다고, 당신은 말했다. 짐을 나르고 저녁을 만들어 먹고 차를 운전하고 점심을 만들어 먹고 서로 팔베개를 하고 눕는 동안 저 높이 하늘에서는 새처럼 자그마한 비행기가 날아가기도 했다. 그 새떼 중에는 당신이 올라타야 했을 비행기도 있었다. 봄이었다. 삼개월이 어느새 지나갔고, 당신은 뉴욕으로 돌아가지 않았지만 후회한 적은 없었다.

"빌리도 마찬가지였을 거야. 하와이는 낙원이었으니까."

누군가의 유언을 듣다가 중간에 말을 끊는 사람은 없다. 같은 이유로, 나도 당신의 말을 끊을 수는 없었다. 당신과의 만남은 그렇게 지속됐다. 처음에는 몇시간 취재로 끝나겠거니 했는데 어느새 우리는 매일 오후 세시에 바다에서 만나고 있었다. 일주일이 지났지만 나는 아직도 당신의 이야기를 다 듣지 못했던 것이다. 마치 셰에라자드의 이야기처럼, 당신의 말은 계속 다음을 기약하게 했다. 이 만남에는 당신의 죽음이 전제가 되는 셈인데, 바로 그 이유 때문에 당신의 이야기는 당신이 죽어야만 끝나는 건지도 몰랐다. 죽음은 예고가 없는 것이니, 어쩌면 늘 이번이 마지막 만남일 수도 있었고, 그게 내가 매일 당신을 만나야 하는 이유였다.

당신에 대해 이야기했을 때, 대니는 몹시 흥미로워했다. 대니는 이직과 이사 전문 기사를 주로 쓰는데, 그 방면에서는 당사자들이 자신의 변화에 대해 알려오는 경우가 종종 있었다. 그러나 부고기사라니. 출근 전에 한시간씩 바다에서 시간을 보내는 대니는 부고 기사를 부탁한 그 노숙자가 자신과 같은 써핑광이라는 사실에 더 흥미를 느끼는 것 같았다. 미국 본토에서 내보낸 노숙자들이 자발적으로 하와이를 선택해서 잘 살고 있다는 사실을 보여주면 좋을 것 같다고도 말했다. 그러나 내가 오늘도 당신과 썬셋 비치 부근에서 만날 거라는 얘기를 하자, 대니는 갑자기 현실로 되돌아갔다.

대니는 카피올라니 공원에서 폭행사건이 또 일어났다는 이야기를 꺼냈다. 그건 최근 들어 종종 벌어진 일이었는데, 십대 청소년들이 노숙자들을 공격한 사건이었다. 노숙자가 싫다는 게 폭행 이유의 전부였다. 그 사건에서 노숙자는 피해자였지만, 사람들은 조금 다르게 받아들이는 것 같았다. 대니는 내게 노숙자와 자주 어울리는 건 위험하다고 했다.

"취재가 그렇게 길 필요가 있어? 필요 이상의 관심이야. 연민이거나, 아니면 네가 낚인 걸 수도 있지. 더 들어야 할 게 있다면 차라리 여기로 불러. 바다는 아닌 것 같아."

그러나 당신에게 바다는 꽤 중요한 의미였다. 특히 오아후 섬 북부의 바다는. 미국의 해변전문가 닥터 비치는 해마다 최고의 비치를 뽑는데, 작년에는 하와이의 비치가 두개나 포함되었다. 최고의 비치를 찾는 게 닥터 비치만의 일은 아니어서, 하와이 사람들은 나만의 비치를 찾는 데 긴 시간을 투자한다. 극소수만 아는, 언제 가도 한적한 그런 바다를 찾으면 그 바다에 성실한 애정을 쏟는다. 당신에게도 그런 바다가 있었고, 그게 오아후 섬 북부, 썬셋 비치 근처의 작은 포인트였던 것이다. 그 바다에서 이야기하는 건 당신에게 의미있는 일이었다. 특히 삶을 마감하는 것에 대한 이야기라면.

썬셋 비치는 대니의 단골 바다이기도 했다. 몇번 따라온 적이 있지만, 오늘처럼 써퍼들을 눈여겨본 적은 없었다. 당신은 파도 위로 올라섰다. 곧 해가 저물 것처럼 보였다. 내가 사진을 찍어도 되겠느냐고 묻자, 당신은 문제없다고 말했다. 파도는 무형의 것이어서 그 모양을 사진 몇장으로 포착해낼 수 없지만, 인체는 사진 몇장으로 분절될 때 더 멋져 보였다. 당신은 능숙하게 파도를 탔고, 능숙하게 당신의 부고 방향에 대해 이야기했다. 암을 진단받던 순간은 굳이 다룰 필요가 없으며, 꼭 필요하다면 한줄 정도만 넣고, 유족이나 동료랄 존재들이 없으니 본인에 대한 평도 넣을 필요가 없다는 게 당신의 의견이었다. 그렇게 하고 남는 지면들을 대부분 하와이의 파도에 대해, 그 파도를 즐기던 자신에 대해 써달라는 게 요지였다. 기사 방향을 지시받는 경우는 거의 없었기 때문에 나로서는 좀 어색한 기분마저 들었다.

"그렇다면 다시 에이미부터 이야기를 시작해야 해요. 에이미와 행복하게 정착한 게 아니었나요? 왜 다시 거리로 나오게 된 거죠?"

"뻔한 거 아니겠어? 헤어진 거지."

몇년을 함께 산 후였다. 당신은 모든 게 문짝 때문이라고 말했다. 당신은 에이미와 집을 고쳐 짓게 되었는데, 그때 당신이 달아놓은 문짝은 하나같이 다 삐뚤빼뚤했다. 에이미는 문짝이 그 모양인건 당신의 술 때문이라고 말했다. 당신은 너무 좋은 성격 때문이라고 받아쳤다. 어쨌거나 당신이 달아놓은 문은 항상 귀퉁이가 맞지 않게, 삐뚤게 고정되었다. 육안으로 볼 때도 삐뚤어진 그 문짝들은, 그러나 아주 단단하게 고정되어서, 뒤늦게 다시 떼어서 달기도 좀 힘들었다.

"그때 난 이십대였어. 힘 쓰는 거 하나는 자신 있었다구."

그 힘도 이미 잘못 고정한 것을 고치는 데는 소용이 없었다. 에이미는 결국 그 문짝 때문에 당신을 떠났다. 에이미가 떠난 과정보다는 에이미가 떠나고 남은 빈자리에 대해 당신은 오래, 공들여 묘사했다. 에이미는 잠깐 당신의 삶에 나타났던 신기루였다. 당신이 그 집을 나와야 에이미가 다시 그 집으로 돌아올지 모른다고 생각한 당신은 그렇게 그 집을 떠나, 몇년 만에 거리로 나섰다. 그때 머물렀던 곳이 여기 썬셋 비치 부근이었는데, 매일 바다에 나와 앉아 있는 게 일이었다.

"그때 나를 구원한 건 파도였어. 나도 파도 타는 법을 배울 수 있었지. 그걸 알려준 사람이 바로 빌리였어. 빌리는 하와이에 온 다음 써핑을 많이 배웠던 모양이야. 우리가 처음 만난 게 바로 여기, 써핑 포인트였지. 그때 빌리는 파도 위를 날고 있었고, 나는 눈을 뗄 수가 없었어."

처음에 당신은 모래 위에서 몸을 일으키는 법부터 배웠다. 그 반복적인 행위가 이상하게 당신을 편안하게 만들었다. 그다음 배운 건 써퍼들 사이의 룰이었다. 룰을 지키지 않아 바다에서 쫓겨나거나 폭행 시비가 붙는 경우가 더러 있었다. 특히 써핑은 로컬을 우선시하는 문화를 갖고 있어서 나중에 온 사람들은 더 조심해야 한다고, 빌리는 말했다.

"가장 먼저 배운 건 'One wave one man'이야. 한 파도에 한사람씩 즐기라는 그 말이 어쩐지 마음에 들었어. 마지막으로 배운 게 절대로 보드를 버리지 말라는 거였지."

당신은 빌리를 예찬하기 시작했다. 파도를 끝내주게 타는 친구였지. 매너도 좋았고, 배울 게 많은 사람이었어. 무엇보다도 1989년 12월의 비행기를 타고 온 사람들 중에 내가 알고 있는 유일한 사람이니까. 이상하게 다들 보이지가 않더라고. 대부분 돌아가지 않았을 텐데 말이야.

밤이 깊었고 우리는 자리를 옮겼다. 당신은 모닥불을 피우고 어디선가 가져온 마시멜로우를 굽기 시작했다.

당연한 얘기지만, 처음 써핑을 배웠을 때 나는 파도 위에 오래 머물지 못했다. 써핑에 익숙해지면서 오초, 십초, 이십초, 그렇게 조금씩 파도 위에 머무는 시간이 길어졌다. 그건 내 십대 때의 경험이고, 한동안 나는 써핑을 하지 않았다. 그러나 당신과 이야기를 하면서, 나는 다시 그 첫 파도 위에 서 있는 기분이었다. 당신의 이야기는 주로 하와이행 이후에만 머물러 있었다. 써퍼들이 파도 타기 좋은 포인트를 찾아 움직이는 것처럼, 나도 당신을 데리고 조금씩 이야기의 포인트를 찾아갔다.

One wave one man. 그게 내가 제안한 룰이었다. 한 파도에 한사람씩 올라타듯, 한 파도에 한 단어씩 이야기를 꺼내놓는 것이다. 내가 처음 제안한 파도는 '어머니'였다. 당신은 어머니에 대해 이야기하기 위해 조금씩 과거로 갔다.

당신의 기억은 다섯살 때부터다. 다섯살 때 어느 교회의 전도사가 당신을 발견했다. 당신은 몇달 후 두번째 집으로 이사를 갔다. 정확히 말하면 입양이었지만, 그 집에서는 당신을 이삿짐 옮기듯 너무 쉽게 파양했다. 세번째 집의 부모는 다행히 좋은 사람들이었지만 이번에는 당신이 떠나오고 말았다. 그 집에 있기엔 당신이 너무 늙어 보였다. 두번째 집에서 거절당한 후, 세번째 집으로 보내지기까지 그 몇개월의 공백 동안 아홉살의 당신은 열살과 열한살을 건너뛰고 한참 후로 늙어버린 것 같았다. 그 시기에 만난 친구들 중에는 기억에 남는 사람이 한명도 없었다. 대놓고 괴롭히는 사람은 없었지만 대놓고 말을 건네는 사람도 없었다. 모든 문제는 첫번째 집에서 거절당했기 때문이라고 당신은 내내 생각했다. 두번째 집의 구조가 기억나고 세번째 집의 구조가 기억나는데, 첫번째 집은 바닥도 천장도 동네조차도 잘 기억나지 않았다. 그러나 가장 흐릿해서 자꾸 떠올렸기 때문에, 결과적으로 그 집이 가장 선명해졌다. 그 집에는 당신을 버린 첫번째 어머니가 살고 있을 것이다.

파도가 몇번 더 밀려왔고, 우리는 '어머니'와 '동생'과 '교회'와 '서울'을 넘어 '아버지'로 갔다. 당신은 또 문짝 이야기를 할 수밖에 없다고 했다. 오래전에 당신 아버지가 달아놓은 문짝도 삐뚤었다. 직사각형 형태의 문틀과, 역시 직사각형 형태의 문짝은 귀퉁이마다 조금도 닮은 구석이 없어서 완전히 겹쳐지기가 힘들었다. 문을 제대로 닫아도 헐렁하게 빛이 새나가거나, 소리가 새나가는 경우가 허다했다. 아버지가 달아놓은 문짝이 조금만 더 똑바로 달려 있어서 방과 복도 사이의 사적인 공간들을 잘 지켜줬더라면, 지금과는 조금 다르게 삶이 흘러갔을지도 모른다고, 당신은 그렇게 말했다. 그 삐뚤게 달린 문짝 때문에 당신에게는 어머니가 하는 말들이 다 들려왔던 것이다. 어떤 말이었는지는 정확히 기억이 나지 않지만, 중요한 건 당신이 방문을 열고 들어가 어머니 방 벽에 걸린 것들을 모두 집어던졌다는 사실이다. 스스로 나온 건지 버려진 건지도 알 수 없었지만, 결국 당신은 집 밖으로 나오게 됐고, 기억이 흐릿한 건 단지 순서의 문제다. 그게 첫번째 집의 줄거리인지 두번째 집의 줄거리인지 세번째 집의 줄거리인지. 그러니까 몇번째 아버지였는지 기억나지 않는 건 잘된 일일까, 당신은 중얼거렸다.

"집 안에서 살았던 경험은 그걸로 충분해."

그건 집 안에 대한 이야기는 그걸로 충분하다는 뜻 같았다. 잠깐 사이에 몇개의 마시멜로우는 화석처럼 딱딱해졌다. 당신이 내뱉은 말들도 이미 화석처럼 딱딱하게 굳어가고 있었다. 당신은 코코야자처럼 양팔을 위로 뻗어 기지개를 켰다. 이렇게 하면 누군가 위에서 양팔을 가만히 들어올려주는 것 같은 기분이 든다고 했다. 나도 양팔을 위로 뻗어 기지개를 켰다. 누군가를 따라하는 건 쑥스러운 행동이었지만, 정말, 코코야자가 등을 길게 구부려 내 정수리를 간질이는 것도 같았다.

우리는 피크를 바라보았다. 써퍼들은 파도가 무너지기 시작하는 부분을 피크라고 부른다. 나는 당신 인생의 피크에 대해 물었고, 당신은 잠시 생각했다.

"에이미를 다시 본 적이 있었지."

"에이미요?"

"몇년 전에 알라모아나 쇼핑센터 앞에 앉아 있는데, 그 여자가 지나가는 거야. 쇼핑센터 문을 열고 나오더군. 한눈에 알아봤어. 나는 얼른 고개를 돌렸어. 누구도 알은척을 하지 않았어. 보지 못했기를 더 바라지만."

당신은 그때처럼 고개를 돌렸다. 피크는 지나갔고, 파도는 다시 거품으로 흩어졌다. 어느새 주변은 완전히 어두워졌다. 대니의 전화가 걸려왔지만 나는 받지 않았다. 대신 대니가 궁금해할 만한 질문을 했다. 보드에 관한 이야기. 당신은 지형과 바람 때문에 와이키키 해변이 몇 킬로미터를 떠밀려갈 때, 그걸 다시 해변으로 옮겨오는 작업에 동참한 적이 있다고 했다.

"그때 받은 돈으로 산 거지. 사실 그 해변 모래는 호주산이 아니야. 태평양 섬에서 공수해온 모래들이라고."

내가 당신에게 누군가를 찾아주려는 생각을 하지 않았다면, 『넥스트 호놀룰루』의 데이터베이스가 1995년 것까지 정리되지 않았다면, 결말은 좀 달라졌을까? 처음에 나는 에이미를 찾아보려 했다. 그러나 아주 사소한 부분에서 그 추적의 경로가 막히고 말았는데, 에이미는 이미 누군가가 찾아간 사람이었던 것이다. 『넥스트 호놀룰루』의 검색 싸이트에 '에이미'를 입력하면 '에이미'라는 글자를 포함한 모든 기사가 뜨는 방식이었는데, 내가 에이미를 쳤을 때 그중에 너무나도 당신과 닮은 기사가 수면으로 떠올랐던 것이다. 물론 당신의 것은 아니었다. 버스정류장 앞에서 오래전에 헤어진 아내를 본 남편이 자신의 초라한 모습 때문에 고개를 돌렸다더라는 이야기였다. 몇달 후 그들은 재회했는데, 아내의 애칭이 '코코넛'이었던 게 도움이 되었다고 했다. 나는 그 기사를 한참 들여다보다가 휴대전화를 집어들었다. 통화목록에는 언젠가 당신이 눌렀던, 텍사스에서 왔다던 당신 친구의 번호가 있었다. 빌리. 빌리의 번호를 누른 건 충동적이었다. 전화는 금방 연결되었다.
　"'넥스트 호놀룰루'의 기자 리나 장입니다. 설문조사 중인데, 하와이 출신이신가요?"
　나는 거짓말을 했다.
　"아닌데요."
　하와이에는 몇년도에 오셨는지 기억하세요? 1989년 12월에 오셨나요? 윤이라는 사람을 아나요? 3번 버스를 타셨죠? 쇼핑센터에 내려서 오른쪽으로 걸었나요, 아니면 왼쪽으로? 내 머릿속에는 수십개의 질문이 두서없이 떠올랐다. 그중에 겨우 끄집어낸 게 이거였다.

"혹시 비행기를 타고 오셨나요?"

나는 조급한 마음으로 빌리의 대답을 기다렸다.

"대부분 비행기로 오지 않습니까?"

머쓱해진 나는 그다음 질문을 던졌다. 혹시 하와이에 오기 전에 텍사스에 계셨나요?

"저흰 일본에서 왔습니다만. 오오사까요."

전화는 내가 먼저 끊었다. 전화번호야 바뀔 수도 있는 거지만, 어쩐지 빌리는 어디에도 없는 존재일 것만 같았다. 거대한 덤퍼성 파도가 저만치서 일어서는 듯한 느낌이었다. 피크니 수프니 페이스니 하는 써핑의 개념들을 모두 묵살하는 파도 말이다.

당신이 약속장소에 나오지 않는 날이 올까봐 내내 신경이 쓰였는데, 정작 약속을 먼저 깬 건 나였다. 우리가 만나기로 했던 시점으로부터 세시간이 흘러갔다. 지친 해가 땅끝으로 가라앉고, 밤이 까맣게 몰려와서야 나는 신문사를 나섰다. 세시간 동안 나를 붙잡아둔 것은 몇건의 신문기사였다. 나는 당신과 관련된 단어들을 『넥스트 호놀룰루』의 검색창에 넣어보기 시작했다.

나는 무일푼의 여행객에게 렌터카를 무상으로 빌려주었던 한 청년의 이야기를 읽었다. 그건 1999년 3월 4일의 기사였다. 코코야자 아래 주차하고 잠들었다가, 떨어진 코코넛 다섯개 때문에 뇌진탕으로 죽은 남자의 이야기를 읽었다. 그건 2000년 9월 19일의 기사였다. 우연히 발견한 구인공고 때문에 하와이에서 성공을 거둔 텍사스 여자의 이야기도 읽었다. 그 여자는 2005년에 죽었고, 기사는 그해 4월 29일 것이었다. 노숙자에게 무료로 써핑을 알려주었던 노스 쇼어의 한 교사 이야기는 2007년 12월 7일 기사에 있었다. 뉴욕 출신으로 하와이 특산과자를 만들어낸 어느 제빵사는 하와이를 떠올리면 빵 냄새가 났고, 그래서 이주해왔다고 고백했다. 그건 몇주 전의 기사였다. 입양이나 파양에 관한 기사는 너무도 많아서 언제 적 것이 당신에게 영향을 주었는지 알 수 없었다.

당신이 내게 말해준 이야기들은 정작 당신의 것이 아니었다. 당신의 이야기는 대부분 당신이 겪은 것이 아니라 읽은 것이었다. 당신이 읽은 이야기들은 모두 거리에서 시작된 것이었다. 신문지 위에 몇줄로 남은 인생들을 당신은 덮고 자다가, 깔고 앉다가 읽게 되었고, 읽은 말들을 기억하게 되었다. 말은 말과 만나 더 크게 몸을 부풀렸다. 그러다 어느 시점에는 그 말이 원래 누구의 것이었는지 불분명해지고 말았다. 그래서 그 말들은 다시 당신의 것이 되었다.

"이거 무슨 퀼트도 아니고 사건들을 조각조각 엮었네. 정말 우리 신문 열혈독자였나봐."

대니는 데이터베이스가 1995년 이전 것도 정리되었다면 뭐가 더 나올지도 모르겠다며, 검색창에 모든 것을 집어넣었다. 심지어 노란 보드의 브랜드까지. 그런 대니에게서 어떤 불쾌한 악의가 느껴질 정도였다. '넌 속았어'라고 확인시켜주는 것 같았다. 당신이 대장암 판정을 받았던 병원에는 윤이란 환자의 기록이 없었다. 많은 노숙자들이 그렇듯이, 어쩌면 당신의 이름이 가짜일지도 모른다고 생각해봤지만, 병원에는 최근 몇달간 대장암 판정을 받은 사람이 없었다. 당신은 정말 대니의 말처럼 신문 두 페이지에 장난을 치고 싶은 미치광이란 말인가. 수첩 속 당신에 관한 메모들이 하나씩 지워졌다. 남아 있는 정보는 두개뿐이었다. 잘못 고정된 문짝과 1989년 뉴욕발 비행기. 그게 다였다.

나는 마지막으로 당신의 이름을 검색창에 넣어보았다. 아무것도 얻는 게 없을 거라 생각했는데 의외로 걸려드는 게 있었다. 당신은 서류상으로 이미 오 년 전에 죽은 사람이었다. 아마도 오래전에 누군가에게 신원을 팔았을 확률이 높았다. 노숙자들의 신원을 사서 보험금을 타내는 사람들도 종종 있었고, 국적세탁을 하는 경우도 종종 있었다. 이건 아주 흔한 줄거리였고, 예상 못한 결과는 아니었으나, 기사화할 수 없는 오류이기도 했다.

다음 날도, 그다음 날도 나는 썬셋 비치에 나가지 않았다. 당신의 이야기는 그 문짝처럼 잘못, 그러나 단단히 고정되어서, 떼어낼 수도 없었다. 결국 주말 아침 나는 차를 몰고 나섰다. 오래전 당신이 노란색 포드를 빌려 달렸을 그 경로를 밟아보기로 했다. 이미 원작으로 밝혀진 기사들이 있었지만, 오로지 당신의 말에만 의존하기로 했고, 그건 당신의 이야기에서 벗어나는 나만의 어떤 절차와 같은 것이었다. 출발 전부터 이미 마음을 비운 상태였지만, 초반 두곳의 목적지가 당신과 관련 없다는 사실을 너무 쉽게 확인하게 되자 힘이 쭉 빠졌다. 당신이 일했다던 농장은 사실상 당신이 이곳으로

오기도 전에 이미 없어진 곳이었다. 당신에게 중요했던 코코야자
는 현실에서는 법적으로 심기에 불가능한 지역에 있었다. 그러니
까, 아무것도 없었다는 말이다. 기억에 의한 오차범위를 감안하더
라도, 당신의 과거는 모두, 귀퉁이가 맞지 않았다.

비가 조금씩 내리기 시작하더니, 순식간에 빗줄기가 굵어졌다.
그러다 어느 순간 덤퍼성 파도가 내 앞으로 몰려왔다. 여긴 도로
위였으니 파도가 있을 리 없었지만, 나는 젖었다. 난데없이 코코야
자 한그루가 막아서는 느낌 때문에 나는 급정거했다. 코코넛들이
앞 유리로 우르르 쏟아지는가 싶었는데, 앞에 나무처럼 서 있던 그
것은 사람이었다. 나는 하마터면 그 사람을 칠 뻔했다. 아이였다.

"집까지만 데려다주시겠어요? 제가 안내할 수 있어요."

아이는 우산을 탈탈 털고는 내 차에 올라탔다.

"지나가는 차가 없었으면 어떻게 할 뻔했니? 이렇게 먼데."

아이의 집 앞에 다 와서 내가 이렇게 말하자 아이는 씩 웃었다.

"지나가는 비예요. 이럴 땐 잠깐 피했다 가는 게 나아요. 차 한잔
하고 가세요."

아이는 어른처럼 말했다. 현관문이 우는 소리를 내면서 열렸다.
집 안은 조용했다. 아무 소리도 들리지 않았다. 아이는 내게 앉을
자리를 안내해주고는 능숙하게 물었다.

"코코아랑 데운 우유가 있어요. 뭘로 드릴까요?"

"코코아가 좋겠는데."

그렇게 말하며 어둑한 집 안을 돌아보던 나는 놀라서 심장이 멎
을 뻔했다. 어둠속에서 두개의 눈동자와 마주친 것이었다. 휠체어

를 탄 노인이었다. 나는 뒤늦게 인사를 했지만, 노인은 대꾸가 없었다.

"코코아 중에서는 알티랑 네스퀵이 있어요. 뭘로 드릴까요?"

"알티로 할게."

알티를 한모금 마시고서 나는, 네스퀵으로 할 걸 그랬구나, 하고 말했다. 아이는 그런 나를 보고는 키득거리며 말했다.

"대부분은 알티를 골라요. 그건 제가 붙인 이름이거든요. 사실은 네스퀵 두봉지에 설탕을 두스푼 넣은 게 알티예요."

그러나 나는 알티를 꽤 마셨다. 생각해보니 종일 제대로 먹은 게 없었다. 아이는 내게 여긴 왜 온 거냐고 물었다. 네가 바래다달라고 했잖니, 라고 대꾸하려다가 대사를 까먹은 배우처럼 답답해졌다. 도무지 여기에 왜 온 건지 스스로도 알 수 없었다.

"1989년에 뉴욕에서 이곳으로 날아왔던 비행기를…… 찾고 있어. 비행기록에 안 남은 비행기 말이야. 특이하게도 좌석 배열이 3-2-3 구조였고, 전좌석이 이코노미였대."

이 말이 이상하게 들릴 수도 있겠지, 하면서 나는 또 한모금 알티를 마셨다. 저만치 있던 노인이 나를 계속 쳐다보고 있었다. 나는 알티 한잔을 금방 비운 후 자리에서 일어날 차비를 했다. 속이 너무 달아서 부대꼈다.

"내 자리는 4D였지."

노인의 목소리였다. 아이가 노인의 휠체어를 내 쪽으로 돌려주었다. 노인은 아이가 덮어준 담요를 좀더 다부지게 잡은 채로, 나를 쳐다보았다. 나도 노인을 한참 쳐다보았다. 상은 노인의 얼굴 위,

그 주름과 표정에 맺혔다가, 다시 노인의 몸 뒤로 보이는 이 집의 벽과 벽에 붙은 장식물들을 향해 움직였다. 모든 구석에 초점이 맺혔다가, 다시 멀어졌다가, 맺혔다가, 멀어졌다.

"아가씨가 그걸 왜 찾지?"

내가 신문사에서 나왔다는 말을 하는 게 도움이 될지 아닐지 판단해야 했다.

"어떻게 그 비행기를 아세요?"

"내가 타고 왔으니까."

노인은 아이에게 뭐라고 말했고, 아이는 노인의 가방을 가져다줬다. 그 가방 안에는 아주 오래된 물품들이 들어 있었는데, 그중에 하나가 탑승권이었다. 그러나 땀인지 비인지 세월인지 거역할 수 없는 힘에 의해 이미 탑승권 위의 글자들은 증발해 있었다. 노인은 그게 1989년 12월, 이곳으로 올 때 사용했던 탑승권이라고 했지만, 읽을 수 있는 글자가 하나도 없었다. 나는 대신 노인의 표정을 읽으려 했다. 노인은 어떤 표정도 보이지 않았다. 다만, 혼자만 읽을 수 있는 글자들을 그 탑승권 위에서 읽어내기 시작했다.

노인은 정확히 삼개월 후, 알라모아나 쇼핑센터의 주차장으로 갔다. 삼개월 동안에 다른 길을 가버린 사람들도 있었지만 꽤 많은 사람들이 노인처럼 버스를 기다렸다. 노인은 약속된 시간보다도 훨씬 일찍 가서 버스를 기다렸는데 어떤 버스도 그들을 알아보지 않았다. 해가 저물었고, 말이 통한 몇사람은 의기투합해서 쇼핑센터나 주차장, 하와이 노숙자쉼터에 왜 버스가 오지 않는지 물어보았지만 그 버스에 대해 아는 사람이 없었다. 그들은 밤늦은 시간에 호놀룰루 공항으로 갔다. 그러나 이젠 떠날 비행기도 없었고, 이미 떠난 비행기 중에서도 그들이 탔을 법한 노선은 없었다. 없다고 했다. 다음 날도, 그다음 날도 그들은 쇼핑센터 주차장으로 갔지만 그 며칠 사이에, 그 한 계절 사이에 노숙자들이 타고 왔던 비행기는 세상에 없던 일이 되어 있었다.

"그제야 알았어, 우린 그냥 증발해버렸다는 걸. 겨울이 끝났지만, 누구도 데리러 오지 않았어."

노인이 기침을 심하게 했다. 아이가 노인 밑으로 떨어진 담요를 다시 주워 덮어주었다. 노인이 말했다.

"그런데 아가씨가 찾는 사람은 누구지?"

"글쎄요, 너무 많아요."

"One wave one man."

노인의 말에 나는 당신을 떠올렸다. 노인의 등 뒤로 낡은 써핑 보드가 몇 개 놓여 있었다. 그는 해변에서 남들이 버린 보드를 주워 파도를 타기 시작했다. 실상 파도를 타려고 했다기보다는 그 파도를 타고 뉴욕까지 가보겠다는 심산이었다. 로스앤젤레스나 쌘프란시스코, 아니면 멕시코 국경쯤에 닿을 수 있을 테고, 그럼 거기서부턴 걸어서 육로로 이동하면 될 거라고 막연히 상상해보았다. 물론 파도는 그를 어디로도 데려다주지 못하고 결국은 다시 호놀룰루 중심으로 밀어냈지만 그런 몸부림이 의미없는 건 아니었다. 버둥거리던 노인에게 제대로 파도 타는 법을 알려준 사람이 있었다.

"텍사스에서 온 빌리."

나는 혼자 중얼거렸다. 노인은 나를 쳐다보며 말했다.

"빌리는 죽었어."

빌리는 파도를 거슬러 원래 자리로 가려고 했다. 그러나 미국 본토에도, 이곳 하와이에도 머무르지 못하고 바다 어디쯤에서 사라졌다.

"하와이를 낙원이라고들 말하지만, 낙원은 더 적응하기 힘들었어. 난 사실 빌리가 부러웠어. 종종 코코야자가 몸을 기울이면 거기에 내 목을 매달아야 할 것 같다고 느낄 때도 있었지. 지금은 세월이 흘렀지만."

나는 자리에서 일어섰다. 아이는 나를 배웅하겠다고 했고, 노인은 그대로 자신의 탑승권을 들여다보며 앉아 있었다. 비는 어느새 그쳤다. 나는 무심코 현관 앞에 붙어 있던 문패를 봤는데, 거기 적힌 이름이 낯익었다. 그 이름은 뭔가를 들켰다는 듯, 혹은 이제야 왔느냐는 듯했다. 그건 너무 갑작스러운 일이었다. 에이미라니. 집 왼쪽으로 코코야자 몇그루가 서 있는 것이 보였다. 노인의 뒤로 줄곧 보이던, 그 삐뚤삐뚤하게 붙어 있던 문짝이며 창문틀도 함께 떠올랐다.

나는 뒤따라나온 아이를 붙잡고 물었다.

"엄마 이름이 에이미니?"

"엄마는 페기. 왜요? 아, 이거? 여기 전에 살던 사람 이름이래요. 저 문패가 아무리 해도 안 뽑힌다고 아빠가 그랬어요. 삐뚤게 붙었는데 엄청 안 뽑혀요."

"알티 고마웠어."

나는 먼 거리에서 그 집을 다시 보았다. 그 집은 비루한 현실들

위로 거짓말처럼 덮여버린 하나의 문짝이었다. 잘못 고정되었어도 다시 떼어낼 수 없는, 단단한 이야기였다.

휴대전화에는 대니의 전화가 여섯통이나 찍혀 있었다. 내가 당신을 찾아 떠난 시간, 대니는 썬셋 비치에 써핑을 즐기러 갔다가 당신을 발견했다. 썬셋 비치는 여기서 멀지 않은 곳에 있었다. 그러나 내가 썬셋 비치로 갔을 때는 이미 모든 게 끝난 후였다. 바다에는 아무것도 없었다. 당신은 어느 상황에서도 써퍼들은 보드를 버리지 않는다고 말했다. 그러나 대니를 비롯한 목격자들은 말했다. 당신이 육지에서 점점 멀어진 후, 한두차례 배럴이 있었고, 잠시 후 보드만 빈 접시처럼 해변으로 떠밀려왔다고.

시체는 오랫동안 나타나지 않았고, 서류상으로 공백도 없었으므로, 당신으로 채운 두 페이지는 결국 기사화되지 못했다. 당신이 있었다는 흔적은 이리저리 떠밀리다가 결국은 내게로 온, 그 낡은 보드 하나뿐이었다.

하와이를 낙원처럼 생각하는 사람들은 이렇게 말한다. 인간이 누릴 수 있는 최적의 온도와 습도를 가진 곳이 바로 여기라고. 그건 하와이를 수식하는 습관적인 문장이지만, 여기 사는 나는 가끔 그 사실을 잊는다. 매일 찾아오는 부고 때문일 수도 있다.

그럴 때면 나는 썬셋 비치로 간다. 그곳에서 여전히 당신을 본다. 당신은 빌리처럼 어디로든 가기 위해 계속 파도를 탄다. 나는 그런 당신에게 말을 건다. 단어 하나에 한 고개씩, 당신은 파도를 넘는다. 파도를 넘을 때마다 당신은 점점 작아진다. 마흔살, 서른살, 스무살, 열다섯살, 열살, 다섯살, 그러다 어느 순간 보이지 않는다. 다가오는 물결의 꼭대기와 아직 부서지지 않은 파도의 경사면 사이로 지금처럼 이렇게 터널이 만들어지면 써퍼들은 그걸 배럴이라고 부른다. 당신은 그 물의 터널 속으로 들어간 건지도 모른다.

월리를 찾아라

나는 1987년 영국에서 태어났다. 개성있는 삽화가인 마틴 핸드포드는 내게 '월리'라는 이름을 붙여주었다. 내 첫 이름은 월리가 아니라 왈도였지만, 스물몇번 국경을 넘으면서 월리, 윌리, 찰리, 발리 등의 이름도 필요해졌다. 이름은 바뀌어도 사람들은 쉽게 나를 알아보았다. 나는 책이 출간되자마자 그해의 유명인이 되었다. 한국에서도 예외는 아니었다. 내가 한국에 진출한 건 1990년 겨울이었는데, 책을 사지 않은 사람들도 모두 내 이름을 알았고, 설령 이름을 모르더라도 내 인상착의에는 익숙했다. 그 인지도에는 이십오년이 넘도록 한결같은 옷차림도 한몫했다. 나는 늘 빨간색과 흰색으로 된 가로 줄무늬 티셔츠에 청바지를 입고 방울 달린 니트 모자를 쓰고 다닌다. 동그란 뿔테안경과 갈색 지팡이, 그리고 같은 색깔의 크로스백도 익숙하다.

　마틴 핸드포드의 책에서 내가 없는 페이지는 의미가 없다. 나는 항상 수많은 사람들 속에 섞여 있다. 한 페이지 안에 나와 함께 있는 사람들의 숫자는 대략 사백명 정도다. 그건 최소한으로 잡은 숫자인데도 어떤 사람들은 촌스럽게 놀란다. 사백명이 아니고서야 이런 숨바꼭질이 이십오년 넘도록 지속될 리 있나. 독자들은 군중 속에서 나를 찾아내려 하는데, 그게 이 책의 유일한 줄거리다. 그래서 월리를 찾으면 어떻게 되느냐고? 그야 다음 페이지로 넘어가 또다시 월리를 찾는 거지.

　월리 역을 맡게 된 남자는 스물일곱살의 제이였다. 소장은 바퀴 달린 의자를 살짝 뒤로 밀면서 제이를 좀더 객관적으로 볼 거리를 확보했다. 제이는 키가 멀대같이 크다는 것만 빼면 월리와 닮은 점이 좀체 없었다. 소장이 자신을 빤히 쳐다보자, 그는 최대한 월리와 비슷한 표정을 지으려고 했다. 가장 명확한 부분은 입매였다. 월리의 입은 알파벳 U 자를 옆으로 길게 잡아당긴 것 같은 모양새를 하고 있었다. 제이의 입가에 작은 경련이 일었다. 제이가 예전에 월리 분장을 해본 적이 있다고 하자 소장은 조금 안심했다.

　"아마도 그 예전 행사란 건, 어디 개업 행사였겠지?"

　"장난감 출시 기념 행사였어요."

　"이번 건 차원이 다르다는 걸 말하고 싶네, 나는. 이번 행사는 그래. 그땐 그럼 가발을 썼나?"

　"네, 노랑 머리요."

"그렇다면 이번엔 진짜로 머리를 이렇게 만들어봐. 누가 봐도 감쪽같이 윌리여야 해."

제이는 주로 주말에 일했다. 윌리도 그 일 중 하나일 뿐이었다. 톰과 제리도 있고, 슈렉도 있고, 헐크나 일곱 난쟁이도 있었다. 캐릭터는 많았고 그 캐릭터 분장을 하고 몇시간을 보내는 것이 그의 일이었다. 요즘에는 어린이집이나 상점 개업 행사, 신제품 출시 홍보 같은 것이 많았다. 이번 행사는 토요일에 리버씨티에서 열린다고 했다. 리버씨티는 천안과 대전 사이에 있었다. 정오부터 아홉시까지 일하는 거니까 아침 아홉시에 출발하자고 소장이 말했다.

"아홉시간이나 일해요? 그럼 수당이 세겠네요?"

제이의 말에 소장의 눈이 동그래졌다.

"수당이 문제야, 지금? 잘만 하면 우리 회사가 리버씨티 같은 큰 시장에 진출할 수도 있다고."

제이는 민망한 듯 슬쩍 웃었다. 소장이 저렇게 신경을 쓰는 걸 보면 무척 큰 행사인 게 분명했다. 제이는 미용실에 갔다. 윌리의 앞머리는 사람 인(人) 자 모양으로 생겼고, 그 위로 니트 모자가 덮여 있었다. 제이는 미용사에게 휴대전화에 저장해둔 윌리의 이미지를 보여주었다.

"모자 쓸 거거든요, 이런 형태로 되게요. 이 색깔에 이 모양으로요."

미용사는 단박에 윌리를 알아보았다.

"어머, 이거 예전에 진짜 좋아했는데. 얘 찾기 너무 힘들지 않았어요? 전 거기 나온 사람들 표정 보는 것도 재미있었는데. 표정이 똑같은 사람이 한명도 없었어요. 근데 진짜 이렇게요?"

미용사는 자신의 결과물에 만족했고, 잘 어울린다고까지 말해주었다. 제이가 보기에도 원래 머리 스타일보다 월리의 머리 스타일이 자신에게 더 맞는 듯했다.

제이의 시력은 좋았지만, 도수 없는 뿔테안경도 필요했다. 지난 번에는 알 없는 안경을 썼지만, 그런 건 어쩐지 소품 같지 않은가. 소장이 강조한 것처럼 이번에는 최대한 진짜처럼 준비해야 했다. 안경점에서는 난시 교정 안경을 권했다. 제이의 눈에 난시가 있다는 거였다. 안경을 쓰자 그간 인식 못하던 뿌연 세상이 조금 또렷해졌다. 거울 속에는 정말 월리가 있었다.

차는 토요일 아침 아홉시에 출발했다. 제이는 오늘 일당이 삼십만원이라는 것에 몹시 고무되어 있었다. 게다가 소장도 리버씨티에 볼일이 있다고 해서 왕복 차편도 해결된 셈이니, 이 정도면 꽤 괜찮은 주말이었다. 그들은 휴게소에서 라면과 우동도 먹어가면서 리버씨티를 향했다. 가는 동안 소장은 리버씨티에 대해 이야기해주었다. 거대한 홍보 공간인 리버씨티는 백화점 일곱개를 합친 규모이지만, 그 안에서는 아무것도 판매하지 않았다. 사람들의 지갑은 리버씨티를 나간 후에 열렸다. 그 가능성을 위해 어마어마한 쌤플과 체험써비스가 리버씨티를 가득 채웠다. 모두 무료였다. 방송 프로그램이나 설문조사, 또 플래시몹이나 써프라이즈 행사가 자주 일어나는 곳이기도 했다. 이곳을 그냥 걷는 것만으로도 오늘과 내일의 트렌드를 읽을 수 있다고들 했다. 돈 한푼 들이지 않고도 먹고 보고 즐길 거리가 많아 좋은 데이트 코스기도 했다.

"그리고 거기서는 말이야, 한명이 재채기를 하고 또 한명이 재채기를 하면, 다른 한명도 재채기를 한다더군. 그러니까, 재채기 충동이 없는 사람도 말이야. 알아서 에취 한다는 거지."

"왜요?"

"난들 아나. 근데 그렇게 된다더군. 뭐랄까, 무의식적으로도 전염이 되는 거 아니겠어? 아니면……"

"아니면?"

"의식적으로 전염이 되거나."

리버씨티의 유동인구는 하루에 삼십만명이었고, 그 삼십만명의 80퍼센트가 정오부터 아홉시 사이에 몰려 있었다. 마틴 핸드포드의 그림 속에서는 한 페이지에 월리가 존재하기 위해 사백명 정도의 군중이 필요했다. 그 공식대로라면 이십사만명의 사람들을 위해서는 적어도 육백명의 월리가 필요했다. 그러나 이날 출근한 월리는 모두 육십명에 불과했다. 그건 책보다 더 어려운 난이도를 위해서가 아니라, 리버씨티의 예산 때문이었다. 그날 월리들의 일당은 꽤 높았다. 아홉시간 일하고 오후 다섯시쯤 저녁식사가 제공되는 조건이었다. 그 육십명 중의 한명이 이제 막 출근하고 있었다.

"너한테 우리 업체의 운명이 걸려 있어. 같이 살거나 같이 죽는거다. 신뢰감 있게 해."

소장의 응원을 받으며 월리는 리버씨티로 들어갔다. 거대한 회전문과 보안검색대를 차례로 통과하니 리버씨티가 펼쳐졌다. 입구에 커다랗게 '월리를 찾아라' 이벤트를 한다는 현수막이 걸려 있다. 제이는 그림 속 월리의 자세를 흉내 내어보았다. 그런대로 괜찮았다. 어찌 보면 인간 제이보다 월리가 더 괜찮은 것도 같았다. 빨간색과 흰색의 줄무늬 티셔츠, 푸른색의 청바지를 입고, 빨간색 방울이 달린 털모자를 쓰고, 그의 한쪽 어깨로부터 다른 쪽 골반뼈를 향해 상체를 가로지른 크로스백은 갈색이었고, 지팡이도 있었다. 그렇게 제이는 월리가 됐다.

나는 점점 영악해졌다. 이제 나는 그냥 월리가 아니라 '지도를 보는 월리'나 '신발을 신는 월리'처럼 구체적인 요구사항을 들먹이기도 했고, 나아가 '내셔널 지오그래픽에서 나온 런던 가이드북을 보는 월리'나 '나이키 러닝화를 신는 월리'를 언급하기도 했다. 내가 요구하는 품목에 사람들이 집중하는 바람에, 내 몸값은 점점 비싸졌다. 사람들은 내 이미지에 돈이 오간다고 생각했다. 대중의 시선이 곧 돈인 시대, 내가 입고 쓰고 말하는 모든 것이 홍보 효과를 낼 수 있었다. 하물며 내가 나눠주는 선물이라니. 오늘 내가 홍보해야 할 것은 사과다. 이제 빌헬름 텔, 파리스, 뉴턴이나 이브의 사과에 이어 또 하나의 사과가 중요해질 것이다. 사과를 받고 싶다면, 월리를 찾아라.

이벤트 내용은 단순했다. 사람들은 월리 옷차림을 한 이를 발견하면 다가와서 '좋아요' 스티커를 그에게 붙여준다. 스티커는 리버씨티 입구에서 행인들에게 나눠주는데, 스티커를 월리에게 붙인 사람들, 그러니까 월리를 찾은 사람들에게는 저만치 출구 쪽 부스에서 사과를 한알씩 준다고 했다. 월리는 사람들이 스티커를 붙여주면 그들에게 사과 한알 교환권을 나눠줘야 했다. 월리의 갈색 가방 속에 그 교환권 백장이 들어 있었다. '좋아요' 스티커를 백개 받게 되면, 오늘 월리의 일과는 끝나는 거였다. 어느 사과 유통사에서 하는 홍보 이벤트였다. 이 일만 보면 굉장히 쉬울 것 같은데, 홍보맨의 일이란 게 사람과 직접 몸으로 부딪는 거여서 같이 사진을 찍어주기도 하고, 드문 경우지만 싸인을 해주기도 하고 웃어주며 농담도 주고받기 시작하면 시간은 훌쩍 지나갈지 몰랐다.

오후 한시. 행사가 시작된 지 한시간이 지났다. 다른 월리들은 어떤지 몰라도 제이는 아직까지 그 '좋아요' 스티커를 구경하지 못했다. 사람들이 그를 뚫어져라 쳐다보며 지나가는 것이 느껴졌지만, 쳐다보기만 할 뿐 그 이상의 어떤 행동도 하지 않았다.

월리는 소장의 조언을 떠올렸다. 사람들이 떼거리로 몰려들지 모르니, 휴대전화나 지갑 같은 건 지퍼 달린 주머니에 잘 넣어두고, 젖꼭지나 불알도 조심하라는 거였다. 그 와중에 더듬는 사람들도 있다나. 소장은 십년 전 날씬했을 때 가수 신화의 한 멤버 역할을 맡았다가, 여중생들에게 부대껴서 허리를 삐끗한 적이 있었다. 소장은 자신이 가짜 신화였는데도 여중생들은 크게 개의치 않았다고 말했다. 신화는 되고 월리는 안되나. 제이는 너무도 한적한 자신의 반경 1미터를 보며, 꼭 '얼음'이 된 것 같다고 생각했다. 다가와서 '땡!'을 외쳐주는 사람이 아무도 없었다.

한 여자가 제이를 향해 웃으며 다가온 건 의아함이 초조함으로, 그리고 약간의 피로감으로 바뀔 무렵이었다. 그 여자는 한눈에 봐도 월리에게 스티커를 붙여줄 사람은 아니었다. '은하철도 999'의 메텔 복장을 하고 있었던 것이다. 월리에게 월리의 일이 있듯이 메텔에게는 메텔의 일이 있을 터였다. 메텔의 부탁대로 제이는 '일분이면 되는' 설문지를 작성했다. 그는 메텔의 일 다음에도 해리포터의 일과 뽀로로의 일에 휘말렸다. 이곳에는 캐릭터가 넘쳐났다. 월리도 그 캐릭터들의 일부였다. 그러니까 군중의 일부였다. 발견되려면 좀더 평범한 사람들이 있는 곳으로 가야 했다. 월리는 평범해 보이는 사람들, 그러니까 자신을 돋보이게 해줄 사람들이 많은 곳으로 비집고 들어갔다. 그때 누군가가 그를 툭툭 쳤다. 뒤를 보라는 거였다. 줄은 제이가 생각한 것보다 길었다. 하마터면 제이는 긴 줄의 허리쯤을 툭 끊고 들어가 새치기를 할 뻔했다.

제이는 뒤로 밀려나서 자연스레 그 줄의 끝에 섰다. 인근에 경마공원이 생긴 기념으로 100퍼센트 당첨 다트게임을 하는 줄이었다. 그가 게임 줄의 일부가 되는 것은 그의 일이 아니었다. 그러나 어쩌면 누군가 제이를 발견할 수도 있었다. '엇, 저기 월리가 다트게임 앞에 줄을 서 있다, 월리를 찾았다!' 이렇게.

그러나 아무 일 없이 시간이 갔고, 줄은 줄어들었고, 제이의 차례가 되었다. 제이는 말 인형을 받았다. 그는 월리의 크로스백을 열어 인형을 집어넣었다. 말 머리를 마구 눌러야 가방을 닫을 수 있었다. 처음에 홀쭉하던 그 가방은 초콜릿과 화장품 샘플, 손난로와 포춘쿠키를 넣자 두툼해졌다. 이건 월리의 일이 아니었다. 그들 사이에서 휴대전화가 몸을 흔들었다. 소장이었다. 월리는 반가워서 냉큼 전화를 받았지만 소장의 목소리에는 짜증이 섞여 있었다.

"너 지금 뭐하는 거야? 대체 어디 처박혀 있는 거냐고?"

"리버씨티죠."

"리버씨티 어디?"

"우물길 지나왔는데요. 지금은 화장실에 좀 가려고요."

"장난해? 지금 한시간 반이 넘도록 월리를 찾았다는 사람이 단 한명도 없는데, 그렇게 꼭꼭 숨어서 행사를 망칠 작정이냐고."

소장의 말에 따르면 월리마다 받은 스티커 갯수가 집계되고 있는 모양이었다. 벌써 스무개 넘는 스티커를 확보한 월리도 있다고 했다. 월리들은 대부분 영세한 홍보업체 소속인 것 같았는데, 일을 말끔히 해야 리버씨티에서 다음 행사도 계약할 수 있지 않겠느냐고 소장이 말했다. 소장은 너를 믿는다는 말을 해주었다.

"월리는 군중 속에 섞여 있어야 하지만, 절대 숨어 있어서는 안 돼. 적당히 노출될 만한 곳에 서서 사람들에게 발각되어야 한다고. 스티커 다 못 받으면, 버리고 갈 거다."

이런 종류의 일자리는 종종 있었지만, 소장은 제이의 편의를 많이 봐주는 편이었다. 가끔은 인생 선배 노릇도 하려고 했다. 제이는 소장 밑에서 사년을 일했고, 그들 사이에는 나름의 규칙이 생겨서 편했다. 제이는 소장이 자신을 배려하는 이유가 뭔지 알고 있었다. 소장은 자주 사람들 앞에서 제이의 근성을 칭찬했고, 일 하나는 똑 부러지게 한다고 치켜세우곤 했다. 실망시키고 싶지 않았다. 잘하고 싶었다.

제이는 걸음을 멈춰 행인들을 보았다. 사람들은 두 부류였다. 어떤 사람들의 눈에는 아예 그가 보이지 않았다. 제이를 향해 있어도 그들의 눈에는 어떤 상(像)도 맺히지 않는 것 같았다. 그러나 어떤 사람들은 그를 봤고, 그의 움직임을 따라 그들의 동공이, 고개가, 발끝이 돌아갔다. 간혹 그들은 멈춰서 제이를 바라보기도 했다. 그러나 손을 뻗어 제이의 가슴팍에 스티커를 붙이는 일이 그들에게는 너무 어려운 듯했다. 손발을 움직여야 할 그 몇 미터, 그 몇초간의 이동이 귀찮았던 것이다. 처음에 제이는 멀뚱히 서 있기만 해서 자신을 바라보는 시선을 놓쳤다. 이제는 누가 자신에게 고개를 돌리면 그 가까이로 냉큼 달려가거나, 장난스럽게 앞을 막아서기도 했다. 그러면 그들은 뒷걸음질을 치거나 손을 내저었다. 어떤 남자는 제이에게 스티커를 붙이면 뭘 받게 되느냐고 물었다.

"사과 교환권을 드려요. 비타민씨가 일반 사과보다 세배 더 높은 거예요. 이건 저녁에 먹어도 좋아요. 이 사과를 남문과 서문 쪽 출구에서 받으실 수 있습니다."

"한박스?"

"아뇨, 한알요."

남자는 사과 한알 정도는 쉽게 포기하고 돌아섰다. 그나마 그가 가장 적극적인 사람이었으니, 제이로서는 대체 다른 월리들이 어떻게 해서 스티커를 그렇게 덕지덕지 붙였다는 건지 신기할 따름이었다. 리버씨티에 오는 사람들은 어디에 뭐가 있나, 볼 게 뭐가 있나, 받을 게 뭐가 있나, 할 게 뭐가 있나, 모든 자극에 반응할 준비가 된 것처럼 걷는다던데. 그러나 지금 제이에게까지 그 관심이 오지 않는 것은, 너무 많은 이벤트가 한꺼번에 벌어지기 때문인지도 몰랐다. 월리 역시 몇명이나 있으니 사람들이 꼭 제이만을 고집

할 이유는 없지 않은가.

전화가 울렸다. 소장인 줄 알았는데, 건너편 목소리는 장이었다. 장은 주말이라 서울이 한가해져 좋다면서, 사람들이 못 돌아오게 톨게이트를 다 막아버렸으면 좋겠다고 했다. 딱 이 정도의 인구가 좋은 것 같지만, 자기가 올라오고 나면 그다음에 잠글 거야,라고도 했다. 어쩐지 조금 무료하게 들리는 말이었다.

제이는 장이 지금 어떤 기분인지 알 것 같았다. 그가 장을 처음 봤을 때도 장은 저런 목소리에 지금은 보이지 않지만 분명 저런 표정을 짓고 있었다. 그들은 그날 같은 승합차를 타고 결혼식에 갔다. 서울에서 대구까지 이동하는 차 안에서는 누구도 말이 없었다. 그들 외에도 다섯명 정도가 더 있었다. 그들은 서로를 몰랐지만, 공통점이 있었다. 신랑, 신부의 친구라는 것. 신랑, 신부의 이름을 오늘 알았다는 것. 신부대기실 혹은 로비에서 신랑, 신부에게 인사를 하고 사진을 찍고 박수를 치고 밥을 먹고 돈을 받고 올 거라는 것. 그중에서도 장의 역할은 중요했다. 장은 이미 스무번도 넘게 하객 역할을 한 프로였고, 부케를 받기로 되어 있었다. 제이는 두번째로 하객 역할을 하는 날이었다. 온통 고용된 하객으로 넘치던 그 결혼식에서 신부는 누가 부케를 받을 것인지 분간하지 못했다. 실은 분간할 필요가 없었다. 장은 노련했고, 모든 건 예정대로 돌아가게 되어 있었다. 정해진 순서에 장이 나서기만 하면 되는 일이었다. 그러나 부케 받을 사람 나오라는 말에 아무도 나서지 않았다. 신랑, 신부 뒤로 병풍처럼 서 있던 하객들은 서로 눈치만 보았다. 다들 '나는 아닌데' 하는 표정이었다. 장 역시 '나는 아닌데' 하는 표정을 짓고 있었다. 제이는 장이 부케 받을 친구라는 걸 알았지만 당혹스러워서 가만히 있었다. 부케 받는 친구분 나오세요,라고 사진사가 몇번 더 외쳤지만 부케 담당은 끝내 나타나지 않았다. 결국 눈치만 보던 하객들 중 누군가 나서서 부케를 받았다. 진짜 하객인지 가짜 하객인지 알 수 없었다. 제이는 장의 표정을 보고 싶었지만 하객들이 일렬로 카메라 앞에 서 있었기 때문에, 잘 보이지 않았다. 자기 역할을 다하지 못하고도 장은 용케 밥을 먹었다. 그러나 수당을 받거나 승합차를 타지는 못했다. 장은 그대로 잘렸다기보다는 본인 스스로 그만둔 거라고 봐야 옳았다. 제이는 그때 장과 함께 승합차 밖에 남았다. 장의 그 묘한 표정을 좀더 보고 싶어서였다. 그게 장을 만난 첫날의 일이다. 기차를 타고 서울로 돌아오면서, 제이가 대체 왜 그랬느냐고 묻자 장은 모르겠다고 대답했다. 시간이 한참 지나서 두사람이 사귀게 되었을 때, 장은 불쑥 그 얘기를 꺼냈다.

"그때 말이야, 심심해서 그랬어. 내가 안 나가면 어떻게 되나 갑자기 미친 듯이 궁금하더라고. 그런데 뭘 느꼈는지 알아?"

"뭘 느꼈는데?"

"내가 없어도 잘 돌아가네."

"너 없으면 나는 안돼."

제이는 그렇게 대답했고, 장은 웃었다. 지금도 장은 그런 기분일까? 제이가 장에게 말했다.

"사과 먹고 싶지 않아? 받고 싶으면 리버씨티로 와. 천안 지나서 대전 가기 전에. 기차 타고 오면 금방이야. 고기 사줄게. 월리 알지? 월리를 찾아. 교환권 백장 줄게!"

물론 교환권은 일인당 한개만 유효하지만, 기분 같아서는 남은 교환권을 아무렇게나 나눠주고 얼른 이곳을 떠나고 싶었다. 제이가 가진 교환권은 여전히 백개였고, 아무도 월리를 알아보지 않았다.

오후 네시가 넘었고 제이는 여전했다. 그는 빈 의자에 앉아, 가방 속에서 초콜릿과 포춘쿠키를 꺼냈다. 초콜릿은 초콜릿 회사에서, 포춘쿠키는 포춘쿠키 회사에서 무료로 나눠준 것이었다. 어찌 된 일인지 지금 자신이 홍보하고 있는 사과는 한입 맛보지도 못했다. 행사가 다 끝나면 사과 한알이라도 주려나. 제이는 초콜릿을 씹어 먹으면서 포춘쿠키를 반으로 갈랐다. 황당하게도 포춘쿠키 안에는 메시지가 두개나 들어 있었다. 아무래도 불량 같았는데, 두 문장은 상반되는 내용이었다. 하긴, 곰곰이 생각해보면 딱히 두 문장이 공존하는 게 불가능하지는 않았다. '당신은 사람을 잃게 될 겁니다' 와 '당신은 귀인을 만나게 됩니다'는 그의 인생 안에서 충분히 동거할 수 있었다. 어느 문장이 먼저 일어날 것인지 순서가 궁금할 뿐이었다. 포춘쿠키가 하나 더 있었다. 제이는 그것도 마저 반으로 갈라보았다. 이번엔 '무관심이 당신의 적입니다. 주변을 돌아보세요'라는 문장이 들어 있었다.

제이는 억울했다. 무관심이라니. 그는 오히려 반대의 경우에 더 가까웠다. 몇년 전에 제이는 빵 포장지에 적힌 제조자의 이름을 보고, 그 사람을 찾아보려고 시도한 적도 있었다. 그 무렵 그는 늘 고동빵으로 아침 한끼를 때웠는데, 고동빵은 고동 모양으로 생겼다고 해서 붙여진 이름이었다. 고동빵을 사면 운을 시험해볼 수 있었다. 봉지 안에는 빵과 함께 그날의 운세도 들어 있었기 때문이다. 제이는 늘 그 운세 한 문장을 읽으면서 하루를 시작했다. 그 포장지에 찍혀 있던 제조자의 이름 '김정민'이 눈에 들어오기 시작한 것은 고동빵을 사 먹은 지 거의 한 계절이 지나갈 즈음이었다. 그 후로 몇 계절을 더, 제이는 김정민 씨가 만든 빵을 먹었다.

그리고 어느날 제이는 그 김정민 씨가 궁금해졌다. 평소처럼 포장을 뜯고 빵을 먹기 직전에 떠오른 생각이었다. 일년간 한사람이 똑같은 제조자의 빵을 먹는다는 게 흔한 일일까. 제이가 늘 같은 편의점이나 같은 동네에서 그 빵을 사 먹은 것은 아니기에 더 신기한 일이었다. 제이는 토요일과 일요일, 행사를 따라 승합차를 타고 여러 도시들을 오갔다. 낯선 지역에서도 제이의 아침식사나 간식은 늘 고동빵이었는데, 거기서도 '김정민'이라고 인쇄된 세 글자를 계속 본다면 그건 우연이 아닐 수도 있었다.

물론 그날 하필 고동빵에는 '오늘의 운세' 메시지가 들어 있지 않았다. 그건 불량이었지만, 제이에게는 대수롭지 않은 일이었다. 제이는 운세 대신 포장지의 깨알 같은 글자를 읽었다. 그리고 제조자의 이름을 읽었다. 공장의 컨베이어벨트가 흘러 흘러 여기까지 온 거라면, 그걸 거슬러보고 싶기도 했다. 그는 수신자 부담 번호로 전화를 걸었다.

"제가 거의 일년 동안 고동빵을 먹었는데요, 제가 먹는 빵은 계속 그분이 만드셨거든요."

제이의 전화는 여러 부서를 경유했다. 그 긴 추적은 제이를 피로하게 하기는커녕 설레게 했다. 처음에는 그냥 호기심이던 것이 필연처럼 바뀌고 있었다. 반드시 김정민 씨와 통화하고 싶었다. 만나고 싶었다. 제이의 전화가 김정민 씨와 가장 근접했다고 생각되었을 때, 수화기 건너편에서는 이런 말이 돌아왔다.

"지속적으로 이물질이 발견되었다는 겁니까?"

제이는 오늘의 운세가 들어 있지 않다고 말했지만, 그걸로는 김정민 씨를 만날 수 없었다. 식품회사에서는 빵을 교환해주겠다는 말을 할 뿐이었다. 제이는 김정민 씨가 궁금했고, 혹시나 그와 통화하게 된다면 고맙다는 식의 말을 하고 싶었다. 당신이 만든 빵을 일년째 먹었다고 하면 그 사람도 신기해할까. 그러나 그런 걸 설명하려고 보니 마음만 바쁘고 설명하기 힘들었다. 결국 제이는 이렇게 말했다.

"사실 이런 말은 안하려고 했지만."

김정민 씨가 궁금했다. 김정민 씨를 만나고 싶었다.

"빵에서 살아 있는 지렁이가 나왔습니다. 제가 반을 먹었다고요, 벌써."

제이가 지렁이를 구해다가 반쯤 먹을 필요는 없었다. 그즈음에는 그런 이물질 사고가 몇차례 있었고, 식품회사 쪽에서는 논란의 여지를 만들고 싶지 않아했다. 한시간 안에 김정민 씨가 제이를 만나러 왔다. 과연 그가 진짜 김정민 씨인지 아닌지 제이는 분간할 수 없었다. 그는 지난 일년에 대한 이야기를 하고 싶었지만 김정민 씨는 제이에게 고둥빵 한상자와 서류를 내밀었다. 고둥빵 스물네개가 줄 맞춰 들어 있었고 서류의 내용은 기분이 나빴다.

"김정민 씨가 만든 빵이 문제인데, 또 그걸 한상자나 먹으라고요?"

그날 제이에게는 그 식품회사의 고급 쿠키세트와 백화점상품권 몇장이 더 전달되었다. 그후 제이는 고동빵을 먹지 않았다.

누군가 제이에게 전단지를 나눠주었다. 이미 크로스백은 각종 홍보물로 터질 지경이었다. 제이는 종이를 비스듬히 말아서 고동빵 모양으로, 아니 망원경 모양으로 만들었다. 그 둘둘 말린 한끝에 눈을 대고 다른 한끝으로 사람들이 몰려 있는 쪽을 바라보았다. 너만 빼고 다들 벌써 몇십개씩 스티커를 얻었다더라, 하던 소장의 말은 거짓이었다. 아니면 저 앞에 자신과 별반 다를 바 없는 눈빛으로 어슬렁대는 월리들을 뭐라고 설명할 것인가. 적어도 네명쯤은 되어 보였다.

어떻게 해야 사람들의 눈에 띄는 거냐고 제이가 물었을 때 소장은 너무 준비 없이 왔다고 제이를 나무랐다. 그건 아니었다. 제이는 억울했다. 그는 사흘 전에 미용실에도, 안경점에도 가지 않았는가. 오랜만에 싸우나에도 갔고, 아침에는 남성용 비비크림까지 세심하게 펴발랐다. 저기 보이는 월리들보다 자신이 훨씬 더 정교하지 않은가. 진짜 책 속에서 튀어나온 월리 같지 않은가. 그러나 그런 건 의미가 없었다. 스티커를 받아야 진짜 월리였다. 어쩌면 『월리를 찾아라』에는 한 페이지당 월리가 한명만 있는 건 아닐지 모른다고, 제이는 생각했다. 어릴 때는 한명이라도 월리를 찾으면 그만이었고, 월리를 찾으면 곧 다음 페이지로 책장을 넘겼지만, 어쩌면 선착순 같은 거였는지도 모른다. 월리는 사실 사백명 중에 네다섯명쯤 되었을지도 모른다. 그중 가장 눈에 잘 띄는 월리만 정답이 되고, 발견되지 못하는 월리는 결국 군중의 몸체만 불려줄 뿐이었다.

그때 종이망원경 한쪽 끝에서 다른 동공이 보여 그는 깜짝 놀랐다. 동공은 제이가 그토록 찾고 또 찾던 스티커를 가진 사람이었다. 그가 제이에게 월리 어쩌고 중얼거리면서 스티커를 붙였다. 스티커가 제이의 가슴팍에 붙는 순간, 약간의 찌릿함을 느꼈다. 조금 더 과장하자면 온몸에 쥐가 나는 듯한 느낌이었다. 나 여기 있다, 나 여기 살아 있어, 제이는 그렇게 소리치고 싶었다. 제이는 그 행인에게 거의 구십도로 허리를 굽혀 인사했다. 스티커를 훈장처럼 달자 걸음이 좀더 빨라졌다. 경쾌해졌다. 그동안 너무 천천히 움직인 것도 같았다. 좀더 사람들이 많은 쪽으로 뛰다시피 걷고 있을 때, 누군가가 제이 옆으로 다가왔다. 월리였다. 그의 가슴팍에도 스티커가 하나 붙어 있었다. 저만치 스티커가 하나 정도 붙은 월리들이 더러 보였다. 두개 붙은 월리들도 보였다. 제이는 다시 초조해졌다. 제이 옆으로 다가온 월리가 말했다.

"저녁을 다섯시에 준다던데요."

"네, 그렇다더군요."

"드실 건가요?"

당연한 것 아닌가, 하는 눈빛으로 제이는 그 월리를 쳐다보았다. 그러나 월리는 고개를 저으면서 대답했다.

"안 먹는다는 월리들도 많더라고요, 스티커가 부족해서. 행사시간이 반이나 갔으니까요."

"그래요?"

뭐 그렇게 할 것까지야. 제이는 조금 짜증이 났다. 월리가 다시 물었다.

"계속하게요?"

"아홉시까지 아닌가요? 안하면 어쩌겠어요."

제이의 대답에 월리는 고개를 저었다.

"여기에 월리가 얼마나 많은 줄 아십니까? 전 고민입니다. 게다가 그 월리들 사이에서 피 튀기는 싸움이 벌어지고 있고요."

그렇게 말하는 월리의 눈 주위가 부어 있었다. 입술도 약간 부르튼 것처럼 보였다.

"다들 챔피언이 되고 싶어하니까요. 그 스티커 조심하세요."

"챔피언요?"

"모르시나본데, 그걸 모르고 온 사람들도 꽤 있더라고요. 주로 업체 사장이나 선배들이 중간에서 가로채려고 하는 것 같기도 하고요. 모르셨어요, 챔피언?"

월리는 제이를 답답하게 여기는 듯했다. 그의 설명에 따르면 이번 행사에서 가장 근성있는 월리 한명을 챔피언으로 뽑는다고 했다. 챔피언의 혜택은 이 리버씨티에 취직하는 거였는데, 그것도 이벤트 부문을 총괄하는 관리직급이라고 했다. 연봉이나 기타 조건도 꽤 좋은 편이어서, 사람들이 기를 쓰고 스티커를 갈취한다는 거였다.

"갈취요?"

월리는 자신의 눈과 입 주위를 가리켰다. 이미 두개나 빼앗겼다는 거였다, 다른 월리들에게. 제이가 물었다.

"챔피언의 조건이 뭔데요?"

"그건 몰라요. CCTV가 곳곳에 있으니까, 그걸 보고 판단하는 지. 근성 말고는 따로 설명된 게 없어서 사람들이 더 보이는 것에 집착하는 경향이 있나봅니다. 일단 스티커를 단시간에 백개 채우 는 게 유리하지 않겠느냐는 거죠. 전 그래서 최대한 지나가는 사람 들한테도 친절하게 대했어요. 혹시 써비스 마인드를 보는 건지도 모르니까요."

"챔피언에 나이제한은 있나요?"

"그런 건 없어요. 일흔 먹은 할아버지도 도전했다는 말을 들었는 데요, 뭘."

그 순간 제이의 눈앞에 소장의 얼굴이 떠올랐다. 소장이 왜 자 신을 여기까지 데려다주었는지를, 그리고 왜 챔피언 얘기는 하지 않았는지를, 스티커 갯수에 왜 그렇게 집착하는지도 알 것 같았다. 아침에 소장이 리버씨티에 대해 입이 마르도록 칭찬하던 기억이 떠올랐다. 이곳의 관리직이라면 소장으로서도 탐날 수 있는 것 아 닐까.

"이런 작태가 싫어서 관두고 나간 월리도 많답니다. 저녁까지 굶 고 일하려는 월리도 있고요. 혹시 지금이라도 그만두실 거라면, 그 스티커는 절 주시면 안되겠습니까?"

월리가 말했다. 제이는 미안하다며 일어섰다. 챔피언이라니. 그 런데 왜 소장은 직접 뛰려고 하지 않았을까. 왜 자신을 대타로 보 냈을까. 그게 이상했다. 다음 순간 제이는 자연스레 그 이유를 알 았다. 제이의 뒤통수를 누군가가 세게 후려쳤던 것이다. 제이가 머 리를 감싸는 사이에 그 큼지막한 손이 제이의 가슴팍에 붙은 스티커를 잡아당겼다. 전자칩이 붙긴 했지만, 거대한 힘 앞에서 쉽게 떨어져나갔다. 그 손의 주인은 조금 전까지 대화를 나눴던 그 친절한 월리였다. 월리는 제이의 스티커를 빼앗아 자신의 가슴팍에 붙였다. 그리고 짤막하게 사과하고는 유유히 걸어갔다. 그 장면을 목격한 행인 하나가 월리에게 스티커를 붙였다. 그러자 사람들이 덩달아 몇개를 더 붙였다. 제이 쪽은 아니었다. 그러니까, 싸움에서 승리한 월리였다.

다섯시가 넘었다. 제이는 의자에 가만히 앉아 있었다. 저녁을 먹으러 가야 할지, 지금 그만둬야 할지 고민스러웠다. 제이는 소장에게 전화를 했다. 소장은 단번에 전화를 받았다. 제이가 소장님, 하고 부르자 소장도 약간 목소리를 누그러뜨리고 대답했다.

"소장님은 절 찾으실 수 있겠습니까?"

"난 네 뒤태만 보고도 알 수 있지. 멀리서 봐도 딱 티가 나. 그 엉덩이 말이야."

"다행이네요."

"싱겁군."

"전 절 못 찾겠거든요."

"엉덩이만 봐도 티 난다니까. 내가 늘 너를 그런 식으로 해서 찾았지."

"전 제 엉덩이를 보기 힘드니까요. 그건 뒤에 있고, 눈은 앞에 있어서."

"그만하라고. 그래서 스티커는 많이 확보했나? 내가 지금 전산

실로 가는 중이긴 한데, 얼른 걸으란 말이야, 몸이 열인 것처럼. 알겠어? 중간중간 연락을 하라고. 그리고 말이야, 막춤이라도 춰서 시선을 끌어봐."

제이는 전화를 끊었다. 엉덩이만으로도 제이를 알아볼 수 있다던 소장은 통화 중에 제이의 옆을 스쳐 저만치 앞으로 걸어가고 있었다. 제이는 목소리로 소장을 알아볼 수 있었다. 그 또한 월리 복장을 하고 있었다. 그는 제이보다 덩치가 작고 좀더 늙었지만, 좀더 계산적인, 그런 월리였다.

제이는 사람들 사이로 걸어가서 미친 듯이 춤을 췄다. 행인들을 가로막고 춤을 췄다. 마치 홍보용 풍선 같은 허우적춤이었다. 그 말도 안되는 춤 때문인지, 지나가던 행인들이 제이에게 스티커를 붙여주었다. 모두 세개였다. 그것으로 제이는 표적이 되었다. 저 앞에서 사백명의 군중이, 아니 그 이상일지도 모르는 어마어마한 사람들이 몰려오고 있었다. 그들 모두가 월리였다. 제이는 뒤도 안 보고 뛰었지만 곧 그 거대한 파도에 휩쓸렸다. 파도가 휩쓸고 간 자리, 그에게 남은 것은 몇군데의 상처와 통증뿐이었다. 티셔츠를 벗으려면 두 팔을 위로 올려야 가능하지 않은가,라고 제이는 생각했다. 팔을 위로 든 기억이 없는데, 두 팔은 갈비뼈를 꼭 끌어안고 있었던 것 같은데, 제이의 티셔츠가 벗겨져 있었기 때문이다. 벗은 기억도 없는데 사라진 것은 티셔츠만이 아니었다. 안경알도 두쪽 다 빠지고 테만 남아 있었다. 두 팔로 끌어안았던 갈비뼈조차 몇개 빠진 것 같아서 제이는 가슴께를 꼭 감싸안았다.

그리고 화장실로 갔다. 제이는 입술에 묻은 피를 닦아내고, 허리를 이리저리 돌려보았다. 거울 속에는 러닝셔츠만 입고 있는, 반쪽짜리 월리가 있었다. 줄무늬 티셔츠도 없어졌으니 더이상 월리라고 하기도 애매했다. 소장은 자신을 방패막이 삼아 스티커를 확보해서는 마지막 순간에 교묘하게 제이로 둔갑하려던 게 분명했다. 선배라고 부르라더니, 야비한 자식. 챔피언에 눈이 먼 자식. 배가 아팠다. 제이는 화장실 한칸을 찾아 들어갔다. 이렇게 작은 공간이 더 마음 편했다.

　제이가 지팡이를 화장실에 놓고 왔다는 것을 깨달은 것은, 그곳에서 나와 얼마간 걸었을 때였다. 지나가던 아이 하나가 제이를 보고 월리다! 소리치며 스티커를 붙였던 것이다. 줄무늬 티셔츠를 입지 않았는데도 월리를 알아보다니, 제이는 그 순간 자신의 소품을 다시 점검했는데 지팡이가 없었다. 화장실로 다시 뛰어갔지만, 그곳은 그새 조금 낯설어져 있었다. 입구에서 왼쪽으로 대략 열개의 칸이 있었고, 오른쪽으로 또 열개의 칸이 있었는데, 그 둘은 데깔꼬마니처럼 완벽하게 대칭되는 구조여서 제이는 자신이 어떤 칸으로 들어갔는지 헷갈리기 시작했다. 게다가 이 입구 맞은편으로도 똑같은 모양과 크기의 입구가 있어서, 제이가 원래 들어갔던 입구가 이쪽인지 저쪽인지조차 명확하지 않았다. 입구에서 왼쪽으로 갔을 게 분명하다고 제이는 생각했지만 정작 어느 입구인지조차 확실하지 않았으므로, 결국 문 열린 모든 칸을 하나씩 들여다보았다. 다행히 그 안에는 사람이 거의 없었고, 딱 하나의 칸만 문이 닫혀 있었다. 아무래도 그 칸이 제이가 십분 전에 머물렀던 곳 같았다. 제이는 문을 두드렸다. 안에서는 딱히 기척이 느껴지지 않았는데 잠시 후에 똑똑 소리가 들려왔다.

제이는 손을 씻으며 기다렸다. 어떤 냄새도 기척도 없었다. 알 없는 안경 때문에 시야가 뿌옇기만 했다. 마음이 급해진 제이는 닫힌 문을 향해 말했다.

"저기, 죄송한데요, 제가 지팡이를 놓고 가서요. 혹시 그 안에 지팡이 없나요?"

한참 있다가 소리가 들려왔다.

"지금 내가 힘든 볼일을 보고 있으니까, 쫌만 기달리소."

노인의 목소리였다. 제이는 얌전히 기다렸지만, 짜증이 솟구치기 시작했다. 이 칸만 확인하면 되는데, 이 노인네는 왜 안 나오는 거야? 누가 이미 집어간 거 아니야? 제이는 다시 말을 걸었다.

"갈색 지팡이인데요."

"갈…… 뭐?"

"갈색 지팡이요. 거기 바닥에 있을 텐데."

"바닥엔 없어!"

제이의 말이 끝나기도 전에 외치는 소리였다. 그는 차마 선반도 한번 봐달라는 말을 하지는 못했다. 좌변기에 앉았을 때 선반 위까지 시야가 확보되는지 아닌지를 막연히 생각하고 있는 동안 시간은 조용히 흘러갔다. 제이는 다시 한번 문을 두드렸다.

"할아버지, 죄송한데요, 제가 시간이 좀 급합니다. 선반 위에 지팡이 같은 게 있는지만 좀 봐주세요, 예?"

신경질이 가득한 목소리로 "있어!"란 대답이 돌아왔다.

"쫌만 기다리라니까, 지금 팔이 안 닿아. 그새를 못 참아그래? 내가 지금 어쩌지 못한단 말을 그렇게 하는데도."

"급합니다! 부탁드립니다! 그것 좀 이리 주세요."

한참을 투덜거리는 말이 들리던 그 칸에서 별안간 우당탕하는 소리가 나더니, 화장실 문 아래로 뱀처럼 지팡이가 기어나왔다. 검고 주름이 많은 손이 문밖까지 나왔다가 급히 안으로 되돌아갔다.

"감사합니다!"

그러나 지팡이 끝이 단단하게 무언가에 걸려 있었다. 문 밑으로 지팡이 끝을 잡고 있는 검은 손과 그 손 위로 희고 붉은 줄무늬 티셔츠의 한 자락이 보였다. 제이는 힘을 다해서 지팡이를 획 잡아당겼다.

화장실을 나오자 그새 월리들이 번식한 듯 더 많아져 있었다. 이상하게 제이의 눈에는 월리만 들어왔다. 월리들 틈에서 월리 아닌 사람을 찾기가 더 쉬울 것 같았다. 누군가가 줄무늬 티셔츠도 입지 않은 제이에게 스티커를 또 붙여주었다. 마음을 비우고 나니 스티커가 몇개나 더 생긴 셈이었다. 그 몇가지 사소한 일들이 제이의 마음을 바꿔놓았다. 그는 저녁이나 먹고 시간을 때우다가 돌아갈 생각이었다. 그러나 스티커를 몇개 받는 순간, 그는 자신이 화장실에 놓고 온 것에 대해서 생각했다. 화장실 칸 밑으로 언뜻 보이던 그 줄무늬 티셔츠 자락을 생각했다. 그건 월리의 것이었다. 그러나 어쩌면 제이의 것이 될 수도 있었고, 제이가 더 가능성이 있는지도 몰랐다. 모든 것을 포기한 순간 그의 가슴팍에는 '좋아요' 스티커가 스무개 가까이 붙지 않았는가. 진짜 챔피언이 되는 길이 멀지 않을 수도 있었다. 소장도 누구도 아닌, 제이 자신이 월리가 될 수 있었다. 그는 월리가 되고 싶었다. 그러기 위해서는 줄무늬 티셔츠가 있어야 했다. 제이는 화장실로 되돌아갔다. 그가 노리는 칸은 이미 문이 조금 열려 있었다. 그리고 그 밑에서 검은 피가 흘러나오고 있었다. 그는 차마 문을 더 밀어서 그 안을 확인해볼 생각을 하지 못했다. '얼음'이 된 것처럼 멈춰 있다가, 뒤도 안 보고 도망쳤다. 누군가 뒤에서 그를 가리켰다. 그는 뛰고 또 뛰었다.

지팡이에 왜 둥근 부분이 있는지 나는 처음 알았다. 그것은 손을 위한 것이거나, 그게 아니라면 목을 위한 거였다. 내 경우에는 목을 위한 것이었다. 내 뒤에서 나타난 지팡이의 둥근 부분이 내 목을 감았다. 그는 말했다.
"조용히 티셔츠 벗어."
나는 이십오년간 한번도 이 옷을 벗어본 적이 없으므로 그럴 수 없노라고 대답했다. 그런 대화는 무의미했다. 나는 결국 줄무늬 티셔츠를 빼앗기고도 흠씬 두들겨맞았다. 내가 갈색 크로스백에 무엇을 넣고 다녔는지도 그때 처음 알았다. 그는 가방 안에서 말 인형을 꺼내 내 입에 처넣었다. 말 엉덩이는 내 입에 꼭 들어맞았다. 내가 으악 소리를 내도 말의 엉덩이가 모든 말을 다 먹어버렸다. 그는 내 뒤에 있었으므로 나는 그의 표정을 볼 수 없었다. 그를 다시 본 건 구타의 시간이 끝난 후 리버씨티 측에서 CCTV를 공개해줬을 때였다. 그러나 그것을 보고도 나는 그를 분간할 수 없었다.

그의 표정은 나와 너무도 똑같아서, 누가 맞고 누가 때리는 것인지 구분할 수 없었다. 우리는 그냥 월리였다. 마틴 핸드포드의 책에서 내가 없는 페이지는 의미가 없지만 나만 있는 페이지도 의미가 없긴 마찬가지다. 그러므로 지금 이 시간은 결국 휘발될 것이다.

육중한 유리 회전문이 돌아가는 속도는 느렸다. 제이는 마음이 급해서 회전문을 재촉했지만, 회전문은 제이를 그 안에 가둔 채로 작동을 멈췄다. 그는 회전문이 만드는 네개의 구획 중 하나에 갇혀 이리도 저리도 움직이지 못했다. 회전문을 더 세게 밀어보았지만, 문은 꼼짝도 하지 않았다. 잘 닦인 회전문에 자신의 모습이 비쳤다. 줄무늬 티셔츠는 그에게 조금 컸다. 그의 것이 아니었다. 제이는 눈을 감고 회전문에 온 체중을 실었다.

그때 누군가 저 밖에서 회전문에 노크를 했다. 장이었다. 장은 제이를 보며 양손을 머리 위로 올리는 시늉을 했다. 제이가 장을 따라 양손을 머리 위로 올렸고, 제이의 손이 떨어지자 곧 회전문이 다시 움직이기 시작했다. 제이는 그제야 회전문에 붙어 있는, 손을 대지 말라는 문장을 읽을 수 있었다. 장은 제이를 안아주었다. 제이의 몰골은 말이 아니었다.

"전화 꺼져 있어서 걱정했잖아. 집으로 가자. 일단 밥부터 먹고."

장의 말에 제이는 배고픔을 느꼈다. 벌써 리버씨티 밖은 어두컴컴했다. 장은 노련한 가이드처럼 움직였다. 장이 물었다.

"그 안에서 대체 뭘 한 거야?"

"월리를 찾아다녔지."

"네가 월리라며?"

그들은 리버씨티에서 멀어졌다. 그렇지만 제이에게는 반쯤 열려 있던 그 화장실 문이 자꾸 따라붙었다. 그 안에 무엇이 있었는지 그는 알지 못했다. 한참 걷다가 문득 생각이 난 듯 줄무늬 티셔츠와 지팡이 따위를 벗어던졌을 뿐이다.

사분의 일

두달 전 우리 가족은 네등분되었다. 그건 그냥 케이크 자르기 같은 거였다. 둥근 케이크를 네개의 숟가락이 두서없이 퍼먹든, 칼로 네등분을 해서 한조각씩 나눠 먹든, 케이크 맛은 달라지지 않는다. 우리는 남이 아니었기에 아주 균등한 나눔은 아니었다. 더 필요한 사람에게 더 많은 몫이 돌아갔다. 내 몫은 학교 앞의 다섯평 원룸이었다.

"그거라도 어디냐."

그렇게 말하는 아빠는 집도 아니고 파란 트럭을 한대 가졌을 뿐이다. 빚을 갚고 남은 금액은 얼마 되지도 않아서 우리 앞에 놓인 케이크는 아주 작았다. 내 몫에서 원룸의 보증금을 내고 나니 딱 두달 치 월세가 남았다. 한 학기를 쉬기로 했다. 두달 후 새 계절이

올 때면 진정으로 독립해야 했다.

엄마는 숙식을 제공하는 직장으로, 언니는 회사 근처의 오피스텔로, 나는 학교 근처의 원룸형 빌라로 갔다. 그리고 아빠는 파란 트럭 한대를 가지고 의정부 고모네로 갔다. 갑자기 네개의 지점이 되어버린 식구들을 꼭짓점 잇기 식으로 연결해보면 언젠가 아빠가 홧김에 발로 차 다리 한쪽이 꺾이고 모서리가 찌그러진 식탁이 떠올랐다. 그 식탁에서는 누구도 밥을 먹을 수 없었다.

이사를 며칠 앞두고, 집에서는 각자 목적지가 다른 짐들이 네개의 구역을 만들면서 포장되기 시작했다. 산 지 얼마 안된 냉장고는 아빠가 가져가기로 했다. 언니는 식탁의자 네개 중에 두개를 선택했다. 내가 의자 하나를 더 가져가기로 했고, 남은 한개는 탈락되었다. 이미 너무 낡아 있었다. 각자의 침대와 책상, 옷장은 목적지도 주인도 분명했는데 엄마와 아빠가 쓰던 퀸 침대만은 어디로도 가지 못했다. 그것은 이미 오래전부터 엄마 혼자 쓰고 있었으므로 엄마와 아빠가 쓰던 거라고 말할 수도 없었다. 용도상으로는 일인용이 분명했지만 엄마가 가게 될 직장의 숙소 공간이 딱 그 침대 크기만 했다. 세탁기와 텔레비전은 내 몫이었다. 세명이 앉을 수 있고, 한명이 길게 누울 수 있을 만큼 큰 기역 자 모양의 소파는 모두에게 외면당했다. 사다리차가 우리의 짐을 아파트 아래로 내려놓던 날, 소파는 그대로 단지 내 재활용물품들 사이에 버려졌다.

아빠의 트럭이 가장 먼저 싣게 된 것은 네명분의 이삿짐이었다. 마치 택배회사 직원처럼 아빠는 네명분의 짐을 동선에 맞게 트럭에 실어놓았다. 소파와 침대, 그리고 그외에 버림받은 살림들을 익숙한 동네에 내려놓고, 세사람은 트럭에 올라탔다. 언니는 대중교통을 이용해서 아침 일찍 이사 갈 오피스텔로 이동한 상태였다. 첫번째 짐이 갈 곳은 엄마의 직장이었다. 짐은 24인치 캐리어 하나가 전부였다. 엄마는 이제 숙식이 제공되는 직장에서 하루에 열두시간씩 일을 하고, 여덟시간씩 잠들게 될 것이다. 그리고 남은 시간들이 어떻게 활용될지에 대해서는 내가 알 수 없을 것이다. 차는 한참을 달렸다. 안산에서도 이십분을 차로 더 들어가야 목적지가 나타났다. 엄마가 24인치 캐리어를 가지고 건물 안으로 들어갔다. 공장이었다. 어딘지 기분이 이상해지려고 했다. 이럴 때 유용한 말은 전화해 혹은 전화할게,였다. 엄마와 나는 그 말을 주고받고 헤어졌다. 엄마와 아빠 사이의 인사는 잘 기억나지 않는다.

다음 목적지는 언니의 오피스텔이었다. 세사람이 앉던 좌석에 두사람이 앉으니 증발한 한사람의 몫만큼 자리가 더 춥게 느껴졌다. 우리는 안산을 들렀다 다시 서울로 돌아왔다. 언니의 오피스텔은 군자역 근처에 있었다. 아빠와 나는 언니의 집에 가구와 박스 몇개를 옮겨주었다. 아빠와 나는 언니가 시켜준 짜장면을 먹고 다음 목적지로 이동했다. 금호동이었다. 우리 중에 가장 많은 살림을 그대로 이식받은 곳이 내 원룸이었다. 29인치 텔레비전과 세탁기를 옮길 때 조금 버둥댔을 뿐, 그외에는 수월한 이사였다. 아빠가 물었다.

"근데 너희들은 같이 지내도 되지 않냐?"

그걸 왜 이제야 물으시는지. 나는 언니가 친구와 함께 살 거라고 말해주었다. 그러기에 그 위치에 그만한 크기를 얻을 수 있는 거라

고. 그러나 얼마 후에 입주할 그 친구가 남자라는 사실은 말하지
않았다.

트럭이 마지막 목적지를 향해 시동을 걸었다. 이제 의정부 고모
네가 아빠의 새 주소가 되는 것이다. 그렇게 우리 가족은 이별했다.
어쩌면 이별이 아닐 수도 있었다. 그냥 모든 것을 네등분한 것이었
다. 이제 티브이도, 냉장고도, 이불도, 전기장판도, 그리고 변기도,
배수구도 인원수만큼 늘어났다. 우리는 그렇게 부자가 되었다.

우리 가족이 찢어진 일차적인 이유는 빚이었다. 그러나 언니의
오피스텔과 내 원룸, 아빠의 트럭과 엄마의 생활비를 나눌 정도였
다면 네 식구가 함께 사는 게 아주 불가능한 일은 아니었을 것이
다. 너무 가난하기 때문에 평생을 싸우면서도 헤어지지 못하는 가
족도 있다는데, 우리 가족은 적당히 가난했기 때문에, 그리고 이차
적인 이유가 있었기 때문에 분리되었다. 아빠와 엄마는 이미 오래
전부터 서로에게 냉담했고, 이혼을 미루고만 있었다. 두사람은 이
십팔년간 한집을 공유했다. 집에는 수많은 잠재적 무기들이 있었
다. 과용하면 독이 되는 상비약을 꾸준히 건네는 것만으로도 범죄
는 가능했다. 한때는 철제 의자가 찌그러진 적도 있었다. 밤마다
문짝이 남아나지 않았다. 그러나 이제는 그런 질풍노도의 시기마
저 지나고 고요해진 지 오래였다. 평화가 아니라 침묵이었다. 내공
이 쌓인 두사람은 기본적인 의식주를 공유하면서도 대화하지 않
는, 농담하면서도 웃지 않는 경지에 이르렀다. 이사에 조금 앞서서
두사람은 공식적인 부부관계를 청산했다. 나는 그저 덤덤했다. 부

모의 이혼에 울 나이는 지났다. 아무런 입장표명도 하지 않은 것을 보면 언니도 나와 같은 생각이었을 것이다.

아빠는 의정부로, 엄마는 안산으로 가게 되면서 우리 자매는 경기도의 북동쪽과 남서쪽을 선택한 부모로부터 자연스레 분리되었다. 언니의 연애와 동거라는 삼차적인 이유에 의해 우리 둘도 분리되었다. 그렇게 동으로 서로 남으로 북으로 모두 흩어져 우리는 사분의 일이 되었다.

낡은 세탁기는 이사 온 지 이주 만에 수명이 다했다. 좁은 욕실 한구석을 차지한 채 고장난 세탁기는 고치기엔 이미 너무 낡았고, 버리기엔 너무 무거웠다. 새 세탁기를 살 여유는 없었지만 그렇다고 헌 세탁기를 버릴 여력도 없어서 세탁기는 계속 방치되고 있었다. 방치된 것은 세탁기만이 아니었다. 빨랫감은 단지 오래 쌓아뒀다는 이유만으로 곰팡이를 피워올렸다. 나는 종일 컴퓨터 앞에 매달려 아르바이트를 찾아보았다. 마땅한 것이 없거나, 있어도 전화를 해보면 이미 없어진 뒤였다.

혼자 먹는 것은 익숙했다. 네 식구가 모두 둘러앉아 밥을 먹은 기억은 까마득했다. 우리의 식탁은 단두대 같았다. 아빠는 분위기를 깨는 농담을 진담처럼 하는, 쉽게 말하면 망언을 일삼는 스타일이었고, 엄마는 그런 아빠의 농담에 필요 이상으로 반응하는 스타일이었다. 식탁 위에 난무하는 아빠의 실없는 농담이 엄마를 톡, 건드리면 그때부터는 아빠의 농담이 더이상 연료 역할을 하지 않아도 엄마의 불길이 치솟기 시작했다. 엄마는 혼자 힘으로도 충분히 화를 증폭시킬 수 있었다. 아빠의 실언이 훅처럼 지나가면, 엄마는 계속해서 잽을 날렸다. 그리고 그것이 어느정도 지속되면 아빠는 쾅, 어퍼컷을 날렸다. 주로 식탁이나 벽 같은 딱딱한 것이 희생양이 되었는데 세월이 흐르면서 점차 작고 부드러운 것들로 변해갔다. 쿠션이나 플라스틱 쟁반 같은 것이 희생되다가 언제부터인가는 그저 허공만 쪼개지곤 했다. 그러나 무언가가 부서지거나 깨지지 않는다고 해서, 큰소리가 나지 않는다고 해서 정말 아무것도 깨진 게 없는 것은 아니었다.

어느새 우리는 서로의 영역을 침범하지 않는 범위 내에서 행동하고 있었으니까, 이미 금은 그어졌던 것이다. 아빠는 대부분 일정한 시간에 밥을 먹었고, 엄마도 아빠가 오기 전 일정한 시간에 밥을 먹었다. 우리 자매의 식사시간은 들쭉날쭉했는데 주로 각자 차려 먹었다. 어쩌다 통닭이라도 한마리 시켜 먹는 날이면 분리된 각자의 방과 방문이 파티션처럼 또 보호막처럼 사용되었다. 거실엔 텔레비전이 있었고 방엔 컴퓨터가 있었으므로 서로 말이 없어도 어색하지 않았다.

집 밖에서보다 집 안에서 혼자 먹는 순간이 더 많았으니 예전이나 지금이나 나의 식사시간은 별로 달라진 게 없다. 다만 텅 비어서 가벼워진 쌀봉지를 보며 쌀도 소모품이라는 것을 새삼 깨달았을 뿐. 내게는 쌀 한봉지 살 정도의 돈은 있었으나, 쌀이 줄어들고 있다는 것을 가늠할 만한 생각의 여지가 없었다. 공기나 물처럼 쌀도 막연히 영원할 줄만 알았다. 언젠가 자취를 하던 선배가 한 말이 떠올랐다. 자취는 곧 조난이다. 구호품 보낼게. 조난의 현장에서 구호품 상자를 열었다. 라면수프 냄새가 자극적으로 코를 찔렀다.

"나는 진정한 흑미밥을 먹어본 적도 있어. 까만 쌀로만 밥을 한 거야. 어느 순간 보니까 하얀 쌀이 다 떨어졌더라고."

그렇게 말하긴 했지만, 언니는 나와 달랐다. 흑미와 백미, 현미를 구분해서 요리하기 시작한 언니는 예전보다 더 상냥해진 듯했다. 언니가 밥을 차려놓고 나를 '초대'한 날, 나는 초대라는 말이 주는 묘한 즐거움과 묘한 거리감으로 어색해졌다.

"빨래방? 급한 건 갖고 와. 쇼핑백에 넣어서 오면 되잖아."

언니의 말에 빨래방에 맡기려던 두툼한 옷가지와 수건들도 함께 초대되었다. 룸메이트가 옮겨오기 전까지 번호는 같을 거라며, 언니가 일곱 자리의 현관 비밀번호를 알려주었다. 우리 옛집의 전화번호였다.

"가끔 놀러 와, 밥해줄게. 근데 너 요즘 아빠 뭐하는지 알아?"

언니가 물었다. 우리는 아빠가 뭘 파는지 그 품목조차도 제대로 알고 있지 못했다. 들려오는 소문들은 거의 사실이 아니었다. 소문은 늘 한 박자 늦게 도착했고, 소문보다 앞서 알아볼 만큼 부지런하지는 못했다. 아빠가 떡볶이를 판다는 소문을 듣고 확인해보면 그것은 이미 과거사가 되어 있었다. 트럭에 싣는 품목이 자주 바뀐다는 것은 그만큼 진득하니 팔 것이 없다는 뜻일 수도 있었다. 그것을 계속 물어보고 확인하는 것도 불편해서 언제부터인가 우리 사이에는 소문만 무성히 남았다.

가장 최근에는 아빠가 만두를 판다는 이야기를 들었는데 그 이야기를 들은 지 사흘도 지나기 전에 만두파동이 터졌다. 한집에 산다면 오며 가며 표정이라도 살필 수 있을 텐데 그게 아니니 용건이 도드라지는 전화통화를 쉽사리 할 수가 없었다. 아빠의 전화번호는 여러모로 119나 112 같은 긴급통화 번호와 비슷했다. 내가 외우고 있는 몇 안되는 번호였고, 그럼에도 누를 일이 별로 없는 번호였으며, 통화는 늘 간결했기 때문이다. 뉴스가 떠오른 다음 날, 엄마에게서도 전화가 왔다.

"니 아빠, 괜찮다니? 하는 일이 다 어째 그 모양이니."

아빠와 통화도 하지 않는 엄마 귀에, 안산에서 이십분 더 들어가야 하는 엄마의 공간에서 어떻게 의정부 일대를 트럭으로 도는 아빠의 소식이 들어간 것인지 알 수 없었다.

"잘 지내신대. 만두는 상관없대."

나는 언니에게 들은 대로 아빠의 안부를 엄마에게 전해주었다. 그러나 어떻게 잘 지내는지는 알 수 없었다. 우리의 안부는 '잘 지내냐', '잘 지내지' 그게 전부였다. 통화보다는 문자를 선호하게 되었고, 그 편이 더 상세했다. 그러나 아빠는 문자를 주고받을 줄 몰랐기 때문에 연락 빈도가 적을 수밖에 없었다.

가끔 뉴스를 보다가 식구들을 떠올렸다. 뉴스에서 오십대 남자 혹은 오십대 여자라는 말만 나와도 귀가 쫑긋, 그쪽으로 돌아갔다. 지난밤 뉴스에서는 기업의 대규모 감원 소식과 안산 공장지대에서 외국인노동자 한명이 자살한 소식이 전해졌다. 언니는 야근에 시달릴 만큼 일이 많았고, 엄마는 외국인노동자가 아니었지만 어쩐지 신경이 쓰였다. 아빠와는 일주일 내내 연락하지 않았다. 생각해보니 아빠와 전화기를 통해 연락을 주고받은 적은 거의 없었다. 식구들이 모두 독립하니 이런 점이 불편했다. 의식적으로 안부전화를 걸어야 한다는 것. 나는 늘 식구들을 그리워하고 있었으나 그리움과 연락의 빈도가 비례한다고 생각하지는 않았다.

세탁기를 사는 것은 계속 미뤄졌다. 세탁기 구입이 유보되는 동안, 나는 일주일에 한번쯤 빨랫감을 등에 진 채로 언니의 집으로 갔다. 시간상 언니가 집에 없을 타이밍이 많았다. 유통기한이 지난 번호를 누르고 집 안으로 들어섰다. 물건들이 언니의 안부를 전달했다. 언니의 새로운 취향을 집 안 물건을 통해 알아가기도 했다. 세탁기에서 탈수까지 마친 빨랫감을 비닐에 넣어 내 집으로 돌아왔다.

"니 언니 회사는 요즘 어떻다니?"

언니의 회사가 뉴스에 몇번 거론되던 날, 엄마에게서 문자가 왔다. 엄마도 나와 같은 뉴스를 본 듯했다. 최근 나는 언니의 회사가 자주 뉴스 서두에 거론되는 것을 유심히 지켜보고 있었으나, 한번도 언니에게 대놓고 물어본 적은 없었다.

"잘 돌아간대. 언니는 만날 야근이드만, 뭐."

거짓말을 했다. 아마 엄마도 누군가에게──아빠는 아니겠지만──그 대답을 전할 것이다. 우리 가족은 케이크 조각처럼 깔끔하게 네등분되어 서로 다른 식탁 위로 옮겨졌지만, 여전히 우리를 한가족으로 보는 시선들이 존재했다. 친척, 친구, 이웃, 어쩌면 거리의 고양이나 비둘기까지도 우리를 한묶음으로 보는 듯했다.

의정부 고모의 아들, 그러니까 나와 동갑내기인 사촌이 아르바이트를 소개해주었다. 몇주만 하면 되는 설문조사 아르바이트였다. 사촌은 아르바이트만 물어다준 것이 아니었다. 사촌 입에서 나는 아빠 소식까지 전해들었다.

"삼촌은 요즘 무릎이 많이 아프시대."

삼촌, 그것이 멀리멀리 돌아서 번역되어온 아빠의 호칭이었다. 만두 이후로는 어떻게 되었는지 궁금했지만 차마 그걸 사촌에게 물을 수는 없었다.

"삼촌이 품목을 바꿨어, 호박고구마로."

"전에는 뭐였는데?"

"사과."

그렇게 대답하고서 사촌은 나를 다시 쳐다보았다. '몰랐어?'라고 묻는 것 같았다. 내 삼촌이기 이전에 네 아빠잖아. 근데 몰랐어? 사과에서 호박고구마로 이어진 변화를 몰랐느냐고.

"호박고구마가 팔릴 철이잖아."

나는 부끄러움을 감추기 위해 대수롭지 않은 듯 말했다. 그건 그렇지, 하고 사촌이 주억거렸다. 얼굴이 달아올랐다. 머릿속에 아빠의 트럭이 이동한 경로가 그려졌다.

'떡볶이→만두→?→사과→호박고구마.'

어쩌면 떡볶이와 만두 사이에도 물음표가 한두개쯤 더 들어가야 할지도 모른다.

"근데 너 삼촌이랑 연락 안하냐?"

사촌이 물었다. 나는 고개를 저었다. 연락을 안한다는 의미인지 한다는 의미인지 나조차도 알 수 없었다. 나는 개그콘서트 이야기를 꺼냈다. 다행히 사촌은 개그콘서트로 따라와주었다. 따라가지 못한 것은 오히려 나였다. 나는 사촌과 헤어져 돌아오면서 계속 '삼촌의 무릎'에 대해 생각했다. 그런 것은 뉴스를 통해 알 수가 없는 법이다. 아니, 지난주쯤 중년층의 관절염에 대한 뉴스를 본 것도 같았지만, 그게 아빠에게도 해당될 줄은 몰랐다.

그날 오후, 나는 아빠에게 전화를 걸었다. 아빠는 전화를 받지 않았다. 그날밤이 되어서야 다시 아빠에게 전화가 걸려왔지만, 이번에는 내가 받지 않았다. 진동이 부르르 혈관을 따라 몸 여기저기로 퍼지는 것 같았다. 아빠에게 전화했던 목적이 무엇이었는지 몇 시간 새 잊어버렸다. 다만 그후 거리 곳곳에서 아빠의 파란 트럭이 나타났다. 내가 살고 있는 빌라 앞에는 자주 파란 트럭들이 무언가를 싣고 와서 확성기를 틀었다. 아빠의 트럭은 아닌 게 분명했지만, 파란색 트럭이 지나갈 때마다 자꾸 고개가 돌아가곤 했다. 아빠와 떨어져 있는 지금이 가장 아빠에 대해 많이 생각하는 시간이 되었다는 점이 이상했다. 언니도, 엄마도 마찬가지일 것이다. 세상 곳곳에 파란 트럭이 교회 십자가만큼이나 돌출적으로 많이 보였다. 왜, 트럭은 모두, 파란색일까.

한때는 원룸이 모던함의 상징처럼 여겨진 적도 있었다. 일인 가구들이 복도를 따라 쭉 늘어서 있는 정갈한 풍경, 혼자만의 변기, 맨몸으로 다닐 수 있는 자유로움. 그러나 그것을 일상으로 누리게 된 지금, '모던'이란 것은 몇십년 전에 번역된 문장들처럼 낡아 있었다. 씽크대 옆에서 잠자고 신발장 옆에서 밥 먹는 것이 원룸이었다. 그러나 냉장고와 화장실, 그리고 벽과 바닥, 틈새를 주기적으로 청소하다보면 내 공간이 오직 다섯평뿐임을 겸허히 받아들이게 되기도 했다. 그리고 언제 수명을 다할지 모르는 전구가 온 공간을 통틀어 단 두개뿐임도 감사히 받아들이게 되었다.

"우리 나이에 독립하는 게 뭐 큰일인가. 다들 독립한 것뿐이야. 독립기념일쯤 된 거지. 왜 예전에 달고나에 금 그어져 있었잖아, 금. 그대로 또각, 하고 분리된 것뿐이야."

그러나 그렇게 말한 언니는 독립하지 못했다. 아직 룸메이트가 오기 전이었지만, 언제부터인가 나는 언니의 집에서 언니의 취향이 아닌 다른 누군가의 취향을 읽곤 했다. 언니는 독립이 아니라 동거를 하고 있었다. 오히려 독립생활의 처참함을 겪고 있는 것은 나였다. 나는 열심히 챙겨 먹고 열심히 아르바이트를 하고 열심히 청소를 했지만, 그러다가 잠시만 방심하면 이 다섯평 공간이 흔들리기 시작했다. 청소 상태에 따라 벌레들의 종류가 달라졌다. 가장 처음 등장하는 것은 나방파리였다. 그것들이 생겨났을 때 일단계 경보가 울린 것인데, 방치하고 계속 청소를 소홀히 한다면 곧 초파리 종류를 보게 될 거라고, 자취 경험에 대해 늘어놓던 선배가 말했다. 아직 겨울이라 초파리를 만나지는 못했지만, 여름이었다면 초파리에 이어 바퀴벌레까지 등장했을 것이다. 3리터짜리 종량제 봉투도 내게는 너무 크기만 해서 음식물쓰레기를 반 정도, 그리고 공기를 반 정도 담아서 버려야 했다.

밥을 지어 먹고 설거지를 바로 하고 손빨래까지 마친 다음 홀라후프를 꺼내들었을 때, 언니에게서 전화가 왔다.

"엄마 애인 생겼다더라."

다짜고짜 언니가 말했다. 어디선가 들은 것도 같은 얘기였다. 사촌의 입을 통해서였던 것 같았다.

"재혼은 안할 것 같대. 그냥 애인이래. 아빠한테는 말하지 말랬어."

오랜 결혼생활을 끝낸 엄마가 또 금방 결혼을 할 거라고는 언니도 나도 생각하지 못했다.

"아빠는 안 생겼대?"

언니는 그것까지는 모르겠다고 했다. 언니가 엄마의 연애 소식을 엄마한테 직접 들었단 말인가, 의아했지만 별로 묻고 싶은 생각이 들지는 않았다.

"니가 한번 확인해봐."

언니가 말했다. 뭘 확인하라고? 언니가 다시 말했다.

"엄마가 진짜 연애하는지 확인해보라고."

"진짜 연애하니까 나한테 말한 거 아니야? 그러니까 소문이 나는 거겠지, 얼마 되지도 않는 식구들 사이에서."

내 말투가 조금 뾰족해진 듯싶었다.

"넌 엄마가 연애한다는데 아무렇지도 않냐?"

언니의 말에 나도 모르게 발끈해서 이렇게 대꾸하고 말았다.

"언니도 하잖아."

"그게 같냐?"

"다를 건 뭐 있어, 다들 혼잔데. 달고나 금 같은 거라며."

언니가 입을 다물었다. 전화는 잠시 후 뚝 끊어졌다. 공간을 확보하기 위해 책상을 밀고 식탁을 접고 의자를 현관 쪽으로 밀었다. 훌라후프를 허리에 두고 첫 바퀴를 돌리자마자 우당탕 부서지는 소리가 났다. 며칠 후, 원룸으로 세탁기가 배달되었다. 독신자용 초소형 세탁기라고 했다. 세탁기를 배달한 기사가 헌 세탁기도 수거해갔다. 언니가 보낸 거였다. 언니의 룸메이트가 이사를 왔다.

"뭐 다를 건 없어. 그냥 달고나에 금 있잖아, 금. 그대로 또각, 하고 부러진 것뿐이야. 이왕 이렇게 된 거 모양새라도 예쁘게 부러진 거면 좋은 거고. 독립한 거지, 다들."

사촌 앞에서 나는 그렇게 말했다.

"케이크 있잖아. 그거 그냥 몇등분해서 나눠 먹는다고 생각하면 돼."

이렇게도 말했다. 물론 전구가 닳아버리기 전까지 시한부 인생을 사는 것 같다는 식의 이야기는 사촌에게 전하지 않았다. 사촌은 설문지 뭉치를 들여다보면서 심드렁하게 말했다.

"그런데, 어디 가서 너 그런 얘기는 하지 마라."

왜,라고 묻기도 전에 사촌이 입을 열었다.

"엄청난 가정불화 같잖아. 뭐야, 그게."

사촌의 결혼식이라든지 조부모의 팔순잔치 같은 일들이 생겨날 때 우리는 가족이라는 사실을 새삼 깨달았다. 나와 언니와 엄마가 고속터미널역 2번 출구에서 만나 함께 식장 안으로 들어간 적도 있었고, 아빠와 나만 할아버지의 생신잔치에 간 적도 있었다. 경조사 말고도 시험이 될 만한 것들은 많았다. 설을 앞두고 우리는 마치 윷판 위에 사방팔방으로 흩어져 있는 네개의 말 같았다. 서로를 등에 업고 한방에 이 윷판을 벗어나게 하는 호패는 아직도 나오지 않았다. 엄마는 정말 애인이 생긴 걸까, 아빠는 또 거대한 빚을 진 걸까, 언니네 회사는 망한 걸까. 막상 본인들에게는 확인하지 못한 그 소문들만이 시간을 타고 몸집을 부풀리고 있었다. 나는 설에 어디로 가야 하는 건지도 알 수 없었다.

설날, 우리 가족은 밖에서 만났다. 설 당일에 문을 연 음식점은 몇곳 되지도 않아서 어색하게도 패밀리레스또랑으로 갔다. 엄마는 아빠가 오는 줄 몰랐고 아빠는 엄마가 오는 줄 몰랐다. 두사람은 서로를 보자마자 스프링처럼 자리에서 일어나거나 밀고 들어왔던 문으로 다시 나가려고 했지만 언니가 애써 붙들었다. 우리는 사인용 식탁에 둘씩 마주보고 앉았다. 차라리 일렬로 된 바 형태의 좌석이 더 낫지 않을까, 내가 그런 생각을 하는 사이에 언니가 결혼 소식을 알렸다.

"언제?"

즉각적인 엄마의 반응이었다. 언제 남자친구가 생긴 거냐고 묻는 것인지 아니면 언제 결혼할 거냐고 묻는 것인지 모호했다. 동시에 내가 처음 떠올린 생각은 속도위반이 아닌가, 하는 것이었다. 그렇지 않고서야 오피스텔을 얻어 독립한 지 몇달도 되지 않아 갑작스러운 결혼 발표를 할 리가 있겠는가. 어쩌면 다른 두사람도 같은 생각을 하는지도 몰랐다.

"그래서 말인데 집이 필요해요."

"신혼집?"

"아니, 우리 가족이 살고 있는 집 말이에요. 대여든 뭐든 해서 멀쩡한 가족이란 걸 보여줘야 한다고요. 아직 그쪽은 우리가 이렇게 살고 있는 걸 모르니까. 내가 아무리 머리를 굴려봐도 방법이 없어요. 사실대로 공개되면 그쪽도 그쪽이지만, 그쪽 부모도 허락 안할 거야. 결혼식은 최대한 빨리 잡을 거니까, 처음 인사 갈 때만 보여주면 돼요. 가족사진도 걸어두고. 우리 가족사진이 없었죠? 이 참에 하나 찍고."

언니가 요구하는 사항은 분명했다. 우리 가족이 번듯하게 들어가 살고 있는 하나의 가정이었다. 아주 무난하고 간단한데 지금 우리는 갖지 못한 바로 그것 말이다.

"그냥 솔직히 말해. 사람은 정직이 최고다."

아빠가 다소 무게를 잡으면서 말했다.

"사진까지 찍다니 그게 다 쇼 아니야."

아무도 반응이 없자 아빠는 또 말을 덧붙였다. 그리고 아빠가 한마디 더 하려는 찰나, 엄마가 말을 가로챘다.

"있던 사진도 짐이 된 판에 웬 사진?"

처음으로 두사람은 의견일치를 보였지만, 전체적으로는 불협화음이 나고 있었다.

"그쪽이 누차 말하던 게 단란한 가정, 화목한 가정이었다고요. 그러니까 가족사진이 걸려 있는 무난한 집 말이죠."

언니가 '가족사진 80퍼센트 할인'이라고 적힌 쿠폰을 내밀었다.

아빠와 엄마는 그것을 확인하려고도 하지 않았다. 아빠는 고개를 다른 테이블 쪽으로 돌렸다. 엄마는 말도 안된다고 중얼거리면서 물었다.

"그럼 그쪽은 우리가 함께 산다고 알고 있는 거니?"

"나만 얼마 전에 일 때문에 독립한 줄 알아요."

"그래, 우리가 살고 있는 동네가 어딘데?"

우리의 식탁 위는 그대로 멈춘 것 같았다. 음식은 더이상 줄지 않았다. 언니가 포크를 내려놓으면서 대답했다.

"지금은 잠실 쪽으로 알고 있는데. 근데 지역이야 뭐, 이사 갔다고 하면 되는 거고. 어디든 하루만 쓸 집이 없을까?"

"야, 우리가 잠실에 산단다. 난 그 근처에 가본 적도 없는데!"

허허허, 아빠가 내 어깨를 툭 치며 웃었지만 아무도 웃지 않았다. 언니가 아빠를 슬쩍 보고서 한숨을 푹 내쉬었다.

"가만있어보자, 잠실에 누가 살더라? 형진이가 잠실에 살았었나? 승재였나?"

아빠는 둘 중에 하나가 분명하다며 안주머니를 뒤적거렸다. 그러나 아빠에게는 수첩이 없었다. 아빠의 목소리가 필요 이상으로 컸다. 자꾸 커지고 있었다. 엄마가 그런 아빠를 쏘아보며 말했다.

"형진이면, 어? 승재면, 어? 뭐, 그 집 가서 빌려달라고 할 거니?"

몇달 만에 엄마가 아빠에게 건넨 말이었다. 아빠는 아무 대꾸도 하지 않았다. 하긴 그랬다. 우리를 아는 사람들의 집을 어떻게 빌리겠는가. 집도, 가족사진도, 모두 난해하기만 했다. 한참 침묵이 이어지더니 엄마가 입을 열었다.

"아무리 생각해도 그건 아니다, 얘. 어차피 다 알게 될걸, 뭐. 이게 보통 일이니, 보통 일이야? 엄마 친구 효순이 딸 알지, 그 딸도 저번에 왜……"

"난 효순이 딸이 아니고 엄마 딸이야. 그러니까 형진이니 효순이니 하지 말고, 지금 우리 일이란 걸 좀 기억해요. 네?"

"너, 이혼한 부모가 이렇게 다시 마주치는 게 쉬운 건 줄 아니?"

엄마의 목소리도 조금 높아졌다.

"이혼한 건 두사람 얘기잖아. 부모 자식 사이도 끊을 거예요? 내 앞날까지 막지는 말아줘요. 요즘 하객도 산다는데, 내가 아버지 엄마까지, 가족을 통째로 사야 하느냐고."

엄마의 미간에 순간 무언가가 휙 지나가는 것이 보였지만 밖으로 표출되지는 않았다. 나는 그저 다행스러웠다. 우리 가족을 죽이거나, 아예 없던 셈 치지 않은 게 어디인가. 언니가 나를 바라보았다. 엄마도 나를 바라보았다. 나는 두사람의 입장을 모두 알 것만 같았다. 엄마의 입장도, 언니의 입장도. 부모의 이혼이 잘못은 아니었지만, 언니와 나는 은연중에 우리가 피해자라고 생각했다. 가해자는 없었지만 피해자는 존재했다. 두사람, 아니 어쩌면 네사람 모두일지도 몰랐다.

"차라리 가족이 다 외국에 있다고 하지 그랬어? 그럼 번거로울 일도 없을 테고."

내가 입을 열자 언니가 바로 받아쳤다.

"그랬다면 주말에 짬을 내서 비행기 티켓 끊었을 사람이야. 출장이 잦아서 어디 오지에 살지 않는 한 주말 이용해서 해외 나갔다

오는 거 정도는 일도 아니라고. 문제는 우리 가족이지. 그 사람 맞이하려고 미리 세 식구가 다 외국에 나가 있을 거야? 비행기표도 그렇고, 또 시간도 그렇고, 가서 어떤 집을 보여줄 건데?"

얼핏, 엄마 눈에 눈물이 고인 듯도 했지만 다시 보니 아닌 것도 같았다. 아빠는 담배를 들고 일어서서 다시 돌아오지 않았다. 음식은 줄지도 않은 채 테이블 위에서 차갑게 식어가고 있었다. 시작도 하기 전에 끝이 나버린 윷판 같았다.

언니가 어떻게 설득한 것인지는 몰라도 아빠는 내게 전화를 걸어 언제 시간을 비우면 되느냐고 물어왔다. 엄마는 음식으로 뭘 하면 좋을지를 고민하는 문자를 보내왔다. 언니도 문자를 보내왔다. 놓치기 싫은 사람이니 잘해달라는 말이었다. 힘들게 연극까지 해야 하는데 그렇게 어려운 사람이 왜 좋으냐고 답하려다가 관두었다. 어쩌면 이 연극이 힘들지 않을 수도 있다는 생각이 들었기 때문이다. 수고롭기는 하지만 우리 가족에게는 이런 연극이 필요할 수도 있었다, 한번쯤은.

적절한 집을 알아보는 것은 내 몫이었다. 친척도, 친구도 부담스러웠으므로 우리 상황에 딱 맞는 공간을 대여해줄 사람은 우리와 아무런 관계가 없고 앞으로 마주칠 일도 없어야 했다. 인터넷에서 찾아낸 몇몇 업체들이 홈파티 장소를 대여하고 있었다. 가능한 한 번화가가 아니라 주거지로, 홈파티를 가장하는 예쁜 인테리어보다는 평범하고 무난한 가정집 인테리어가 되어 있는 곳으로 골랐다. 이번 주말은 예약이 꽉 차 있었고, 다음 주말이 비어 있었다. 문정

동에 있는 33평형 빌라였다.

"싸이트에는 하루라고 되어 있는데 스물네시간을 말하는 건가요?"

스물네시간 모두를 활용할 자신도 없으면서, 나는 그렇게 물었다. 업체 직원은 하루 일곱시간을 기준으로 하며, 대여 가능한 시간은 오후 네시부터 열한시까지라고 했다. 하루에 한 팀만 받는다는 것이 그나마 위로가 되었다. 다음 주 토요일로 예약을 했다.

우리는 단 하루, 그 집의 주인이 되었다. 남자는 일곱시쯤 도착하기로 되어 있었다. 토요일에 쉬지 않는 엄마는 휴가를 신청했다. 현관 비밀번호는 우리의 예약번호였다. 여섯 자리를 누르니 문이 열렸다. 화면에 나온 대로 무난하면서 깔끔한 집이었다.

베란다에는 율마 세그루와 크기가 다른 산세비에리아 화분 몇개가 놓여 있었다. 구석에는 러닝머신 한대도 있었다. 옷장에는 흔한 꽃무늬 이불이 몇채 들어가 있고, 화장실 세면대 위에는 반쯤 소모된 치약이 느슨하게 누워 있었다. 그 옆에 새로 사온 칫솔 네개를 뜯어서 컵에 꽂아두자 감쪽같았다. 엄마는 주문한 음식들을 냉장고에 넣고, 몇가지 음식은 직접 만들었다. 엄마표 국 끓이는 냄새. 정말 집에 온 것 같았다.

네시 반, 아빠와 언니를 사진관 앞에서 만났다. 이미 이야기되어 있음에도 불구하고 아빠는 가족사진을 찍지 않겠다고 했다. 그러자 엄마도 거들었다. 갑자기 변덕을 부린 두사람 때문에 시간이 십분쯤 지체되었다. 그러나 저만치에 이미 우리를 위한 카메라와 의

상들이 준비되어 있었다. 오늘 찍은 티가 나지 않도록 옷을 갈아입어야 했다. 촬영용 의상들 중에서 사진관에서 추천해준 것은 네벌의 청바지와 네벌의 흰 셔츠였다. 대안도 시간도 없어서 우리는 그 옷을 입었다. 아빠와 엄마가 청바지를 입은 모습은 거의 처음 보는 듯했다. 몇 미터 앞에서 카메라가 우리를 겨누었다. 사진사가 말했다.

"아버님, 아버님 왼쪽으로 고개를 약간만 내려주세요. 아뇨, 그쪽 말고 왼쪽요, 왼쪽. 아뇨, 손 말고 고개를요."

"저 인간 귀를 삽으로 파야 돼."

엄마가 말했다. 아빠는 정말 귀를 삽으로 파야 될 사람처럼 아무 소리도 못 들은 듯, 어떤 표정도 짓지 않았다. 그래도 촬영은 진행되었다. 사진사의 요구에 따라 아빠와 엄마는 서로의 눈을 바라보았고, 엄마와 언니는 서로의 등에 기댔으며, 언니와 나는 까르르 웃어댔고, 언니와 아빠는 나란히 서서 폴짝 뛰어오르기까지 했다. 우리는 기차놀이를 하듯 일렬로 서거나 도미노게임을 하듯 한방향으로 쓰러지기도 했다. 그러나 우리는 웃고 있으면서도 어색한 기운을 완벽히 떨치지는 못했다. 이상하게도 그래서 우리는 닮아 보였다. 아마도 오랜 시간 한집에 사는 동안 같은 음식을 먹고 같은 세제를 쓰고 같은 섬유유연제를 쓰고 같은 물을 마시면서 표정도 근육도 비슷해진 게 아닐까. 게다가 지금 이 상황이 난감하고 어색한 것까지 똑같아서 모두 같은 표정을 지어버린 게 아닐까. 그 결과 찰칵, 사진 속 우리의 모습은 누가 보아도 가족이었다.

사진은 삼십분 만에 완성되었다. 여섯시, 사진을 들고 집으로 돌아왔다. 벽에 붙은 풍경화를 떼어내고 새로운 액자를 걸었다. 일곱시 오분 전, 누군가가 계단을 오르는 소리가 들렸다. 연극의 막이 올랐다.

대본은 없었다. 리허설도 없었다. 소품은 진짜 같았고, 진짜는 숨겨졌다. 언니는 탁월한 주연이었고 연출가였다. 우리는 그런 언니를 잘 따르는 조연들이었다. 우리가 연극을 하는 사이에 관객은 벽에 붙어 있었다. 언니의 남자가 아니었다. 진짜 관객은 그 남자의 머리통을 지나 우리의 것이 아닌 벽에 붙어 있는, 우리의 것이 아닌 옷을 입고 있는, 우리의 사진이었다. 남자는 가족사진을 보지도 않았다. 볼 틈이 없었을 수도 있고, 슬쩍 봤지만 슬쩍 잊었을 수도 있다. 언니 말대로 무난한 가정을 꿈꾸는 남자에게는 가족사진 정도야 어느 집에나 보통 있게 마련인 텔레비전이나 냉장고처럼 당연했을 수도 있었다. 사진 속 우리의 모습을 관찰한 것은 사진 밖의 우리들뿐이었다.

손님을 포함한 다섯명의 사람들은 모두 같은 무늬가 새겨진 식기 위에서 같은 규격의 숟가락과 젓가락을 움직였다. 같은 무늬 식기가 우리를 한가족으로 보이게 했다. 즐거웠다. 연극이었으므로 가능했다. 연극이 진행되는 동안 남자는 몰랐을 것이다. 이 화목한 가정이 시한부라는 것을. 우리의 신발장 안에는 각자의 신발이 딱 한켤레씩만 들어가 있고, 우리의 옷장에는 단지 오늘 입은 외투만 한벌씩 걸려 있으며, 비상용 우산이나 상비약 따위는 없고, 냉장고 안에는 밑반찬이 하나도 없으며, 우리가 알고 있는 것은 이 집의 약도일 뿐, 번지수나 우편번호가 아니라는 것을. 이곳으로는 어떤 고지서도 편지도 날아오지 않는다는 것을. 남자는 아마도 몰랐을 것이고, 우리도 어쩌면 그 순간에는 잊고 있었을지 모른다.

"놈이 갔구나."

아빠가 말했다. 아빠는 언제부턴가 언니의 남자를 놈이라고 부르고 있었다. 다행히 놈이 떠난 후부터 그 호칭이 시작된 것 같았다. 언니는 연극의 성공에 안심하며 놈의 차를 타고 떠났다. 우리 가족은 놈을 웃는 얼굴로 배웅했다. 아빠는 언니에게 고맙다고 말했다. 얼핏 들어보니 언니가 아빠에게 용돈을 드렸다고 했다. 아빠는 언니에게 넉넉한 돈은 아니지만 잘 쓰겠노라고 했다. 이 얘기는 엄마에게 전하지 않기로 했다. 순간적으로 하객 아르바이트가 떠올랐기 때문이다. 언니가 우리의 고용주는 아니지 않은가.

"큰애가 지 앞가림을 잘하긴 해, 좀 못돼서 그렇지. 안 그래?"

아빠가 말했다. 아빠는 자꾸 말이 많아지고 있었다.

"어이, 근데 정말 훌라후프 해?"

아빠가 물었다. 놈이 엄마의 외모를 칭찬하자 엄마가 매일 저녁 훌라후프를 돌린다고 대답했던 것이다. 엄마는 그 말에 대답하지 않았고, 아빠도 딱히 대답을 바라고 한 질문이 아닌 듯했다. 사실 아빠가 묻고 싶은 것은 다른 것일 수도 있었다. 엄마는 설거지를 하러 개수대 앞으로 갔다. 설거지나 음식물쓰레기를 치우지 않고 가면 보증금에서 만원이 더 차감된다고 했다. 그러나 단지 그런 이유 때문에 엄마가 설거지를 하는 건 아니었다. 우리는 딱히 할 일이 없었다. 무대는 아직 끝나지 않았는데 벌써 대사가 바닥나버렸다. 주연배우도 연출자도 모두 떠난 무대 위에서 조연 세명은 아무거나 손에 집히는 소품을 가지고 시간을 버티고 있었다. 엄마는 설거지를, 나는 쓰레기를, 아빠는 남은 술과 음식을 떠맡고 있었던 것이다. 열시였다. 대여한 시간이 한시간쯤 남았지만 그 한시간을 이 집 안에서 알뜰하게 쓰는 것이 좋은지 아니면 이제 그만 일어서는 것이 좋은지 누구도 쉽게 결정하지 못했다. 엄마는 안방에 들어가 침대에 누웠다. 나는 아마도 내 방인 것으로 짐작되는 작은 방에 들어가 책상 의자에 앉아보았다. 가짜 방이 진짜 내 방보다 더 진짜처럼 느껴졌다. 모두가 그렇게 느끼고 있는 듯도 했다. 아빠는 술이 남았다는 핑계로, 엄마는 피곤하다는 핑계로, 그리고 나는 대여한 시간이 남았다는 핑계로 지금 이 가짜 공간에 남아 있지 않은가. 우리는 취향이 달랐고 세대도 달랐고 이젠 주소도 달랐다. 화법이나 말투도 달랐다. 그러나 우리에겐 여전히 같은 피가 흐르고 있었다. 이런 유대감은 취향과 공감, 매너 위에 있었다. 아마도 엄마가 밟은 노화의 방식대로 나도 늙어갈 것이다. 잔주름과 체형과 표정, 그리고 어쩌면 생각까지 닮아갈지 모른다. 그렇게 늙어간 내 모습이 저기 저 침대 위에, 또 저기 저 탁자 앞에 있었다. 나는 엄마 옆으로 가서 팔을 베고 누웠다. 엄마, 부르니 엄마가 응, 하고 대답했다. 또 한번 엄마, 부르니 엄마가 응, 하고 대답했다. 무언가 하고 싶은 말이 있었던 것 같은데 그때도, 지금도 알 수가 없다. 우리는 모델하우스 속 밀랍인형들처럼 멈춰 있었다.

한시간은 길다면 길고, 짧다면 짧았다. 꾸물거리는 바람에 우리는 불필요하게 청소요원들과 마주치고 말았다. 집주인이 교체되는 순간이었다. 시계를 보니 열한시 십분이 넘어 있었다. 가족사진을 미리 떼어내 보자기에 싸놓은 것이 다행이었다. 그것은 아빠 손에 들려 있었는데, 아빠는 이미 거나하게 취해 있어서 현관으로 나가면서도 비틀거렸다. 내가 그 애물단지를 건네받았다. 아빠가 신발장 안쪽에 넣어두었던 운동화를 꺼내 현관 앞에 쭈그려 앉았다. 아빠는 불필요한 말들을 늘어놓았다.

"오늘 우리 큰딸의 신랑감이 다녀갔지 뭡니까? 우리 공간이 마땅치 않아서 이렇게 집도 빌리고, 이런 씨스템이 참 특이하고 좋네요. 사글세만 있는 줄 알았지, 이렇게 시간 단위로 빌리는 곳이 있을 줄이야, 어이쿠."

누군가가 아빠의 운동화 앞코를 꽉 눌렀다. 내가 아니었으니 엄마였을 게다. 아빠는 어이쿠,로 말을 끝맺고 한참을 주저앉아 있더니 겨우 일어섰다. 그리고 어느새 거실과 부엌의 기물들을 점검하고 있는 진짜 집주인을 향해 마지막 인사를 했다.

"구조가 아주 좋더군요. 작은애가 있으니까 다음에 또 한번 빌리겠습니다, 허허허."

아빠만 웃었다. 늘 그렇듯이 엄마는 불쾌한 표정을 지었고 나는 딴청을 피웠다. 그리고 타박을 하던 언니는 지금 없었다. 그렇게 연극은 끝났다. 우리는 흩어졌다. 각자 방으로 들어가는 게 아니라 같은 현관문을 열고 차례로 나왔다. 이제 저 진짜 주인이 잠시 우리 것이었던 화초에 물을 주고, 잠시 우리 것이었던 소파의 먼지를 털 것이다. 우리의 흔적은 내 손에 들린 쓰레기봉투 몇개로 봉해졌다.

누구도 내게서 액자를 건네받을 생각을 하지 않았다. 공간의 문제가 아니었다. 나는 빌라 모퉁이를 돌면서 쓰레기봉투가 옹기종기 모여 있는 그곳에 이 액자를 내려놓고 와야 하나 머뭇거렸다.

"니 아빠 취했으니까 운전대 못 잡게 해라."

그렇게 말하고 엄마는 저만치 터덜터덜 걸어갔다.

"어이!"

아빠가 엄마를 불렀다.

"어이! 타고 가라고. 이 시간에 차도 없다고."

엄마는 뒤를 돌아보지 않았다. 그냥 손을 훌쩍 올려서 흔들었을 뿐이다.

"귀를 삽으로 파야 되겠구만."

아빠는 그렇게 말하고 운전석에 올라탔다. 잠시 후 대리운전 기사가 도착하도록 되어 있었다. 나는 엄마에게 전화할게,라고 말했다. 그리고 큰 액자를 짐칸에 올리고 조수석에 올라탔다.

"니 언니 혹시 속도위반은 아니냐? 뭐 중요하진 않다만."

나는 어깨를 으쓱해 보였다. 아빠는 날 쳐다보지 않고 있었으므로 내 몸짓을 읽지 못했을 것이다.

"니 엄만 진짜 연애한대냐, 그 나이에?"

나는 이번에도 역시 고개를 으쓱 들어올렸다. 진위 여부를 가리지 못한 소문이었다. 돌아보면 우리 사이의 모든 소문이 다 그랬다. 나는 대답 대신 질문을 했다.

"아빠 장사 잘돼?"

"장사?"

"트럭에 있는거."

"아, 너 이따 저거 한박스 가져가라."

대리운전 기사가 도착했다. 금호동을 지나 의정부로 가자는 말에 기사는 어떻게 이동해야 할지 노선을 그려보는 듯했다. 길은 있었다. 우리는 가는 동안 한마디도 하지 않았다. 아빠도 나도 눈을 감고 있었다. 다섯평 공간으로 돌아와보니 아빠가 건네준 상자 속에는 고구마가 아니라 감자가 들어 있었다. 굵기도 모양도 제각각인 감자들이.

나는 사분의 일이다. 그러나 가끔은 내가 일이라고 착각한다. 어쩌면 착각이 아닐지도 모른다. 이제 나는 이 다섯평 공간 안에서 요령껏 청소를 하고 요령껏 훌라후프를 돌릴 수도 있으며 요령껏 밥을 지어 먹고 요령껏 쓰레기를 버린다. 가끔 뉴스를 보며 가족들의 안부를 상상하고 가끔은 손으로 가족들의 안부를 묻기도 하며 더욱더 가끔은 목소리를 듣기도 한다. 그리고 그보다 좀더 자주 다른 것들로 빈자리를 채운다. 페이스북의 친구들과 블로그의 이웃들, 때로는 아르바이트를 하면서 만나는 사람들로도 사분의 일을 일처럼 만들 수가 있다.

연극의 소품으로 쓰였던 액자는 확실히 다섯평 원룸용은 아니었다. 책상 위에 세워두었을 뿐인데 벽 한면이 다 사진이 되었다. 같은 골격으로 같은 표정으로 같은 처지로 나란히 앉아 있던 사분의 일들은 사분의 사는 될 수 있었지만, 일로 약분되지는 못했다. 일이 되기에는 그새 너무 비대해져 있거나 난해해져 있었다. 마치 모양이 들어맞지 않는 퍼즐처럼, 시간과 싸워 테트리스라도 한 것처럼.

액자는 책상 위에서부터 옷장 위, 침대 역 벽면까지 옮겨다녔다. 최종적으로 선택된 곳은 침대 밑이었다. 사진은 구석진 아랫목에서 발화점 이상으로 붉게 달아올랐다. 가끔 사진이 볼록 솟은 요철처럼 느껴져 잠이 오지 않았다. 그럴 때면 리모컨을 들고 텔레비전의 취침예약 기능을 눌렀다. 삼십분 후로 설정을 해두고 누웠다. 텔레비전은 다섯평의 어둠을 식히기에 충분했다. 그러나 보통 내가 잠들기 전에 텔레비전이 먼저 잠들었다. 순식간에 빛과 소리가 사라졌다.

우리 가족은 네등분되었다. 처음에 그건 그냥 케이크 자르기 같은 거였다. 둥근 케이크를 네개의 숟가락이 두서없이 퍼먹든, 칼로 네등분을 해서 한조각씩 나눠 먹든, 케이크 맛은 달라지지 않는다. 단지 다시 합쳐질 수 없을 뿐이다.

해마, 날다

사용자의 혈중알코올농도가 0.05퍼센트 이상이면 발신이 정지되는 휴대전화가 등장했다. 이 같은 '음주통화방지' 기능은 최근 휴대전화 발전 방안 공모전에서 대상의 영예를 안은 아이디어로, 사용자의 입김이 닿는 부분에 음주측정 쎈서가 부착되어 있다. 사용자가 음주통화를 한다고 판단되면 휴대전화 발신이 제한되고, 사용자의 혈중알코올농도가 0.05퍼센트 아래로 희석되면 다시 발신기능이 회복된다. 음주통화가 음주운전 못지않은 정신적, 물질적 피해를 불러오는 점을 고려할 때 획기적인 아이디어가 아닐 수 없다.

이것은 실제 신문기사가 아니라 사장이 만든 홍보 문구로, 사실상 음주통화방지 기능을 광고하는 것이 아니라 음주통화를 권장하는 내용으로 마무리된다. 휴대전화에 음주통화방지 기능이 장착

되자 이 같은 기능이 없는 구형 휴대전화가 중고시장에서 거래되거나 공중전화카드가 불티나게 팔렸다는 식의 이야기가 바로 뒤에 등장하기 때문이다. 결국 음주통화는 어쩔 수 없는 인간의 본능이므로, 타박하거나 외면할 것이 아니라 아예 양성화하자는 것이 이 글의 요지다. '음주통화 양성화의 길목에 바로 해마005가 있습니다'가 마지막 문장이다.

어느 조사에 따르면 술 마시고 하는 '진상짓' 중 최고봉이 술 마시고 전화하기, 술 마시고 이메일 보내기, 술 마시고 문자 보내기라고 한다. 그중에서도 전화는 늘 휴대한다는 점에서 가장 위험하다. 음주통화가 음주운전처럼 법적인 구속력을 갖고 있지 않다는 것도 위험을 높이는 요소다. 근절하려는 의지가 생기지 않아서다.

휴대전화 배터리는 밤사이 어느 지점에서 끊어진 당신의 기억보다도 수명이 질겨서 다음 날 아침 인정하고 싶지 않은 통화내역을 고스란히 보여주기도 한다. 게다가 엎친 데 덮친 격으로 기록되어 있는 통화시간은 한시간인데 대화 내용이 하나도 기억나지 않을 수도 있고, 삼분 미만의 통화내역이 같은 번호로만 열번 넘게 찍혀 있을 수도 있으며, 그것들이 모두 발신내역일 수도 있다. 당신의 말은 이미 지구를 벗어나 있고, 당신은 여기 지구에 남겨져 있는 어색한 상황. 그때의 억울함은 기억을 '흘린' 것이 아니라 '도난당한' 것 같은 기분에서 기인한다. 아무리 휴대전화를 손에 쥐고 노려보거나, 집어던지거나, 종료 버튼을 꾹 누르거나, 여기저기 과도한 문자메시지를 보내 휴대전화를 과로사시키려고 해봐도 이미 엎질러진 물. 공범처럼, 혹은 주모자처럼 느껴지더라도 실제 휴대전화는 증인이나 범행도구 정도일 뿐, 형을 언도받는 것은 당신이다.

당신이 술을 마시고 해서는 안될 전화를 하는 것은 알코올이 쎄로토닌을 죽이기 때문이다. 쎄로토닌이 죽으면 기분이 가라앉거나 지나치게 들뜨고, 우울해지거나 외로움을 느낀다. 알코올은 감정과 충동을 조절하는 전두엽을 건드린다. 알코올은 측두엽의 해마를 건드린다. 해마 안의 기억입력장치가 고장나면, 당신의 끊어진 필름은 후에 최면을 건다 해도 재생되지 않는다. 입력조차 되지 않은 시간이기 때문이다.

끊어진 필름을 친구나 애인, 가족 혹은 직장동료가 보관하는 것보다는 전문적으로 폐기처분해주는 곳에 맡기는 것이 어떤가. 그런 점에서 '해마005'는 당신에게 유용할 수 있다. 당신이 이곳에 소비한 시간은 통화가 종료됨과 동시에 사라진다. 누구도 기억하지 않기 때문이다. 한마디로 해마005는 음주통화를 위해 열려 있는 전화번호다. 말이 통하는지 아닌지는 그다지 중요하지 않다. 발신인과 수신인이 확실하고, 두사람이 입과 귀를 상대방을 향해 열고 있다면 대화는 이루어진다. 일분에 천오백원씩, 거의 해외로밍 수준의 요금이 부과되지만 사람들이 초 단위로 계산되는 시간을 기꺼이 사는 데에는 다 이유가 있다. 체온처럼 알코올농도를 유지하기 위해 성실하게 알코올을 주입하는 사람들, 당신들이 이 밤을 견디는 법은 세가지다.

마시거나, 잠들거나, 말하거나.

밤이 오기 전, 해마005의 전화번호는 떠들썩한 거리 위로 삐라처럼 떨어진다. 자동차 앞유리, 술집 화장실, 노래방 입구, 지하철 벽면, 버스정류장, 공중전화부스에서 해마005의 광고를 볼 수 있다. 술집에서 계산을 마친 후 해마005의 할인쿠폰을 받을 수도 있다. 소주의 병뚜껑 뒷면 혹은 맥주의 라벨 아래쪽도 잘 찾아보라. 첫 오분 무료체험이라든지 십분 이후 통화료 30퍼센트 할인 등의 쿠폰이 숨어 있을 수도 있으니. 해마005는 보는 사람에게만 보인다.

어쩌면 이미 당신의 휴대전화에 저장되어 있는지도 모른다. 단축번호 0번 혹은 1번으로. 술만 마시면 전화하는 습관을 버리기 위해서 당신들은 술기운이 없을 때 휴대전화를 조작한다. 0번 혹은 1번, 무의식에 가장 가까운 단축번호에 해마005를 저장해놓고 알코올의 무게가 온몸을 누를 때 그 번호를 누른다. 우리는 당신의 끊긴 필름에 대해 추궁하지도, 타박하지도, 외면하지도 않는다. 그저 동참할 뿐이다.

밤 아홉시부터 새벽 다섯시 사이, 나는 당신의 시간을 훔친다. 최대 두시간까지 훔쳐본 적도 있다. 얼마 전, 내게 두시간을 도둑맞은 당신은 일주일이 지나 전화를 걸어왔다. 지난주 금요일 이 시간쯤에 전화를 걸었는데요, 제가 혹시 무슨 말을 했는지 기억하세요? 이런 적은 처음이라.

이런 일은 부지기수다. 가끔 어떤 사람들은 술 취해 토해놓은 말들을 다시 확인하고 싶어한다. 자신이 지난밤에 한 이야기를 요약해줄 수 없겠느냐고 묻기도 한다. 녹음된 자료나 자신의 신상정보가 남아 있는 것은 아닌지 확인하기도 한다. 그러나 나는 당신이 내 고객이었는지, 아니면 다른 상담원과 통화를 했던 것인지조차 알지 못한다. 우리는 고객의 이름을 적지 않는다. 목소리를 기억하지 않는다. 잠시 기억이 머물러도 금세 다른 전화벨이 울리면 당신의 기억 위에 또다른 기억이 덮이기 때문이다. 그렇게 몇분 몇시간이 쌓이면 돈이 된다. 그게 내가 이 일을 하는 이유다.

알코올로 손상된 당신의 기억만큼, 내 기억도 과로로 손상되어 있다는 것을 확인하고 당신은 한숨을 쉰다. 안도인지 실망인지 구분되지 않는 한숨에서 알코올 냄새가 난다. 당신은 전화한 목적을 이루었지만 통화를 얼른 끝내지는 않는다. 당신은 느닷없이 오늘 먹은 안주 이야기를 한다. 이야기는 전화선을 타고, 주먹고기에서 광어 까르빠초, 땅콩과 한치, 그리고 여명808로 이어진다. 그 안주들을 먹고 자란 것처럼 당신의 목소리가 점점 커진다. 당신은 아마 통화가 끝날 즈음 내 이름을 물어볼 것이다. 내 이름을 기억했다가 다음번에도 나를 찾을 것이다. 물론 그러지 않을 수도 있지만, 이제 그럴 가능성이 더 높아졌다. 지금 내가 당신에게 내 이름을 말하는 중이니까. 해마8.

이제 당신은 해마8의 단골이다. 단골이 생기면 수당을 더 받게 된다. 그리고 내가 당신의 이야기를 조금은 더, 기억하게 된다.

전화가 걸려온다. 취기가 섞인, 흔들리는 통화음. 몇통은 연결되자마자 끊어지기도 한다. 호기심이 두려움으로 바뀌는 순간, 통화는 끊어지지만 사람들은 알고 있다. 두려움보다는 외로움이 훨씬 크고, 자주 반복하는 행동이 당신의 두려움을 희석시킨다는 걸. 나는 걸려온 전화를 붙들고 우주에 교신을 보내듯이 말한다. 어, 디,

세, 요.

절대 누, 구, 세, 요 혹은 여, 보, 세, 요,라고 하지 않는다. 왜, 요,라고 묻지 않는다. 그러면 답신이 온다. 이제 나의 '당신'이 된다.

자정부터 부쩍 늘어나기 시작한 전화는 가파른 오르막을 그리다가 새벽 세시를 기점으로 다시 경사진 길을 터덜터덜 내려온다. 점점 전화가 걸려오는 횟수가 줄어든다. 어쩌다 한통, 또 어쩌다 한통. 새벽 네시쯤, 옆자리 혹은 앞자리의 누군가가 편의점에 다녀온다. 컵라면, 초콜릿, 쌘드위치, 아이스크림, 짭조름한 과자들이 배식처럼 우리의 부스로 나눠진다. 밤이 저물고 있다. 창밖으로 보이는 도심의 하늘이 멍든 것처럼 붉고, 푸르다. 하루가 저물고 새 하루가 시작되면서 겪는 진통이다. 간헐적으로 걸려오는 몇통의 전화, 몇통의 소음, 그리고 몇통의 침묵.

내가 다음 소속을 정하지 못한 채로 대학을 졸업하자 아버지는 이력서의 규격에 맞춰 나를 의심하기 시작했다. 학벌, 외모, 외국어 실력, 관련분야 경력, 화법, 성격, 그 모든 것을 '객관화'하던 아버지는 내 밋밋한 이목구비 앞에서 고개를 갸우뚱, 했다. 대학 등록금을 자율적으로 해결했던 우리 집에서 내 성형수술 이야기가 등장했다. 쌍꺼풀과 코가 거론되었다. 고슴도치도 제 새끼는 예뻐한다던데,라고 말하니 아버지는 그런 애들은 멸종 위기를 겪는다고 대답했다. 인정하고 발전시킨 종이 살아남는다며. 아버지는 진지했다.

"자꾸 면접에서 떨어지니까 하는 말이다. 아니면 목소리로 하는 일을 찾아봐. 너 목소리 하나는 좋잖냐."

"못생긴 게 아니라 아버지 취향이 아닐 뿐이에요."

"김 과장도 동의했어. 이 부장도."

아버지는 견적이나 뽑아오라고 덧붙였다. 책임감 있는 AS 기사 같은 모습이었다.

나는 성형외과에 견적을 뽑으러 가는 대신 예순세번째 회사에 면접을 보러 갔다. 다음 날은 예순네번째, 예순다섯번째, 그러다가 예순여덟번째 이력서가 살아남았다. 가장 말 같지도 않은 곳이라고 생각한 업체였다. 그러나 돈은 떨어져가고 체면도 말이 아니었고 무엇보다 대학을 졸업한 지 꼭 일년이 지나 있었다. 내가 면접까지 통과한 유일한 업체라는 점도 중요했다. 선택의 여지가 없었다.

그렇게 나는 해마8이 되었다. 잠시 머무른다는 게 벌써 몇개월째 눌러앉아 있다. 아버지 말대로 내가 외모 때문에 취업경쟁력이 떨어진 것은 아니었다. 꽤 예쁜 외모의 해마들도 저기 저 부스에 앉아 있는 걸 보면, 취업난은 외모나 학벌 같은 부분적이고 단편적인 조건들을 초월한 것이 분명했다. 전국민적, 전지구적인 문제 말이다.

전지구적? 그게 말이나 됩니까? 될 놈은 다 되고 있다고요.

당신은 그렇게 말한다. 나는 당신의 인적사항을 본다. 단골이 된 후로 나는 당신을 기억하려 애쓴다. 필요한 만큼만. 대화에 유용한 만큼만. 당신은 주로 금요일에 전화를 건다. 공무원시험을 준비 중이며, 나이는 서른일곱, 아니, 지난주에는 서른넷이었고, 그전 주에는 그 사이 어디쯤이었던 것 같다. 어쨌거나 그건 별로 중요하지 않다. 술은 나이를 늘리기도 하고 줄이기도 한다. 오늘은 서른일곱인 당신이 몇번이나 강조한다. 어차피 될 놈은 다 되고 있다고.

　해마24가 잘렸다. 새벽 두시, 사장은 해마들을 위한 간식을 나눠주면서 그 소식을 전했다. 치즈가 두겹 들어간 햄버거다. 일을 시작한 지 사개월째, 근무기간과 몸무게가 비례하고 있다. 한달에 1킬로그램씩 살이 불어난다. 해마24가 잘린 이유는 소주를 한병 이상 마시고 음주통화를 했기 때문입니다,라고 사장이 말한다. 음주통화업체에서 음주통화한 게 뭐가 문제냐고 생각하지만 입 밖으로 내지는 않는다. 사장이 말한다. 우리는 음주통화하는 사람들을 위해 프로근성으로 일해야 하는 사람들인데, 여기 상담원들이 이렇게 해롱해롱해서야 되겠습니까? 용납이 안돼요, 용납이.

　해마들은 숙연하게 햄버거를 먹는다. 적당히 데운 빵을, 쏘스에 절인 양상추를, 패티를, 그리고 그 위로 늘어진 치즈 두장을. 해마24의 음주통화 내역이 밝혀진 것은 고객의 항의 때문이었다. 불행하게도, 해마24에게 전화했던 고객은 알코올농도가 거짓말처럼 옅었다. 음주통화는 술을 마신 후에만 가능한 것이 아니다. 술을 마시지 않아도 음주통화는 가능하다. 술을 마신 해마24와 술을 거의 마시지 않은 고객은 싸웠다. 해마24의 목소리가 그렇게 거칠었던 것은, 해마24가 그렇게 충동적이 된 것은 알코올이 전두엽을 마비시켰기 때문이다. 어쨌거나 그 일은 나와 상관없는 일이다. 나는 술 마시고 출근한 적은 없으니까. 해마들은 열심히 햄버거를 먹는다. 사장이 곧 나와 관계있는 소식을 전한다.

　회사가 자라기 위해서는 외국어 써비스가 필수입니다. 일단은 영어부터 정복하세요.

영어라뇨,라는 말이 튀어나오는 걸 가까스로 입안으로 집어넣는다. 면접 때는 분명 긍정적인 마인드면 된다더니, 회사는 자꾸 변한다.

영어학원, 부품공장, 베이비시터, 산후조리원, 식당 등 모든 업종을 통틀어서 외국인노동자들이 기하급수적으로 늘어나는 요즘이죠. 게다가 한국으로 시집온 외국인들, 여행 온 외국인들도 있습니다. 요즘 술과 말을 소비하는 사람들은 한국인만이 아닙니다. 한국어가 전부는 아니라는 거죠. 극히 많은 언어의 일부분이라는 거죠. 술 마시는 모든 사람들이 우리의 고객입니다.

영어로 출발하지만 곧 베트남, 중국, 일본 등지의 언어로도 확대될 예정이라고 한다. 최종적으로는 외국에 지점을 내는 것이 사장의 목표인 고로 앞으로는 외국어를 못하는 해마들은 도태될지도 모른다. 몇몇 해마들이 영어회화 책을 산다. 영어학원에 등록한 해마도 있다. 나도 무언가를 해야 한다. 아버지 말대로 멸종하지 않으려면.

삼십분 동안 당신의 배경은 거리에서 택시, 택시에서 골목길, 골목길에서 아파트 복도, 복도에서 집 안으로 바뀐다. 새벽 세시의 귀갓길이 무서운 세상이지만 그 시간의 전화통화는 더 부담스러운 세상이다. 다음 날 출근해야 하는 친구들을 둔, 화요일의 당신이 전화할 곳은 나밖에 없다. 당신은 가끔씩 자신의 하이힐 소리에 놀라면서 말한다.

다들 하나씩 거래처가 정해지고 있어요, 다들. 아르바이트를 전전하는 애들이 줄어들고 있다니까요. 다들 계약직이라도 된다 그거죠. 이년이 지나면 정규직으로 전환해주든가, 아니면 자르든가, 둘 중의 하나로 결판이 나야 되는 거 아니에요? 현행법상, 그게 맞잖아요.

내가 진심으로 동조하자 당신이 내 나이를 묻는다. 당신이 위지만, 호칭은 그대로다. 언니는 거래처 있어요? 거래처 말이야, 거래처. 사귀는 사람 있느냐고요. 나는 두달 전에 거래처랑 쫑이 났거든요. 이년 사귀었는데 정규직 전환도 안해주지, 자르지도 않지, 질질 끌기에 그냥 제가 사표 쓰고 나왔어요.

"취업이 아니라 연애 얘기였어요?"

취업이니 연애니 다 똑같아요. 다 한통속이니까 알아서 들어요. 나는 이 꼴인데 친구들은 하나씩 거래처를 잡고 이년 안에 정규직으로 전환된 애들도 있고.

"결혼했다는 말이죠?"

어라, 이 언니 참, 찰떡같이 말해도 콩떡같이 알아들으시네. 아무튼 나는 이게 뭐냐고요. 제 친구 말이에요, 결혼을 하는데 신혼여행지 때문에 고민하더라고요. 언니, 그게 말이나 돼요? 요즘 세상에 신혼여행을 한번 갈지 두번 갈지도 모르는데 여행지 고르느라 다른 일을 못하고 있다니, 계속 보라카이랑 발리 사이에서 고민하더라고요. 그래서 제가 말했죠, 이번에는 보라카이 가고 다음번 신혼여행 때 발리 가라고. 그랬더니 뭐 악담을 하네 어쩌네 하면서 울고불고, 결국 저 먼저 일어나서 나왔어요. 아 짜증나. 듣고 있어요?

그죠? 언니 생각도 그렇죠? 남편 있다 이거야 뭐야, 언니 남편이 인생의 필요조건이에요? 충분조건이에요? 필요충분조건이에요? 아 뭐가 뭔지 모르겠어. 왼쪽에서 출발하는 화살표가 있는 건 기억이 나는데 어느 쪽이 충분이고 어느 쪽이 필요인지 뒤섞여버렸어. 아아, 짜증나.

당신이 택시에서 내리는 소리가 들린다. 나는 당신이 회사원인지 아닌지 궁금하다. 나는 묻는다.

"회사 일은 많아요?"

드럽게 많죠.

당신은 광고회사에서 일한다고 말한다. 당신은 모른다. 당신이 열차에 운 좋게 탑승해 있다는 사실을. 초등학교, 중학교, 고등학교, 대학교로 칙칙폭폭 흘러가는 열차들에 대해, 당신은 아마 한번도 의심해본 적이 없을 것이다. 다음 칸으로 넘어가기 위해 객실 문을 벌컥 열었는데 다음 객실은커녕, 암흑 같은 어둠만 꼬리처럼 따라붙는 그런 상황을, 본 적이 없는지도 모른다. 당신이 그런 막연함을 느낀 적이 있는지 없는지는 그다지 중요하지 않다. 확실한 건 당신은 지금 취업난을 기껏 비유의 도구로 사용할 만큼 여유가 있고, 나는 그런 당신의 화법이 사치스럽게 느껴진다는 사실이다. 그러나 나는 당신의 의견에 동조한다. 적절히 맞장구를 친다. 해마는 어찌 보면 방청객과도 비슷하다. 내 마음을 아는지 모르는지 당신의 혀는 더 느슨하고 요염하게 꼬부라진다.

지금 서류는 몇군데 넣어둔 상태예요. 이번 달 내내 주말마다 면접이 잡혀 있는데, 지난 주말에도 하나 봤고요. 어찌나 회사가 구린지. 거긴 돼도 내가 안 갈 거고, 다음 주말에 또 면접 두군데 있어요. 면접을 통과하게 되면, 그죠, 그죠. 면접이 곧 소개팅이라니까. 그걸 통과하면 수습기간을 거쳐 계약을 하게 되겠죠. 어쩌면 나도 거래처가 정해질지도, 아아.

삑삑삑삑삑, 빠른 속도로 비밀번호를 누르는 소리가 들린다. 당신이 문 안으로 들어간다. 언니도 잘 들어가요, 당신이 말한다.

아직 들어가려면 세시간이 남았다. 들어갈 곳이 집이라면 말이다. 나는 집으로 바로 가지 못하고 여러 사람의 이야기 속을 거쳐야 한다. 이 시간대에는 대략 한 통화를 끝낸 후 칠분 안에 새로운 당신이 등장한다. 당신들은 대부분 이동 중이다. 술자리에서 집으로, 이차에서 삼차로, 혹은 일차에서 이차로, 화장실에서 술집 밖 골목으로, 혹은 친구 1에서 친구 2로, 친구 2에서 친구 3으로, 친구 3에서 친구 4로, 간혹 전화를 받지 않는 사람들을 징검다리처럼 건너뛰며 메뚜기처럼 여기저기에 잠시 머문다. 그러나 나만큼 반갑게 전화를 받아줄 사람은 아마도 찾기 힘들 것이다. 왜 이렇게 늦은 시간에 전화했느냐며 타박하지도 눈치 주지도 않는다.

당신들은 다양한 주제로 이야기를 하지만 대부분 시작과 종말에 관한 것으로 요약될 수 있다. 회사생활의 시작과 종말, 연애의 시작과 종말, 결혼생활의 시작과 종말, 그외에도 아주 사소한 시작과 종말들이 밤과 낮의 경계를 가르고 달린다. 그렇게 달려가다가 아침이 오기 전에 당신은 제자리로 돌아간다. 몸이 술에서 깨어나는 것처럼, 시작도 종말도 어떤 것도 마무리 짓지 못한 채.

술잔이 최초의 주인을 떠나 이 손에서 저 손으로 옮겨지다보면 나중에는 어떤 것이 진짜 자신의 잔인지 구분하는 것이 무의미해지는 것처럼, 말도 최초의 주인을 떠나 이 혀에서 저 혀로 옮겨지다보면 경계가 모호해진다. 내 이야기가 네 것이 되고 네 이야기가 내 것이 되고, '제 친구가요', '내 친구 얘긴데' 하면서 시작했던 말들이 '제가요' 혹은 '내 얘긴데'로 변환되거나 더 나아가 고객의 이야기에 내 일상이 뒤섞이는 경우도 생긴다.

　금요일의 당신이 묻는다. 오십도 이상 되는 술 먹어봤어요? 나는 마셔본 적이 없지만 상상으로 충분히 당신과 교집합을 만들 수 있다.

　"몇달 전에 먹어본 적이 있는데, 목에 칼이 들어오는 것 같더군요."

　당신은 목에서 꽃이 피는 것 같았다고 말한다. 목에서 꽃이 피는 당신의 이미지가 내 아버지로 연결된다. 지난해 봄, 난이 꽃대를 올리지 않자 아버지는 소주를 물에 희석해서 화분에 뿌렸다. 왜 소주가 거름 역할을 하는지 묻자, 아버지는 꽃들이 술에 취해서라고 했다. 꽃이 취기를 거름 삼아 꽃대를 올리는 동안, 아버지의 봄도 지나갔다.

　아버지가 구조조정의 바람에 휩쓸린 것은 올봄이 끝날 무렵이었다. 이번 꽃은 술을 마시지 않고도 절로 폈다. 취기를 거름 삼아 마음을 달랜 것은 오히려 아버지였다. 술은 확실히 몇시간 정도는 거름 역할을 했다. 아버지의 일과는 술, 아니면 잠이었다. 아버지는 지난 몇십년간 그외의 취미를 익히지 못했다.

"술에 취하면 꽃이 피잖냐. 너도 술 좀 먹어라. 그렇게 먹어가지고 쓰겠냐. 예뻐지려면 사발로 마셔야지. 그나저나 이제 어쩐다냐."

한집당 품을 수 있는 백수의 수는 최대 한명인데 이제 우리 집에는 백수 한명이 늘어났으니 큰일 났다고, 아버지는 말했다. 결국 내가 밤에 전화상담하는 일을 하고 있다고 말하고서야 아버지의 얼굴빛은 조금 나아졌다. 그게 네달 전의 일이었다. 아버지의 얼굴빛은 나아졌지만, 여전히 아버지는 조급했다. 멸종된 게 아니라고 말해주고 싶었으나 아버지는 자주 멸종 위협을 받는 천연기념물 같은 표정을 지었다. 지금의 당신처럼.

봄이 지나갔고 꽃은 더이상 꽃을 피우지 않아도 괜찮았다. 그러나 아버지는 봄이 지나갔어도 죄책감을 느끼고 있었다. 자꾸 술을 마시고 말수가 줄어드는 것이 그 증거였다. 아버지는 자주 꽃처럼 누워 있었다. 벌이나 나비가 아니라면 절대 방해해서는 안될 것처럼 고요히, 이 세계로부터 수혈을 받듯이. 아버지 더이상 꽃을 피우지 않아도 괜찮아요. 직장이 꽃은 아니잖아요,라고 말하고 싶었으나 그 대사가 너무 어려웠다. 직장은 확실히 꽃은 아니어도 직장 없는 삶은 그게 의도한 바가 아니라면 외로웠다. 그리고 더이상 꽃을 피우지 않아도 괜찮다고 말할 만큼 우리의 가계부가 믿음직스럽지는 않았다. 무엇보다도 내 대사를 잊을 만큼, 아버지와 나는 마주칠 일이 없었다. 나와 아버지의 시계는 정반대였고, 엄마는 새롭게 시작한 보험설계 일로 바빴다. 우리는 한집에 살아도 너무 멀었다.

어떤 사람들은 해마에 대해 알은척을 한다. 그게 기억저장장치라죠, 하고 말이다. 그러나 해마는 정확히 말하자면 기억을 저장하는 곳이 아니라 기억을 입력하는 곳이다. 해마는 누구나의 뇌 속에 웅크리고 있지만, 술을 많이 마실수록 성능이 떨어진다. 내 이름을 묻는 사람들은 왜 내가 해마8인지에 대해서도 묻는다. 그거야 내가 여덟번째로 입사했으니까. 지금은 내 뒤로 얼마나 많은 해마들이 번식하고 있는지 셀 수 없다. 사장은 해마005를 확장하기 위해 고군분투한다. 일정 시간대에 전화하는 단골들에게 해마들이 먼저 전화를 걸어주는 써비스, 대리운전회사와의 협력, 라디오 광고, 낮술 마시는 고객들을 위한 주간통화반…… 밤을 새는 해마들의 관심은 주간반으로 쏠린다. 더이상 지하철 첫차를 타고 퇴근하지 않아도 된다면,이라는 상상을 하다보면 엉덩이가 무거워진다. 해마005에 어떻게든 붙어 있어야 한다고, 집착하게 된다. 나는 더 열심히, 당신의 전화를 받는다.

당신과 나는, 우리는 왜 지구가 둥근지에 대해 이야기를 나눈다. 공무원시험을 준비 중이라는 당신은 늘 네모난 책상에 앉아 있어야 하기 때문에 각이 없는 것들, 지구라든지 우주라든지 태양이라든지 달이라든지 하는 것들을 발음하기 좋아한다. 알코올은 당신의 입을 더 동그랗게 만든다. 각이 허물어진 당신의 입에서는 각이 없는 단어들이 등장한다. 우주와 태양과 달과 지구, 그리고 당신의 얼굴, 누군가의 얼굴. 지구가 둥근 이유는 누군가를 잘 미끄러지도록 하기 위한 거죠, 알아요? 지구의 구조대로 이 세상에는 미끄러지는 사람들과 억세게 운이 좋아 잘 버티는 사람들이 있을 뿐인데,

그쪽은 어디에 속하는 것 같아요? 당신은 스스로가 전자 쪽이며 후자 쪽으로 가기 위해 억세게 노력한다고 말한다.

신이 있다고 믿어요? 신이 이성적이라고 믿어요? 개뿔, 신이 있다면 그거야말로 축출할 대상이지. 한번 선거 잘못했다가 대통령이 장기집권한다고 눌러앉은 꼴이랄까, 그러니 별다른 수가 있나, 그 신의 치하에 있는 거지, 우리 같은 조무래기들이, 안 그래요? 난 신을 믿지는 않을 겁니다.

그러나 당신은 매주 일요일 교회에 간다. 신을 믿지 않지만 교회에는 빠지지 않는다. 마치 담배처럼 혹은 금요일 밤 내게 전화하는 것처럼 일요일의 교회는 당신이 끊지 못하는 습관 중 하나일 뿐이다. 끊으면 금단증세가 오니까.

해마들이 통닭을 한조각씩 들고 사장의 이야기를 듣는다. 누군가는 닭다리를, 누군가는 몸통을, 누군가는 날개를, 누군가는 정체불명의 부위들을 퍼즐조각처럼 들었다. 모두 합치면 닭 세마리가 완성된다. 해마들이 별것 아닌 이유로 자주 교체된다. 성희롱하는 고객에 대해 극과 극의 반응을 보인 해마 두명이 모두 사라졌다. 비슷한 극과 극의 반응을 보인 다른 해마 두명은 무사했다. 기준은 고객의 항의였다. 고객에게 불만을 표시한 경우는 물론이고, 성희롱 발언을 꾹 참아낸 경우라 하더라도 어떤 고객들은 자신을 무시했다며 시비를 걸었다. 항의가 지속적으로 들어오면 해마005로서도 어찌할 도리가 없다는 거였다. 사장은 우리 일은 어디까지나 써비스업이라는 것을 강조했다. 고객은 왕이죠. 비록 술 취한 고객이라도 왕은 왕입니다. 컴플레인도 외로울 때 거는 거죠, 나도 그랬거든요. 외로우면 컴플레인을 걸어요. 음식점에서든 인터넷쇼핑몰에서든. 평소엔 관대하다가도 외로우면 그런다니까요.

사장의 말대로라면 아버지는 위험한 상태였다. 말수가 없어진 아버지의 한달 전화요금이 지나치게 많이 나와서 엄마가 언성을 높였다. 아버지는 별 변명을 하지도 않았다. 전화선 이편에는 아버지가 있고, 저편에는 얼굴 없는 상담원이 있었다. 홈쇼핑 판매원이거나 다산콜센터 직원이거나 114 안내원이거나 ─ 119나 112가 아닌 게 어디인가 ─ 시청자 사연을 받는 라디오 디제이들이었다. 아버지는 스팀다리미 홈쇼핑을 보다가 그것의 필요성이나, 아니면 그것의 필요성에 관한 대화가 지금 자신에게 절실하다는 것을 깨닫고 전화를 걸었다. 스팀다리미를 팔려는 상담원과 세심한 대화를 하고 다림질에 관한 문의도 하는 아버지의 모습이 지나치게 열심이어서 어쩐지 쓸쓸했다. 어쩌면 아버지에게도 고해소가 필요한지 몰랐다. 아버지는 스팀다리미에 관해 실컷 물어보다가도 그것을 구매하지는 못했다. 십이종 남성화장품에 대해서도, 만능세제에 대해서도 마찬가지였다. 예, 잘 알겠습니다. 생각해보고 다시 연락드리죠. 아버지의 통화는 그렇게 끝났다. 해마005의 고객 유형으로 보자면 '메뚜기'였다. 이 상담원, 저 상담원을 오가며 한 통화당 이분 미만을 유지하는, 그러면서도 수화기를 놓지는 않는 메뚜기.

아버지가 잠든 사이에 아버지의 지갑 안에 해마005의 할인쿠폰을 넣어둔다, 부적처럼.

얼마 전에 외국인과 얘기할 기회가 있었는데요, 저한테 고향이 어디냐고 물어서 제가 포항이라고 했거든요. 제 고향 포항입니다. 참, 모르시지? 아, 아세요? 내가 그것도 얘기했었나? 아무튼 외국인이 저한테 거기서 얼마나 살았느냐고 묻더라고요. 그래서 트웬티 이얼스,라고 대답했더니 깜짝 놀라더라고요. 전 포항에서 얼마나 살았느냐고 물은 줄 알았는데, 그게 아니었던 거죠. 여기서 포항까지 얼마나 걸리느냐고 물은 거였는데, 으어어, 여기서 포항까지 가는 데만 이십년이 걸리다니, 하하. 그 사람은 내가 달에서 온 줄 알았을 거야. 아니지, 달까지도 이십년은 안 걸리지 않아요? 허, 참.

당신은 수화기가 깨질 듯이 크게 웃지만 나는 그게 우스갯소리가 아님을 안다. 당신은 이년째 고향에 못 가고 있다. 이십년까지는 아니지만, 당신에게 이년, 네번의 큰 명절은 잔인하다. 내려가도 잔인하고 내려가지 않아도 잔인하다. 당신은 이번 추석에 내려가지 못하지만, 이번이 마지막이라고도 장담할 수 없다.

거기서도 달 보여요? 당신이 묻는다. 보이지 않지만 보인다고 대답을 한다. 보나마나 보름달일 테니까. 당신은 달은 그저 구멍일 뿐이라고 말한다. 찌그러진 구멍, 얄팍한 구멍, 동그란 구멍, 그렇게 벌어진 틈의 정도가 다를 뿐, 모두 구멍이라고 말한다.

실체라고 생각하면 곤란해요. 그 구멍으로 누군가가 눈을 들이대고 우리를 엿보는 겁니다. 달이 그 통로예요. 이 사실을 아는 사람은 딱 두사람뿐이에요.

나는 짐짓 심각하게 누구냐고 묻는다. 당신이 대답한다. 나, 그리고 엘리자베뜨 여왕.

"엘리자베스 여왕? 영국에 있는?"

표면적으로는 그렇습니다만.

"엘리자베스 여왕이 왜요?"

당신이 대답한다. 그 이유는 그분밖에 모릅니다.

"엘리자베스요?"

엘리자베뜨!

당신의 말을 농담으로 치부하거나 비웃는다거나 아니면 너무 진지하게 침묵을 지킴으로써 당신을 의혹에 몰아넣지 않기 위해서 내가 애쓰던 찰나, 당신이 입을 연다.

아, 이제 한사람 더 생겼네. 그쪽.

세사람이지만 엘리자베뜨를 없는 셈 치면 단둘뿐, 우리는 공범이 된다. 퇴근길에 본 새벽하늘에는 달이 둥글게 익어가고 있다. 세상의 모든 각을 그 안에 숨긴 채로, 시한폭탄처럼 차오른다. 그리고 깜박, 달이 윙크를 한다.

해마는 기억입력뿐 아니라 기억을 분류하는 일도 한다. 단기기억과 장기기억으로 구분하는 과정 중에 물론 사라지는 기억도 있다. 중요하지 않다면, 기억하지 않는다. 사장이 우리를 차례대로 부른다. 해마1부터 몇까지인지는 몰라도, 특정시간에 근무한 몇사람이 불려간다. 나도 불려간다. 당신이 사라졌다고 한다. 남아 있는 것은 당신의 휴대전화와 휴대전화에 기록된 해마005의 번호들, 그리고 청구서. 당신의 남편이 묻는다. 한국말도 못하는 여자가 여기서 대체 누구와 어떤 통화를 했느냐고. 나의 해마가 시달린다. 남은 사람들이 당신의 기록을 추적한다. 당신이 무슨 말을 했는지, 당신이 얼마나 전화했는지, 당신이 왜 울었는지, 당신이 왜 웃었는지. 그러나 미안하지만 나의 해마 속에 당신의 자리는 없다. 어떤 당신을 말하는 겁니까,라는 말을 혀 속으로 말아넣고, 나는 시야를 좁혀간다. 수많은 당신 중에 외국인, 외국인 중에 여자, 몇몇 당신들로 시야가 좁혀진다. 그러나 당신이 사라진 자리, 내가 기억할 수 있는 당신의 말은 한마디도 없다.

아마도 당신은 우리말을 잘하지 못했을 것이다. 당신이 생각하는 우리말은 한국어가 아니니까. 당신은 당신의 언어로 이야기했을 테고, 당신의 이야기는 내가 읽어낼 수 없었지만, 당신의 기분은 읽어낼 수 있었을지도 모른다. 나는 당신의 호흡을 읽어냈다. 해독 불가능한 언어로 혹시 당신이 유서라도 읊은 게 아닌가, 당신은 울먹였을지도 모른다. 당신은 한참 중얼거리고 한참 울고 한참 떠들다가 금세 잠잠해졌을 거다. 그런 당신에게 내가 해줄 수 있는 말은 고작 미안해요, 정도였을 것이다. 당신의 언어를 몰라서 미안하다고. 이런 전화가 요즘에는 종종 온다. 그러므로 당신은 혼자가 아니다. 그러므로, 나는 당신을 구분하지 못한다.

내가 어떤 당신의 모습을 기억해내지 못해 괴로웠던 날, 금요일의 당신은 나를 위로한다. 당신은 내 상황을 모르고 당신은 당신의 말을 하지만, 그게 위로가 된다. 당신은 같은 말을 반복한다. 돈을 뜯는 사람에게서 도망친 적이 있고, 수상해 보이는 행인에게서 도망친 적이 있고, 귀찮은 일에서 도망친 적이 있고, 가끔은 신에게서도 도망친 적이 있지만, 가장 힘든 것은 지난 기억에서 도망치는 일입니다. 얼마 전 영국에서 망각의 알약을 시판할 거라는 이야기를 들었어요. 이미 됐을 수도 있죠. 그 알약의 발명 뒤에도 엘리자베뜨의 특명이 깔려 있는 겁니다. 망각을 유행시키려는 그 음모가 두렵지만, 다 뜻이 있을 거예요. 그 전까지는 우리는 술을 마셔야 해요.

당신의 말은 반복된다. 벌써 당신의 필름은 끊겨 있는지도 모른다. 그러나 반복되는 당신의 말이 내게는 위로가 된다. 당신의 말을 들으며 나는 약한 취기를 느낀다. 나는 이렇게 말한다.

"만약에 정말 그 알약에 효능이 있다면, 그 속에는 긴 시간을 꽉 눌러 압축한 성분이 들어 있을 거예요. 망각을 이루는 성분이 있다면, 오로지 시간이니까요."

아니요, 술입니다. 술은 단축시킬 수 있어요. 망각을 독촉할 수 있어요. 당신은 말이 많아진다. 이상한 절실함이 당신을 부지런하게 만들고 서두르게 만들고 초조하게 만들고 결과적으로 술에서 깨어나도록 만든다. 당신이 서둘러 말한다. 저기요, 같이 술 한잔 안할래요?

술 한잔 할래요,가 아니라 술 한잔 안할래요,라고 묻는 마음을 안다. 부정 속에 쑥스러움과 망설임을 숨길 수밖에 없는 그 마음을, 나도 안다. 내 대답을 듣지 못한 채 전화가 끊겼지만 당신은 다시 전화하지 않는다.

사장의 말대로, 추석에도 고객은 있다. 라디오에서는 귀성길이 시작되었다는 뉴스가 흘러나온다. 꽉 막힌 도로처럼 당신들이 하고 싶은 말도 식도 밑에 웅크리고 있다. 식도 위로 올라오는 말은 어쩌면 그 말들이 아닐 수도 있고, 그 말들일 수도 있다. 구분해낼 자신은 없다. 누군가는 내게 119를 불러달라고 한다. 누군가는 내게 대리운전 번호나 지금 문 연 까페 번호를 알려달라고 한다. 누군가는 알아듣지 못할 외국어로 혹은 외계어로 말한다. 아마도 누군가가 그립다는 얘기겠지, 아니면 배가 고프거나. 그리고 또 몇통의 침묵 후에 걸려온 누군가의 이야기는 나를 긴장시킨다. 아버지 또래의 아저씨, 아버지 처지의 아저씨다. 당신과 통화하는 동안 나는 아버지가 언젠가 나의 당신이 될까봐, 그것이 조금 두렵다. 아버지와 전화통화를 해본 건 정말, 까마득하니까.

모두 바쁜 밤, 고향 가는 길은 아직도 멀다. 느릿느릿 모두가 귀가하는 밤, 연휴의 마지막 밤, 전화 한통이 걸려온다. 금요일의 당신이 금요일이 아닌 날 전화를 걸어온 것은 처음이다. 당신이 말한다. 저기요, 진짜로 같이 술 안할래요?

지하철은 스캐너처럼 움직인다. 많은 사람들 틈에 묻힌 나의 발자국을, 동선을 읽어낸다. 지하철이 어딘가로 고자질하듯 달려간다. 시청에서 강남으로 강남에서 교대로 교대에서 왕십리로 왕십리에서 홍대입구로 홍대입구에서 신촌으로, 고자질하듯 달려간다. 나는 당신을 만나러 가는 중이다.

고객 많은 금요일에 월차를 쓰겠다고 하자 사장이 말한다. 창사이래 주말 앞두고 월차를 쓰는 직원은 자네가 여섯번째일세. 나는 어쨌거나 영광입니다,라는 말이 튀어나오려는 것을 가까스로 참고 월차를 낸다. 아버지가 알면 기절할 노릇이지만, 내게도 유흥이 필요하다. 당신에게는 내가 필요하다. 목소리 아닌 실체가.

당신은 까페 플럼에서 기다리겠노라고 말했다. 까페 플럼은 당신이 늘 말하던, 삼백육십오일 스물네시간 쉬지 않는 술집이다. 플럼은 그 자리에 있다. 내가 모르는 거리, 당신을 통해 알게 된 거리, 그 거리에 플럼이 이정표처럼 보인다. 나는 플럼으로 들어간다. 당신은 아직 오지 않았다. 나는 플럼의 한구석에 자리 잡는다. 일단 오백 한잔, 한시간 후 오백 한잔 더, 삼십분 후 노가리 한접시, 안주는 오고 당신은 오지 않는다. 나는 기다린다. 이름도 나이도 직업도 모르는 당신을. 심지어 전화번호도 모르는 당신을. 그러나 어쩌면 우리는 서로를 한눈에 알아볼 수 있을지도 모른다. 나는 당신에게 말한 것처럼 붉은 옷을 입고 왔다. 나는 붉은 신호등처럼 앉아 있다. 그러나 누구도 내 앞에 멈춰 서지 않는다. 스쳐지나간다. 나는 다른 테이블에서 오가는 이야기들에 귀를 기울인다. 이상하게도 다 내가 들었던 내용들이다. 왜 나는 그들의 사연을 다 알고 있는 걸까.

손님 죄송하지만 영업시간이 끝나서요. 그 말이 바람처럼 들린다.
"이십사시간 아닌가요?"
열한시까지만 해요.

플럼의 불이 꺼진다. 키 큰 건물들이 혹처럼 뿔처럼 솟아난 밤, 달을 보기 위해서는 조금 걸어야 한다. 횡단보도를 건너 골목을 지나 몇번 하늘을 두리번거리고 다시 몇걸음 뒤로 가서야, 혹 달린 도시, 뿔 난 도시의 달밤이 보인다. 불쾌한 눈동자, 누군가 끔뻑, 동공을 감았다 뜬다. 엘리자베뜨, 당신은 왜, 오지 않는가.

내가 궤도를 벗어나 플럼에서 붉은 신호등처럼 멈춰 있을 때, 당신은 여전히 해마005에 취기를 발산했다. 하도 별난 이야기를 해서 기억이 나더라 예전에 너가 말한 적 있잖아. 네 단골 아니었니? 이게 유행어인가,라고 당신과 통화한 해마가 말한다. 달이 엘리자베뜨의 눈동자라나 뭐라나.

"혹시 지구가 왜 둥근지에 대해서도 이야기했어? 공무원시험 준비하는 사람이래?"

해마6인지 7인지 114인지가 자신의 해마를 점검 중이다. 지구가 미끄러지게 하기 위해서 둥글다고 하던가, 그런데 공무원시험 어쩌고는 아니었고 S전자 다닌던데.

그리고 그거 알아? 너 쉰 날, 그 여자 남편이 또 왔었어. 캄보디아 여자, 자살이었대.

해마6인지 7인지 114인지가 친절하게 전해준다.

예상대로 출근하자마자 사장이 나를 부른다. 해고 통보다. 창사 이래 여섯번째로 금요일에 월차를 낸 게 문제였는지, 아니면 캄보디아 여자와의 통화 내용을 기억하지 못한 게 문제였는지, 자살을 막지 못한 게 문제였는지, 외국어를 못한 게 문제였는지, 나는 알지 못한다. 회사를 나서자 집에서 전화가 온다. 아버지다. 아버지는 일자리를 구했다고 말한다. 면접 본 곳에서 오늘 전화가 왔다고. 아버지에게 전한 해마005의 번호는 유용했다. 아버지도 목소리가 좋았다. 이제 아버지는 한달에 1킬로그램씩 살이 찔지도 모른다. 얼마 후에는 주간반이 될지도 모른다. 낮술 먹는 사람들은 점점 늘어가고, 말이 고픈 사람들도 늘어가니까. 아버지는 월차를 내지 않을 것이다. 멸종되지 않을 것이다.

나는 멈추고, 지하철은 계속 달린다. 지하철이 대숲으로 들어간다. 보이지 않는 대숲을 향해, 임금님 귀는 당나귀 귀, 임금님 귀는 당나귀 귀…… 고자질 혹은 고백 혹은 고해성사를. 그렇게, 술에 취한 이 도시의 밤을 다 불어버리고 싶다. 해마005와 연결이 되는 동시에, 나의 해마가 사라진다. 취한다. 잠든다. 말한다. 당신이 전화를 받는다. 어디예요?

나는 아마도, 내가 잃어버린, 지금 내 몸에서 사라지는 해마의 꼬리 부분을 붙잡고 있을 거다. 나는 자꾸 뇌를 벗어나는, 손상되는 해마의 꼬리를 잡고 말한다. 모, 르, 겠, 어, 요.

당신이 묻는다. 말해봐요, 어디예요?

암전. 나는 무엇이 되어볼까 상상한다. 칠년 사귄 남자랑 헤어진 여자가 되어볼까, 정규직으로 받아줄 곳을 찾아 끊임없이 면접을 보는 여자가 되어볼까, 고향에 대한 그리움으로 외로운 외국인이 되어볼까, 선택은 내 몫이다. 당신이 묻는다. 말해봐요. 많이 마셨나요? 나는 조금도 취하지 않았지만 취기에 무너진다. 제 친구가 결혼을 하는데 거래처를 얻은 셈이죠, 평생의 거래처. 아니 또 모르잖아요, 몇년 안 가 거래처를 바꾸게 될지도. 저요? 저는 지금 서류전형은 몇군데 넣어둔 상태예요. 이번 달 내내 주말마다 면접이 잡혀 있는데, 지난 주말에도 하나 봤고요. 어찌나 회사가 구린지. 거긴 돼도 내가 안 갈 거고, 다음 주말에 또 면접 두군데 있어요. 면접을 통과하게 되면, 그죠, 그죠. 면접이 곧 소개팅이라니까. 그걸 통과하면 수습기간을 거쳐 계약을 하게 되겠죠. 어쩌면 나도 거래처가 정해질지도, 아아.

누군가의 입을 거쳐 내 귀까지 전달된 말들이 술기운을 타고 다시 누군가의 귀로 흘러갈지도 모른다. 유효기간은 봄꽃처럼 짧지만 전염성은 강한 말들이다. 무게감은 없지만 어디에나 어울릴 말들이다.

거기서도 달 보여요? 내가 묻는다. 당신이 대답한다. 보여요. 보름달이죠. 당신이 거짓말을 한다. 나처럼.

그건 그냥 구멍일 뿐이에요. 찌그러진 구멍, 얄팍한 구멍, 동그란 구멍, 그렇게 벌어진 틈의 정도가 다를 뿐, 모두 구멍이죠. 실체라고 생각하면 곤란해요. 그 구멍으로 누군가가 눈을 들이대고 우리를 엿보는 거죠. 달이 그 통로예요. 이 사실을 아는 사람은 딱 두사람뿐이에요.

나는 다음 대사도 알고 있다. 내 대사도, 그리고 당신의 대사도. 나는 이 대본을 너덜너덜해질 때까지, 꼬질꼬질해질 때까지 읽어서 달달 외운 사람이다. 그러나 지금, 대본대로 흘러가는 우리의 대화가, 나는 싫지 않다. 누구냐고 당신이 묻기도 전에, 나는 짐짓 심각하게 대답한다. 나, 그리고 엘리자베뜨 여왕. 알코올이 나를 가면처럼 감싼다. 우리는 함께 이인용 자전거의 페달을 밟는다. 함께 밟고 있지만 사실 발을 떼어보기 전까지는 이 자전거를 굴리는 힘이 내 발끝에서 나오는지 다른 사람의 발끝에서 나오는지 두사람 모두에게서 나오는지 확인할 길이 없다. 나 혼자 굴리고 있던 것을 알게 될까 두려워서 나는 더 열심히 페달을 밟는다.

그런데, 당신 이름이 뭐죠?

내가 묻자 당신이 대답한다. 해마8. 앞으로 해마8을 찾으세요.

해마8은 이제 당신의 이름. 암전. 당신의 목소리가 들리지 않는다. 휴대전화 배터리가 깜박깜박하더니 이제 암전. 휴대전화가 꺼짐과 동시에 나도 방전된다. 길 건너 편의점이 비상구처럼 보인다. 뛴다. 방전되는 해마를 달고 편의점을 향해 뛴다. 충전을 해야 한다. 무심코 쳐다본 하늘의 달이 벌써 일그러져 있다. 엘리자베뜨가 졸리다는 듯, 동공을 반쯤 감았다 뜬다. 나는 편의점을 향해 뛰어가면서 당신에게 할 말을 생각한다. 그러나 몇몇 단어가 떠오르지 않는다. 알코올이 나의 베르니케영역에 문제를 일으켰기 때문이다. 혀가 자꾸 꼬부라진다. 브로카영역에 문제가 생겼기 때문이다. 감정적이 된다. 변연계에 문제가 생겼기 때문이다. 비틀비틀 몸이 흔들린다. 소뇌에 문제가 생겼기 때문이다. 그리고 암전. 필름이 끊긴다. 해마, 해마가 아프기 때문이다. 그러나 당신은 나의 끊긴 필름에 대해 추궁하지도, 타박하지도, 외면하지도 않는다. 그저 동참할 뿐이다.

P

장의 주소는 간단했다. 'P259'라고만 적으면 어떤 우편물도 장에게로 배달되었다. 이런 주소가 가능했던 것은 장이 몸담은 도시와 회사의 이름이 같았기 때문이다. 장은 매일 아침 여덟시부터 저녁 일곱시까지 P259에 있었다. 장이 우편물을 받은 것은 오전 열한시쯤이었다. 장에게만 온 것은 아니었고, 모든 팀원이 동일한 우편물을 받았는데 다른 것은 봉투에 적힌 이름뿐이었다. 발신인은 회사 홍보실이었고, 내용물은 캡슐내시경검사 신청서였다.

장은 신청서를 서랍에 집어넣었다. 그는 불필요한 것들을 서랍에 넣어두는 습관이 있었다. 그의 책상 위에 있는 것은 컴퓨터와 휴대전화, 그리고 가족사진뿐이었다. 모두가 가족사진을 올려두고 있었기 때문에 그것이 없으면 오히려 이상하게 보였다. 회사를 그만두고 싶을 때마다 우발적인 충동을 잠재우는 부적 역할도 했다. 같은 효과로 종이 카네이션이나 아이들이 준 카드를 올려둔 사람들도 있었다.

"신청서 썼어?"

점심시간에 송이 물었다. 캡슐내시경에 관한 이야기였다. 길이 30밀리미터, 두께 11밀리미터의 캡슐내시경은 그 생김새 때문에 해파리로 통했다. 그동안 소장에만 머물던 캡슐내시경의 한계를 뛰어넘어서 그야말로 온몸을 바다 삼아 헤엄치는 전천후 내시경이었다. 고가의 신제품인 이 캡슐내시경을 P타이어 직원들에게 활용하게 된 것은 물론 홍보 효과를 노린 것이었다. 이런 식의 협찬은 자주 있었다. 직원 수만 이만명에 가깝다보니 회사 단지 내에 새로운 가게가 생길 때마다 쌤플을 돌린다든지, 무료체험권을 준다든지 하는 신고식이 있었다. 병원도 예외 업종은 아니었다. 회사는 거대한 시장이었다. 캡슐내시경검사를 제공하겠다는 병원도 회사 단지 안의 새 식구였다. 늘 그렇듯 경영진의 친척이라는 소문도 따라붙었다.

"의무는 아니잖아."

장은 그렇게 대답했지만, 이미 그게 아니라는 걸 알고는 있었다. 신청자를 받는다는 말이 무색할 정도로 신청서는 공격적으로 찾아왔다. 우편으로 날아오기도 했고, 메일에 첨부되는 것은 물론, 회사 버스 좌석에도 놓여 있었고, 복도에도 가득 붙어 있었다. 물론 취지는 좋았지만 장은 애초부터 관심이 없었다.

송은 장을 쳐다보다가 담배를 피워물었다. 담배를 끊은 지 이년 만에 다시 피우기 시작한 송이었다. 새 경영진은 한명도 빠짐없이 흡연자라고 했다. 그날 오후 회의가 끝날 무렵에 팀장은 해파리검사 신청률을 체크했고, 공교롭게도 장을 제외한 모두가 손을 들었다. 장은 그 팀의 구멍처럼 앉아 있었다. 신청기한 마지막 날, 장은 신청서를 작성했다.

오전 아홉시, 공복의 사람들은 캡슐내시경을 혀 아래로 삼켰다. 목젖 아래로 초소형카메라가 떨어졌다. 허리춤에는 데이터수신기를 차고, 평소와 다름없이 업무를 보았다. 초당 세장씩 내부 사진이 찍혀서 저장되고 있었다. 오후 일곱시가 되자 병원 측은 수신기를 모두 거둬갔다. 몸속에 남겨진 해파리는 스물네시간 안에 대변으로 배출된다고 했다. 다음 날 오후부터 시간차가 조금씩 있었을 뿐 사람들은 하나둘 해파리를 변기로 흘려보냈다. 이미 임무를 마친 해파리를 다시 거둘 필요는 없었다. 다만 배출하는 것은 중요했다. 적어도 스물네시간 안에 배출하지 못한 사람에게는 더더욱 그랬다.

장의 해파리는 소장 점막에 붙어 있었다. 일흔두시간째였다. 엑스레이 속의 해파리는 대낮에 포착된 유에프오처럼 흰색이었다. 이물질이었으나 무언가가 들어온 것이 아니라, 무언가가 증발한 흔적처럼 보였다.

의사는 장도 아는 금기사항들을 하나씩 짚어갔다. 캡슐내시경검사 전 여덟시간의 공복을 지키셨습니까, 철분제를 복용하고 있진 않으셨습니까, 혹시 다른 약을 드신 것은 없습니까, 검사 당일 몸에

로션을 바르셨습니까, 드린 약은 드셨습니까, 캡슐내시경을 복용한 후의 활동에 대해 말해주시겠습니까.

"똑같았는데요. 회사에 와서 업무를 봤고, 다섯시에 수신기를 다 거둬가시기에 드리고, 여덟시 가까이 돼서 퇴근했어요."

"주로 하시는 업무가 어떤 겁니까?"

"타이어 개발이죠, 뭐. 전 스페어타이어를 담당해요."

의사가 구체적으로 설명을 기다리는 것 같아서 장은 그날 무슨 일을 했는지 곰곰이 생각해보았다. 딱히 특별한 것은 없었다. 평소와 다름없이 회의를 했고, 양산 직전의 모델에 대해 트리밍을 했다.

"트리밍요? 정확히 어떤 겁니까?"

"양산 직전의 타이어가 마지막으로 거치는 단계라고 보시면 되는데, 보통 타이어가 공장에서부터 둥글게 만들어져 나온다고 생각하기 쉽지만 실제로 타이어는 완벽하게 둥글지는 않거든요. 표면이 울퉁불퉁하죠. 그런 돌출부를 깎아내는 겁니다."

"어떤 도구를 쓰는 겁니까?"

"면도기처럼 칼날이 달렸어요. Y 자 모양으로 끝이 나누어져 있고, 그걸로 양털 깎듯, 머리털 깎듯, 타이어 위를 매만지는 거죠. 붕어빵 생각하시면 될 것 같네요. 붕어빵틀에서 구워져 나온 붕어빵 모서리가 매끈하지는 않잖아요. 꼬챙이로 형태를 다듬죠. 삐져나온 부분들."

"그게 주 업무입니까?"

"업무의 일부분이죠."

타이어 위로 칼날이 움직이면서 표준규격에 어긋나는 것들을 베어낼 때의 느낌을 장은 좋아했다. 몸 외부에 붙어 있는 거라면 해파리도 칼로 깔끔하게 잘라낼 수 있을 것 같았다. 그러나 해파리는 장의 내부에 있었다.

"소장이 갑자기 좁아졌다든지 하면 잘 배출되지 않는 경우도 있을 수 있죠. 결국 배변으로 배출되는 속도의 문제니까 너무 신경쓰지 마시고, 혹시 주말이 지나도 그대로면 다시 봅시다."

처음부터 내키지 않던 검사였다. 장이 받은 검진 결과는 특별할 것도 없었다. 위장염이 조금 있는 건 전부터 알고 있었던 거고, 지금은 위장염보다 더 큰 스트레스를 얻고 말았다. 장은 이런 경우가 자신에게만 벌어진 것인지 궁금했다. 물론 장이 아는 사람들은 모두 해파리를 배출했다. 그것을 깨끗이 씻어서 따로 보관한 사람도 있었다. 그러나 주말이 지나도 장의 몸속 해파리는 배출되지 않았다. 물을 많이 마시고 장을 비운다는 약까지 먹었지만 해파리는 나오지 않았다. 변비도 아닌데 속이 더부룩했다.

캡슐내시경 해파리의 수명은 이미 오래전에 끝났다. 그 몸체에 붙어 있는 배터리 두개가 지속할 수 있는 시간은 길어야 스무시간이었고 이미 허리춤에 있던 수신기도 떼어냈지만, 어쩐지 장은 몸속에서 아직도 해파리가 작동 중인 것만 같아 꺼림칙했다. 배터리와 수신기를 모두 떼어낸 것도 불안감을 가중시켰다. 아직 몸속에 무언가 작동 중인 물체가 전원이 켜진 상태로 존재하는 것도 두려웠지만, 모든 리모컨이나 연결고리를 끊고 홀로 유영하는 물체로 남아버린 것은 더 불안했다. 개복수술 후에 의료용 가위를 몸속에 품게 되었다든지, 실수로 반지를 삼킨다든지 하는 일들은 세상에서 종종 일어났고, 기존에도 캡슐내시경이 몸 밖으로 배출되지 않아 수술을 한 사례들이 있었다. 그러나 장이 느끼는 이물감은 그런 종류가 아니었다.

해파리는 회사를 연결고리로 하여 장의 몸속으로 들어온 물건이었다. 회사가 아니었다면 장은 그 검사를 받지도 않았을 것이다. 장은 자신의 모든 것이 캡슐내시경 해파리를 통해 어딘가로 보고될 것 같은 공포를 느꼈다. 그리고 어느새 그 공포는 만성적이 되고 있었다. 장은 회사에서 사용하는 컴퓨터로는 어떤 사적인 것도 검색하지 않았다. 장은 모든 사적인 관심사는 휴대전화로만 검색했는데 그 역시 안전하지는 않았다. 장이 생각할 때 자신을 엿볼 수 있는 구멍은 컴퓨터나 휴대전화 혹은 사무실이나 기숙사에 설치된 것이 아니라 장의 몸에 있기 때문이었다.

몸 내부가 어딘가로 보고되고 있다는 심증은 몇가지 구체적인 일들로 더 확고해졌다. 장은 늘 금연임이 분명한 휴게실에서 담배 냄새가 나는 사실이 불만이었는데, 최근 들어 그 강도는 더 심해졌다. 경영진이 바뀐 후 휴게실은 대놓고 흡연실이 되었고 장이 받는 스트레스는 더 커졌다. 다만 표현하지 못하고 있었을 뿐인데, 며칠 후 휴게실에 공기청정기가 설치되었고, 휴게실에 금연 표시가 늘어났다. 들리는 이야기에 따르면 비상구 쪽에 흡연실을 따로 짓는다고 했다. 장이 바라던 바였으나 어쩐지 떨떠름했다. 복도에서 마주친 팀장이 장에게 이런 말을 한 것도 마음에 걸렸다.

"이제 담배 냄새 안 나지?"

팀장은 장의 어깨를 가볍게 두드렸다. 단지 장의 어깨가 팀장의

손이 닿기 좋은 거리에 있었다고 해도, 그가 던진 말은 사소하면서
도 부담스러울 만큼 컸다. 그 말을 하는 순간에도 팀장에게서는 지
독하게 쩐 담배 냄새가 났다. 팀장은 장의 얼굴을 보고 많이 아픈
게 아니냐고 했다. 요새 장이 많이 듣는 말이었다. 누구나 장에게
어디가 아프냐고 물었다. 장의 사정을 아는 사람이든 모르는 사람
이든 관계없었다.

장 역시 자신의 몸에서 이상을 느꼈다. 그러나 그것은 무언가가
들어온 느낌이 아니었고, 오히려 무언가가 사라진 느낌이었다. 이
물감이 아니라 공백이 장을 불편하게 했다. 몸속에서 질긴 무언가
가 툭, 하고 끊기는 느낌이랄까. 몸속에 쓸데없는 것이 붙어 있을
리 없고, 몸속에 붙어 있는 것들은 거의 매우 중요한 것들일 텐데,
그 중요한 무언가가 잘려나간 후, 수소풍선처럼 위로 붕 솟아오른
것만 같은 느낌이 들었다. 잘려나간 것이 무엇인지 그후로 어떻게
되었는지 알 수 없다는 점이 더 불안했다.

장은 삼년 전에 P로 왔다. 아내와 아들을 미국에 보내놓고, 고시
원이나 자취방을 알아보던 장에게 P행은 꽤 매력적이었다. 기숙
사가 있다는 것도 적절했다. 장이 이사를 오던 날, 짐은 24인치 트
렁크 두개뿐이었지만, 회사 측에서는 장의 옛 주소로 이삿짐 차량
을 보내주기까지 했다. 이삿짐센터 직원 두명이 각각 트렁크 한개
씩을 들기 위해 새벽부터 먼 곳으로 달려왔을 생각을 하니, 황송할
지경이었다.

장은 창밖을 바라보았다. 시야를 가리는 것은 없었지만 숨겨진

풍경의 끝은 지금 장이 서 있는 곳과 대칭을 이룰 것이었다. 검은 색 초고층 건물이 원형의 한 부분을 이루고 있을 테고, 그 건물 역시 P사 소속일 것이다. 이 건물들을 모두 연결하면 검은 원이 되었고, 하늘에서 내려다보면 타이어 모양이 되는 구조였고, 이 타이어가 P시 면적의 삼분의 이를 차지했다. 웬만한 가게는 모두 타이어 모양의 회사 단지 안에 들어가 있었고, 간혹 그 안에 들어가지 못했더라도 회사 사람들의 동선을 고려해 분포되어 있었다. 은행이나 우체국, 종교시설과 시청조차도 엄밀히 말하면 타이어 안에 있었다.

장도 타이어 안에 있었다. 그는 삼년 전에 이곳에 온 이래로 P를 벗어난 적이 없었다. 그럴 필요가 없었던 것이다. 회사에서는 야유회도 가고 여행도 갔지만 모두 이 도시 안에서 이루어졌다. 공항과 항구, 기차역을 빼고는 모든 것이 다 있었다. 버스 노선이 잘 짜여 있어서 자가용은 무의미했다. 타이어회사 직원들임에도 불구하고 자가용을 모는 사람들은 생각보다 많지 않았다. 필요를 못 느꼈기 때문에 차는 처분되거나 주차장에 전시되었다. 물론 모든 버스는 회사 카드키로 이용이 가능했다.

장은 입사 초기에 겪었던 찜찜함을 다시 느꼈다. 그때는 어느 치과에서 P사 전사원들에게 스케일링권을 협찬해주었는데, 그 스케일링으로 장은 심한 감기를 얻었다. 팀원들과 함께 치과로 가서 자리에 누웠던 장은 의사의 손이 자신의 입으로 들어올 때 낯선 침 냄새를 느꼈다. 자신도 모르게 입을 오므리려고 하자, 의사가 말했다.

"아 하세요, 크게."

장은 의사의 손이 자신의 입에서 떠나 어디로 가는지를 주시했는데 손에 낀 얇은 장갑을 교환하는 일 없이, 세척하거나 소독하는 일도 없이 다른 이의 입속으로 옮겨갔다. 장이 바로 이의를 제기하지 않은 것은 장에게 들어왔던 침 냄새의 주인들이 민망해할 것 같아서였다. 아마 장의 침 냄새도 다른 누군가가 맡았을 테니. 아무도 불만을 제기하지 않는다는 사실이 장은 더 불만이었는데, 아니나다를까 다음 날 장은 심한 감기를 얻었다. 그후 장은 회사에서 신청자를 받는 행사에 늘 부정적이었다.

이번 해파리 사건도 비슷하게 억울했다. 회사 협찬이 아니었다면 이 병원과 연관될 일도 없었을 게 아닌가 생각하자 목에서 가래가 뒤엉키는 느낌이 들었다. 장은 일주일에 한번씩 병원을 찾았는데, 삼주가 넘어가도록 해파리는 배출되지 않았다.

"혹시 배터리가 아직까지 작동하는 거 아닌가요?"

장이 퉁명스럽게 묻자, 의사는 여유롭게 받아쳤다.

"벌써 삼주가 넘었는데, 그렇게 지속되는 배터리가 있다면 정말 획기적인 발명이겠지요."

"내시경 촬영을 한다고 해서 머릿속 생각이 읽히거나 하는 건…… 아니겠죠?"

"그런 내시경이 있다면 역시 획기적인 발명이겠지요."

획기적인 건 다른 곳에 있었다. 물론 의도한 바가 아니어서 문제가 되었지만, 장은 그의 몸속 내시경이 정말 해파리라도 되는 듯 자라나고 있다는 이야기를 들었다. 네번째 검사를 하던 날이었다.

의사는 그간의 진료 결과를 가지고 와서 해파리가 자라고 있다는 말을 했다. 마흔에 몸속의 무언가가 자란다는 것은 대체로 부정적인 의미였다. 종양이 자라거나 혹이 자라거나. 그런데 이물질이 자라다니.

"환자분 몸속 해파리의 총 길이를 y라고 하고, 주 차를 x라고 해봅시다. 그럼 오늘이 삼주 차니, 이런 공식이 생깁니다. y=3x."

장의 생각을 읽기라도 한 듯, 의사가 얼른 덧붙였다.

"물론 y값이 환자분의 키를 넘어서기 전에 몸 내부가 먼저 파열됩니다. 그런 일이 없도록 해야 될 텐데, 문제는 지금 환자분에게는 개복수술도 의미가 없다는 겁니다. 해파리의 동선을 파악할 수가 없고, 소장 깊숙이 있다면 빼내기도 쉽지 않습니다."

"그게 제 잘못입니까? 그건 그쪽 실수였습니다."

"이만명 중에 딱 한분 문제가 생긴 겁니다. 이런 건 환자분 개개인의 몸 상태가 더 큰 영향을 미치죠. 이제 저희가 드리는 약으로 이걸 녹이는 수밖에 없습니다. 아니면, 레이저 시술을 하시든지. 하지만 레이저도 아직 딱 맞는 것은 없습니다. 가능성일 뿐이죠."

그러나 이 역시 일단 경과를 지켜본 후에 할 수 있다고 했다. 아직 100퍼센트 해결책은 병원에서도 찾지 못한 듯했다. 장은 병원에서 들은 이야기를 누구에게도 하지 않았지만, 이미 상부에 보고가 된 모양이었다. 해파리가 문제가 아니라 P와 P 사이의 유기적인 관계가 더 문제였다. 팀장의 호출이 있었고, 장은 괜찮겠느냐는 질문을 받았다. 뭐가 괜찮으냐는 것인지 장은 알 수 없었는데, 컴퓨터를 켜자마자 곧 알게 되었다. 그 캡슐내시경에 들어간 성분 중 하나가

인체에 유해하다는 기사가 떠 있었다. 장시간 닿을 경우 문제가 됐는데, 대부분은 스물네시간 내에 인체 밖으로 배출하므로 문제가 없다는 얘기였다. 어쨌거나 이 문제를 해결하기 위해 시판되었던 해파리는 모두 수거했다는 말이 맨 마지막 문장이었다. 더불어 문제를 일으킬 만한 다른 의료장비와 약품들도 모두 수거되었다. 그 중 하나는 아직 수거되지 못하고 장의 몸속에 들어 있었다. 그것도 자라는 채로.

장의 동선은 늘 같았다. 기숙사에서 사무실까지는 꽤 거리가 있었지만, 정해진 엘리베이터를 잘만 골라 타면 이십분 안에 갈 수 있었다. 장은 사람들의 시선을 통과해야 했다. 사람들은 장을 관찰했으나 가까이 오지는 않았다. 장의 착각일 수도 있었지만, 착각이 아닐 가능성이 더 높았다. 엘리베이터에 몸을 실었을 때 누군가가 해파리,라고 말하는 것을 들었기 때문이다. 사람들은 그를 보면 그 얘기를 하는 게 분명했다. 겨우 사무실에 도착한 장은 컴퓨터를 켜기 전에 책상 위에 놓인 가족사진을 서랍에 넣었다.
"기사 뜬 거 보셨어요? 그거요."
메신저로 그렇게 물어온 것은 후배였다. 장은 무슨 이야기인지 알 것 같았지만 그게 뭐냐고 되물었다. 결국 후배 입에서 해파리요, 해파리, 하는 답을 듣고 말았다. 기사는 이미 삭제되었다. 그 비슷한 기사도 찾을 수 없었지만, 회사 사람들은 이미 모두 그 기사를 보았다. 장도 보았다. 후배는 장에게 너무 신경 쓰지 말라며 농담처럼 해파리에 대한 정보를 알려주었다. 캡슐내시경이 아니라 진짜 해파리에 대한 정보였는데, 그중에 최악은 해파리의 외국어 표기가 메두사와 같다는 점이었다. 프랑스어로 메두사라는 말이 해파리를 가리킨다고 했다. 그 얘기를 지금 왜 하는 거야,라고 묻자, 후배는 그냥 그렇다고요, 아는 사람이 별로 없는 것 같아서,라고 말했다.

"메두사라면, 머리카락이 뱀으로 바뀐 애들 아니야? 쳐다보기만 해도 돌이 되는."

"페르세우스가 머리를 자르잖아요, 완벽하게."

후배는 말끝에 'ㅋ'을 여러번 덧붙였다. 웃음의 의미였겠지만, 장에게는 그것이 도끼날처럼 보였다. 어느 책에 따르면 회사에서는 블랙리스트와 엔젤리스트를 보유하고 있다고 했다. 그래서 조직은 어떻게 해서든 끝까지 보호할 사람과 어떻게 해서든 밀어낼 사람을 구분해낸다고 했다. 그런 이분법에 따르면, 그 후배는 엔젤리스트에 올라 있을 사람이었다. 그래서 장은 그를 '엔젤'이라고 불렀다. 조금 비꼬는 표현이었지만, 그렇게 부르는 사람이 장 하나는 아니었다.

후배의 말 때문인지 장은 사람들을 제대로 쳐다볼 수 없었다. 장의 동공이 상대방을 석화시키는 건 아닐 텐데, 장의 시선이 부딪칠 만한 눈동자가 없었다. 장은 점심으로 죽을 먹었지만 소화는 잘되지 않았다. 가래가 자꾸 끓어오르는 것 같아서 음식물을 편하게 넘길 수가 없었다. 겨우 넘긴 음식물은 돌이 된 것 같았다. 메두사와 마주친 사람들의 눈 같기도 했다. 그 주는 내내 그랬다. 위안이 된 것이 있다면 그 주 주말부터 기숙사 방을 혼자 쓰게 되었다는 것이다. 룸메이트가 이직을 한 것인지, 집을 얻어 나갔는지는 몰라도 이제 볼 수 없었다. 언제 짐을 빼갔는지도 알 수 없었는데, 탁자 위에 쾌차하길 바란다는 메모가 남아 있었다. 한사람이 나갔을 뿐인데 집이 다소 썰렁할 만큼 넓어 보였다. 그래봤자 여덟평 원룸인데 그 안에 숨은 여백이 있었다.

인사이동 시기였다. 팀장이 호출을 했을 때, 장은 자신이 어딘가로 이동될 거라 예상했고, 생각처럼 그렇게 되었다. 팀장은 장을 연구소장에게로 데려갔다. 작별인사의 수순이었다. 장은 어쩐지 담배에 예민했던 것이 조금 후회스러웠다. 소장은 장을 보자마자 이제 담배 냄새는 괜찮지? 하고 말했던 것이다. 그 말이 '담배 냄새가 안 나지'라는 의미인지 '나도 괜찮지'라는 의미인지 헷갈렸지만, 장은 고개를 열심히 끄덕였다.

장에게는 삼개월의 병가가 주어졌다. 회사 측은 완치되면 복귀시키겠다고 했지만, 어떻게 완치할 수 있는지는 누구도 몰랐다. 소장은 그의 어깨를 두드리며 말했다.

"작년에 나도 해파리한테 물려봐서 알지. 싸이판에서 말이야. 지독했지. 병원에 가니까 의사가 해파리는 별거 아니라고, 여름철만 되면 활개 치는 모기 같은 놈이라고 했지만, 상황은 그렇지 못했어. 약을 먹었더니 속이 다 뒤집히더군. 위장병이 합병증이었지."

"전 해파리에 물린 적이 없어요."

소장과 개인적인 대화를 나눠보기는 처음이었다. 어려울 법도 했지만, 퇴직의 순간이 되자 장은 소장조차도 아주 편하게 느껴졌다. 소장은 또 한번 그의 어깨를 툭툭 치면서 말했다.

"먹는 놈과 쏘는 놈은 다르다네. 알고 있었나?"

"아뇨, 전 별 관심도 없었습니다."

"다르다더군. 쏘는 놈이라면 끔찍하지. 가족들이 미국에 있다고 했나? 얼른 완치하고 다시 돌아오라구. 이번 스페어타이어 개발을 송 과장과 함께 했다지? 기대가 크니 어서 돌아오게."

장은 떨떠름한 표정을 감추지 못했다. 그는 한번도 아내와 아이가 미국에 있다는 말을 하지 않았다. 일부러 숨기려고 한 것은 아니었지만, 장은 개인사에 대해 자세히 말하지는 않았다.

예전에는 통근버스에 카드키를 대기만 하면 회사와 기숙사 간의 동선이 완성되었지만, 이제 장의 카드키는 읽히지 않았다. 장은 기숙사까지 가는 대중교통편을 겨우 찾아서 어렵게 귀가했다. 버스를 두번이나 갈아타고 돌아와 텅 빈 기숙사로 왔을 때, 장은 자신이 왜 이인실 기숙사를 일인실로 사용하고 있는지 알 것 같았다. 위험한 이물질을 품은 사람과 방을 함께 쓰려는 지원자가 없었던 것이다. 입사 이래 계속 혼자 방을 쓰게 될 날을 꿈꿨지만, 그것이 이런 방식으로 이뤄질 줄은 몰랐다.

접근금지구역도 많아졌다. 주로 이용하던 은행과 스포츠센터, 슈퍼마켓과 식당조차 P사 구역 안에 있었기 때문에 접근할 수 없었다. 그나마 기숙사를 휴직기간 동안 사용할 수 있는 것도 기적이었다. 병원도 바뀌었다. 회사를 통해 갔던, 그 해파리 문제를 일으켰던 병원은 접수하기도 힘들었을뿐더러, 이야기가 통하지 않았다. 장은 이 문제가 병원 측의 실수라고 생각했지만, 병원에서는 장의 몸이 불량했기 때문이라고 생각하는 것 같았다. 장은 그 문제를 일단 보류해두었다. 어떻게든 손을 써야 할 텐데 힘이 없었다.

출근하지 않는 월요일이 돌아오자 우편물이 날아왔다. 그 서류의 발신인과 수신인을 보고, 장은 자신이 더이상 P사의 소속이 아니라는 것을 재차 확인했다. 발신인은 세무서였고, 수신인의 주소는 P259가 아니었다. 더이상 알파벳과 몇개의 숫자만으로 장을 설명할 수는 없었다. 장은 이 도시에 온 이래 늘 이 집에서 지냈는데, 휴직과 동시에 주소가 바뀌었다는 점이 어색했다. 내용물은 세금청구서였다. 장의 병원 진단서와 함께 해파리의 성분이 분석되어 있었다.

'공해 유발 가능성 80퍼센트, 소음 유발 가능성 45퍼센트, 수질오염 가능성 20퍼센트, 토양오염 가능성 21.5퍼센트. 환경부담금 총 27.5퍼센트 인상 예정.'

밥을 사 먹기 위해 자주 들르는 식당에 물어보니, P사 직원이 아니면 이 도시에서는 누구나 환경부담금을 내도록 되어 있다는 것이었다. 그것은 소득 여부와 관계없는, 기본적으로 내야 하는 세금으로 보통은 그렇게 많은 금액이 아니라고 했다. 보통은 식품이나 환경 관련한 범죄를 저지를 때 갑자기 많은 금액이 부여되는 거라고.

그 말을 들으니 더욱더 환경부담금을 내고 싶지 않았다. 장은 세무서에 가기 위해 식당에 길을 물었지만 알아들을 수가 없었다. 길한복판에서 헤매기도 했다. 몸속 장기들이 시한폭탄처럼 초 단위로 숨을 쉬는 기분이었다. 결국 장이 녹초가 되어 기숙사로 돌아왔을 때, 문 앞에는 세무서 직원이 기다리고 있었다. 직원은 장을 데리고 근처 찻집으로 가더니 엄청난 분량의 서류를 꺼냈다.

"회사에서 단체로 검사를 한 건 문제가 되기 힘듭니다. 다른 사람들은 모두 정해진 시간 안에 해파리를 배출했으니까요. 배출 못한 건 장형준 씨의 개인사예요. 그래서 저희는 장형준 씨에게 책임을 물을 수밖에 없는 겁니다. 저희가 걱정하는 건 말이죠, 이물질이 장형준 씨 본인 몸보다 더 커질 경우예요. 장형준 씨 키가 현재 얼마죠?"

직원은 서류에 적혀 있는 장의 키를 보면서 물었다. 장이 대답했다.

"백칠십사요."

"그렇죠? 몸무게는 얼마죠?"

역시 몸무게가 적혀 있는 부분을 볼펜 끝으로 가리키면서 직원이 물었다.

"육십팔, 구?"

"그렇죠? 지금 현재 이물질의 가로세로의 길이는 뭐 거의 하루가 다르게 쑥쑥 자라나고 있죠?"

그 부분에서 직원은 볼펜을 내려놓았다.

"우리가 걱정하는 바가 바로 그겁니다. 지금 이물질이 자라는 속도라면 적어도 이년 안에는 장형준 씨 몸 밖으로 이물질이 이 정도 삐져나오게 되는 건데, 그렇게 되면 이건 장형준 씨만의 문제라고볼 수는 없겠죠. 사회적이고 국가적인 문제죠. 최근에 그 이물질에 비환경적인 성분이 많이 들어 있다는 발표도 났던데, 적어도 우리

P시에는 영향을 끼치지 않겠습니까?"

장의 초점은 점점 멍해졌다. 가끔 상대방이 볼펜을 위협적으로 빙글빙글 돌릴 때만 동공이 식탁 위에 놓인 달걀처럼 댕글댕글 흔들리다가 또다시 멍해졌다.

"좀더 비유적으로 말씀드리자면, 우리가 우체국에 가서 소포를 부칠 때 생각해보세요. 그때 보면, 상자 크기가 있거든요. 1호, 2호, 3호, 그리고 뭐, 쭉쭉 다양한 크기의 상자들이 있을 텐데, 우리가 부치려고 하는 품목이 1호 상자에 안 들어가요. 삐져나온다 그 말입니다. 어느정도는 대략 칭칭 감으면 눈감아줍니다. 그게 인지상정이니까요. 그런데 만약에 1호 상자 크기를 넘어서 2호 상자로도 부족할 것을 1호 상자에 욱여넣고 보내면 어떻겠습니까? 물건도 손상되고, 택배회사도 난감할 거고, 심지어는 같은 택배회사 트럭을 이용하는 다른 물건들도 간접적으로 피해를 볼 거라 그 말입니다. 그러면 어떻게 합니까?"

"2호 상자에 넣나요? 이봐요, 아니, 저, 이물질이 이거 하나만은 아니잖습니까. 화장실 안 가십니까? 이물질 모두 내보내잖아요."

직원은 다시 손가락 사이에서 볼펜을 굴리기 시작했다. 싱글싱글 웃으면서, 이미 많이 들어본 반박이라는 듯이, 직원의 입이 여유롭게 열렸다.

"그건 누구나 다 하는 거니까요. 누구나 다 하는 건 공평한 겁니다. 이미 모두 세금을 내고 있거나, 모두 감면받고 있거나, 둘 중 하나니까요. 그렇지만, 이건, 특수한 경우잖습니까. 당신 몸을 넘어서 세상으로 기어나오는 것에 대해 어떻게 책임질 거냔 말이죠. 세금을 내시면 시에서 해결해준다 그겁니다. P시는 친환경도시로 상도 받았어요."

"해결요?"

"아, 의료적인 부분 말고, 장형준 씨가 도시에 끼치는 환경적인 부분에 관해서만 말이죠. 그게 환경부담금을 받는 도시 입장에서 할 수 있는 거니까요. 그러니까 환경부담금이 바로 1호 상자에서 2호 상자로 업그레이드하는 비용이라 그겁니다."

장은 1호에서 2호 상자로 업그레이드하는 비용을 내지 않았다. 그는 세금에 대한 이의를 제기하려고 했지만, 그 절차를 밟을 수는 없었다. 접수 절차가 까다로워서 필요한 서류를 모으는 데도 너무 많은 시간과 돈, 그리고 인내심이 필요했다. 장은 얼마 후 체납자로 분류되었다. 몸속 이물질의 성장에는 가속이 붙은 것 같았으나, 그보다는 항상 체납액에 대한 가산금이 더 빠르게 불어났다.

장의 귓가에는 이제 해파리의 투명한 몸이 그의 장기들을 쓸고 가는 소음이 들렸다. 그것이 상상인지 현실인지 구분되지 않았다. 움직일 때마다 출렁, 이상한 소리가 났다. 장이 멈춰 섰다. 다시 한 걸음 움직이려고 하니, 또 한번 움직임이 느껴졌다. 그것은 소리이기도 했고, 진동이기도 했다. 심장도, 위도, 폐와 신장도 움직였다. 목젖은 마치 스피커와 같아서 소리를 흡수해 더 크고 둥글게 퍼뜨리는 듯했다. 위가 물 찬 바다처럼 느껴졌다. 가끔 신물이 올라오기도 했다.

P사 직원이 아닌 사람들은 유용했다. 장은 식당 주인에게서 정

보를 얻어 한 병원을 찾아가기로 했다. 그 병원은 P시의 끝자락에 있는 듯했다. 그게 아니라면 P시가 장이 생각한 것보다 훨씬 더 큰 규모인 게 분명했다. 병원에 왕복하는 데만 거의 네시간 가까이 걸렸는데, 택시가 거의 없었고 병원으로 가는 대중교통도 직행이 거의 없었기 때문이다. 병원은 꽤 컸다. 5층짜리 건물에서 장이 찾아간 곳은 3층에 있는 흉부외과였다. 흉부외과를 나서면서 4층 내과로도 찾아가보았다. 이렇게 한층씩 올라가다가는 언젠가 천장을 뚫고 하늘로 승천할 것 같은 기분이었다. 그러나 아마 승천하기 전에 돈이 떨어질 것이 분명했다.

의사는 장의 몸속 영상을 보여주었다. 해파리는 리듬을 타고 있었다. 머리는 바람이 적당히 빠진 축구공처럼 부풀고, 다리는 메두사의 머리카락처럼 흐느적거렸다. 해파리는 장의 몸속 바다를 유영하고 있었다. 그렇게 해파리는 의사와 장 사이의 말을 지워갔다.

"진짜 해파리의 움직임 같네요."

영상을 들여다보던 의사는 해파리의 움직임을 심리치료용으로 사용하기도 한다는 말을 해주었다. 그것이 장에 대한 위로일지 치료에 대한 정보일지는 몰라도, 그 말은 장에게 인상적이었다. 해파리가 이동할 때 생겨나는 몸체의 율동은 인간의 심장박동과 비슷하게 진동한다고 했다. 그래서 그 움직임을 보면 사람들은 심리적으로 편안함을 느끼게 된다고 했다. 물론 그건 해파리와 같은 물 안에 있지 않을 때에야 가능한 효과였다. 어느정도 거리를 두고 오로지 관상용으로만 해파리를 관찰할 수 있을 때 그 율동은 아름다웠다. 해파리의 동선을 따라가는 동안 장은 마음이 편안해졌고, 잠시 저 해파리의 바다가 자신의 몸속이라는 사실을 잊을 수 있었다.

장이 송과 마주친 건 병원에 두번째로 갔던 날, 병원 로비에서였다. 우연이었다. 장은 암담했고 송은 담담했다. 송은 담배를 피웠다. 송도 몸속의 잔해로 인해 고민 중이었다. 송은 장 이후에 두번째로 휴직처리되었다. 장은 송이 자신과 똑같은 증상을 앓고 있었다는 사실에 놀랐다. 송은 분명히 검사 다음 날 아침, 화장실에서 캡슐내시경을 배출했다고 말하지 않았던가.

"불안했지. 거짓말이었어."

송은 담배를 비벼끄며 대답했다. 장이 휴직 처리 되는 것을 보고 증상을 숨겼지만 결국 송도 같은 처지가 되고 말았다. 그다음 몇차례의 건강검진이 더 있어 들통이 났던 것이다. 송 말로는 몇명이 더 비슷한 이유로 카드키를 반납했을 거라고 했다. 송은 장에게 최대한 환경부담금을 열심히 내라고 말했다. 다른 빚을 져서라도 시에서 체납자로 찍히는 일은 하지 말라고. 송은 환자보다 체납자가 더 안 좋은 단어라고 믿는 게 확실했다. 그리고 송은 말했다. 회사를 고발할 거라고. 목소리가 작았지만 단호했다.

"이의를 제기할 거야. 이건 명백히 그 병원의 실수고, 회사 측에서도 반강제적으로 시도한 검사니만큼 책임을 져야 해. 여기 의사 선생님의 소견도 받아놨어. 다른 시의 변호사와도 이야기를 마쳤고, 자료를 모으는 중이야. 그리고 지금 회사에 우리가 하던 업무가 텅 비어 있대. 그 분야에 빈 구멍이 두개나 났는데 적임자가 없는 거지. 아직 휴직 중일 때 회사 쪽에서 우리에 대해 겁을 먹도록 해야 돼. 잘되면 복귀할 수도 있지 않겠어?"

송은 담담했지만 낯빛이 창백했고, 몸은 앙상하게 말라 있었다. 눈빛이 퀭했다. 장은 송과 눈을 마주치지 못했다. 장은 앞에 놓인 물컵으로 송의 얼굴을 비춰보았다. 송은 회사 밖에서도 분명 모범적이었다. 성실한 납세자였고, 늘 담담했다. 그런 송이 이렇게 치밀하게 회사에 대해 복수를 준비하고 있다는 것을 알자, 장은 더럭 겁이 났다. 우리의 상황이 그렇게 심각한 것인가, 하는 생각까지 들었던 것이다. 게다가 이 이야기를 누군가 엿듣는 것이 아닐까 하는 생각에 장은 계속 주변을 두리번거렸다. CCTV나 도청장치 혹은 사람들의 눈과 귀가 두려운 것이 아니었다. 조금 더 막연한 두려움은 내부에서부터 시작되었다. 장은 여전히 자신의 몸속을 유영하고 있는 해파리가, 전원이 오래전에 나간 그 해파리가 이 이야기를 들을까봐 두려웠다. 송은 다시 한번 말했다.

"이의를 제기할 거야. 조만간 연락할게. 여기서 만나자. 네 도움이 필요할 수도 있어."

회사에서 말한 삼개월은 바닥나고 있었다. 마치 장의 주머니가 비어가는 것을 아는 것처럼 환경부담금은 급속도로 불어났다. 장은 포화 직전의 용액처럼, 끓는점을 겨우겨우 모면해가며 도시 안에서 살고 있었다. 통장 잔고가 영이 되고 부채가 무한대를 향해 불어나고 마침내 삼개월이 다하면, 기숙사도 쓸 수 없게 되고 거리로 내몰릴지 몰랐다.

송과 헤어져 돌아오는 길, 달은 희미했고, 별은 드물었고, 선명하게 존재하는 것은 고층빌딩의 옥외광고판뿐이었다. 광고판 속에서 P타이어가 어두운 달처럼 떠 있었다. 장은 터미널에 가기 위해 주소를 적어왔지만, 밤에 터미널을 찾기란 쉽지 않았다. 적어둔 주소지에는 터미널이 없었다. 장은 막연히 이 도시에서 연결되는 다른 도시의 이름들을 더듬어보았다. 택시라도 부른다면 어디라도 갈 수 있었다. 문제는 교통편이 아니었다. 장은 어디로 가야 할까, 삼 개월이 다하고 있다는 것이 불안했다. 송의 계획이 잘 성사된다면 장에게도 좋은 결과가 올 수 있었다. '무죄'임이 밝혀지며 회사로 복직하거나, 그게 아니라면 괘씸죄로 영영 방출되거나. 그러나 그 경우에라도 피해보상금을 받을 수 있을 것이었다. 장은 차라리 두 번째 경우가 더 낫겠다는 생각을 했다. 회사로 돌아갈 수 있을 것인가. P시에 머물 수 없다면 이곳을 떠나야 했다.

장의 몸속에서부터 무언가가 크게 용솟음치는 듯한 진동이 울렸다. 마치 롤러코스터가 전속력을 다해 레일을 오를 때의 그 몸짓과 같은 가래였다. 장은 무심코 손을 뻗어 크리넥스를 톡, 뽑아들었다. 한장으로는 부족했다. 크리넥스 다섯장이 포개진 손바닥 위로, 롤러코스터가 레일을 내려올 때와 같은 몸짓으로, 거대한 가래가 튀어나왔다. 습관적으로 휴지를 구기려던 장이 다시 휴지를 펴들었다. 가래는 이상했다. 그것은 가래였으나, 온전한 가래는 아니었다. 이상한 색감의 물체들이 녹아 있었다. 그는 거울 앞에 서서 하, 하고 입을 벌렸다. 그의 목젖 뒤에 무엇이 있는지는 몰라도 그 안으로부터 끊임없이 점액질의, 그의 것이 아닌 액체들이 나왔다. 그가 처음으로 들여다본 그의 목젖 너머에는 어둠이 있었다.

장은 텔레비전 소음을 줄이고, 전화기를 집어들었다. 걸 곳은 이제 한군데뿐이었다. 아내와 아이는 뉴저지에 있었다. 떨어져 있는 시간과 거리가 길수록 주고받는 말은 점점 짧아졌다. 할 말이 줄어든 것이 아니라 생략과 선별을 거듭하는 과정에서 정말 중요한 사건이 아니고는 걸러내는 습관이 자라났던 것이다. 걸러내고 걸러내고 걸러내고 생략하고 생략하고 생략하고 그 와중에 남은 말들만 태평양을 건너갔다.

'목젖 아래 뭐가 사나봐. 뭔가가 계속 기어나오네. 이를테면 해파리 같은 거?'

이렇게 말하면 아내는 뭐라고 할까. 가장 최근에 태평양을 건너간 말은 보너스를 입금했다는 말이었고, 그전에 나눈 말은 환율 때문에 득을 보았다는 말이었다. 태평양을 건너는 말은 이를테면 그 정도의 권위가 있어야 했다. 뉴저지의 청중들에게 그는 캡슐이니 해파리니 하는 사건을 들려줄까 말까 심각하게 고민했다. 고민은 지루하게 이어졌다. 긴급한 용건이 있는 사람처럼 전화기를 집었던 시작에 비해 끝은 과도한 고민으로 흐지부지되고 있었다. 그가 어렵게 전화기를 들었을 때 긴장감은 최고조가 되었지만, 바다 건너편에서 아들 목소리가 들리자 그만 맥이 탁, 풀리고 말았다. 그는 벌어진 일을 잠시 잊고 뉴저지 어느 주택가에서 들려오는 소음에 귀를 기울였다. 평온하고 바쁜, 일상적 소음. 전화를 끊고 나서야 장은 현재를 기억했다. 이미 아내는 호적상 남남이었다. 아들 때문에 계좌번호와 전화번호만 서로 공유하는 사이였다.

삼개월의 병가가 모두 끝나면 당연히 해고될 거라고 장은 생각하고 있었다. 그래서 회사에서 다시 호출이 왔을 때 장은 무척 놀랐다. 그새 팀장이 바뀌어 있었다. 새 팀장은 장이 늘 엔젤리스트 1호라고 생각하던 후배였다. 후배, 아니 이제 팀장은 장을 보고 반갑게 웃었다. 그리고 여전히 경어를 썼다.

"전 선배를 돕고 싶습니다. 환경부담금 때문에 힘드시다고 들었는데, 어떻게든 출구를 마련해드리고 싶어요."

팀장은 장이 했던 업무가 요즘 제대로 되지 않아 곤란하다는 이야기를 먼저 꺼냈다. 적임자를 찾고 있지만, 그 분야의 두사람이 동시에 휴직한 상황이어서 어렵다고. 회사 측에서는 아무래도 병중에 있으니 쉬는 게 좋다고 판단했겠지만, 자신의 생각은 다르다고. 전염병도 아니지 않느냐고.

"그렇지만 사람들은 내 몸이 방사능 덩어리라고 생각하는 것처럼 보이던데요."

장도 갑자기 경어를 썼다.

"사람들의 인식이 문제겠지만, 분위기상 불안하다면 작게 독립된 사무실을 쓰더라도 선배를 모시고 싶어요. 다시 일하실 의향은 있으신 거죠, 아직?"

과연 엔젤이었다. 장은 자신도 모르게 고개를 숙여서 인사했다.

며칠 후 장은 뉴스에서 송을 보았다. 송은 한달 전에 환경부담금 모범납세자로 표창을 받았고, 이틀 전에 자살했다. 송은 모범납세자로 삶을 마감했다. 송은 환경부담금을 꼬박꼬박 내왔으나 최근 형편이 어려워지면서 부담금을 낼 수 없게 되자 삶을 등졌다고 뉴스는 요약하고 있었다. 두려운 것은 죽음보다도 체납자가 되는 것이었다고 했다. 주변인들이 송의 완벽주의에 대해 증언을 했다. 어디에도 해파리니 실직이니 소송이니 하는 말들은 없었다. 송이 하려던 일들은 모두 침묵해야 할 급소가 되어 증발했다.

장례식장은 송과 마주쳤던 병원 지하에 있었다. 향을 태우면서 장의 손은 부들부들 떨렸다. 장은 조문객이었지만, 자신이 죽은 것처럼 느껴졌다. 영정사진이 거울처럼 보였다. 소리가 난 것은 그때였다. 출렁, 어린 상주가 그를 지켜보고 있었다. 출렁, 죽은 송이 그를 지켜보고 있었다. 출렁, 몸속 해파리가 그를 움직이고 있었다. 장이 고개를 들어 송과 눈을 부딪친 순간, 장의 숨은 돌처럼 무거워졌다. 장은 몸을 겨우 돌려 상주를 바라보았다. 송의 책상 위에 있던 두명의 아이가 장을 보고 울었다.

장례식장을 벗어나면서 장은 단 한명의 회사 동료와도 마주치지 않은 것에 안도했다. 장을 아는 사람은 여기서 송이 유일했으나, 그는 말이 없었다. 장은 아는 사람과 마주치지 않기를 바라면서도, 한편으로는 누군가에게 주저리주저리 털어놓고 싶기도 했다. 휴대전화를 만지작거렸다. '뉴저지'라고 저장된 번호를 누를까 말까 몇번이나 망설였다. 아내 이름도 아들 이름도 아니었다. 그들은 어느새 '뉴저지'로 저장되어 있었고 그만큼 거리가 멀었다. 장은 아내와 아들에게 다시 복직되었다고 말하고 싶었다. 다음 주부터 다시 근무하게 되었다고, 회사 통근버스를 다시 타게 될 거고, 구내식당에서 밥을 먹고, 최단거리로 다닐 수 있을 거라고. 환경부담금도 내지 않고, 이미 빚진 환경부담금도 갚아나갈 수 있을 거라고. 해파리가 난리를 치고 있지만, 건강에 위협이 되는 건 아니라고. 그러나 그 말들을 하지 못하고 장은 휴대전화만 만지작거렸다. 몇번이고 발신 버튼을 누르려다 말았다. 생각해보니 뉴저지에서는 장이 휴직처리된 것도, 해파리를 품게 된 것도, 남들이 다 배출하는 걸 제때 배출하지 못한 것도, 아무것도 모르고 있었다. 갑작스러운 복직이라니, 이야기의 문맥에 맞지 않았다.

장은 휴대전화를 주머니에 넣으려다가 최근 통화목록을 보았다. '엔젤'이라고 저장된 후배의 번호를 이제 '팀장'으로 바꾸려던 참이었다. 엔젤은 장의 복직에 가장 큰 공을 세운 인물이었다. 엔젤이 아니었다면, 장도 송처럼 되었을지 모른다.

장은 엔젤을 '팀장님'으로 바꾸고 나서 힘이 풀린 듯 주저앉았다. 팀장의 번호를 오래 들여다보고 있으니 송의 얼굴이 떠올랐다. 송은 알까. 송은 이해할까. 장이 송의 연락을 기다리지 않았다는 사실을. 장이 기다린 건 오히려 회사의 연락이었으나 회사에서 먼저 연락이 오는 일은 기대하기 힘들었다. 팀장은 해파리 이후 한번도 장에게 먼저 전화한 적이 없었다. 장의 모든 통화내역은 발신내역뿐이었다. 팀장과의 긴 통화는 사실 송을 만나고 온 날 밤, 장이 먼저 전화를 걸어 이루어진 것이었다. 그들의 만남 역시 장이 송의 계획을 일부 흘려준 다음 이루어진 것이었다. 장은 팀장과 마주하게 되었을 때 말했다.

"저는 이번에 개발하고 있는 스페어타이어를 제 손으로 마무리짓고 싶습니다. 환경부담금 때문에 힘듭니다. 어떻게든 출구를 마련해주세요."

팀장은 말했다.

"그렇지만 지금 병중에 있지 않나요?"

"크게 건강상의 문제를 일으킨 적도 없습니다. 전염병이 아닙니다."

팀장은 고민스러운 표정이었다. 사람들이 방사능 문제를 제기하던데,라고 했다. 장이 얼른 덧붙였다.

"분위기상 불안하다면 작은 창고에서 따로 일해도 좋습니다. 단순작업이라도 좋습니다."

장은 그렇게 불과 며칠 전, 자신이 했던 행동들을 재생했다. 마치 페르세우스가 거울방패에 비추어 메두사를 바라봤듯이, 그래서 돌이 되지 않았듯이, 그는 자신의 모습을 한 단계 떨어져 바라보았다. 그날 장이 흘린 이야기로 송의 계획은 무산되었다. 장은 복직을 약속받았고, 팀장은 더 확고히 입지를 다졌다. 장은 장례식장을 저만치 뒤에다 두고 자신을 달랬다. 어쩔 수 없었노라고. 송은 장과 같은 업무를 보았고, 같은 환자가 되었다. 그게 문제였다. 장은 송과 하나의 자리를 두고 경쟁할 자신이 없었고, 그래서 송을 팔았다.

장의 트렁크 두개 중에 하나는 지퍼가 고장나 있었다. 이곳에 온 후로 특별히 사용한 적이 없는데도 그랬다. 지퍼를 닫아도 곧 다시 열렸다. 장은 짐을 최대한 압축해서 다른 하나의 트렁크에 넣었다. 약속된 시간에 차량이 왔고, 장은 차에 올라탔다. 그리고 P1765 앞에 내렸다. 장의 새 주소였다. 문은 아래로 뚫려 있었다. 많은 복도가 P1765를 생략한 가운데 하나의 문만이 그 숫자를 달고 있었다. 땅 아래로 뚫린 둥근 문.

그것은 꼭 스페어타이어를 만드는 틀과 같은 크기였다. 스페어타이어는 일반 타이어보다 조금 작고 가벼웠다. 길 위에서 임시적으로 펑크 난 타이어와 새 타이어 사이의 시간만 견뎌주면 되는 거였다. 장은 아래로 뚫린 그 문을 열고 자신의 등을 구부려보았다. 어디선가 Y자 모양의 칼이 나타나 장의 등을 다듬기 시작했다. 척추가 둥글고 완만하게, 모난 부분 없이 매끈해졌다. 오랜만에 규격 안으로 들어가는 느낌이 나쁘지 않았다. 장은 좀더 둥글게 등을 말았다. 어떤 능숙한 촉감이 장의 척추를 따라 내려가다가 거기서 멈추지 않고 꼬리뼈 쪽으로 미끄러졌다. 그리고 다음 순간 장은 뭉근한 압박을 느꼈다. 압박인 동시에 해방감에 가까운 무게였다. 그 무게 끝에 장의 몸에서 무언가가 떨어져나왔다. 전장에서 뒹구는 탄피처럼 새까맣게 타들어간 무언가가.

해파리였다. 그렇게 쑥쑥 늘어나던 해파리는 처음 삼킬 때보다도 작은 크기로 배출되었다. 다리가 하나둘 움직이고 머리가 둥근 듯 눌린 듯 움직였다. 장은 자신이 트리밍할 때 희열을 느낀 이유를 새삼 깨달았다. 트리밍은 어떤 일이 마무리되는 순서였기 때문이다. 장은 구부렸던 허리를 펴고 하늘을 보았다. P1765를 고스란히 닮은 또 하나의 원형, 태양이 머리 위에서 빛나고 있었다.

요리사의 손톱

'CHEF'S MAIL(요리사의 편지)'을 'CHEF'S NAIL(요리사의 손톱)'로 잘못 읽지만 않았다면 애초에 이런 일은 일어나지 않았을 것이다. 모든 것은 몇달 전, 정이 어느 집 간판을 잘못 읽었던 그 순간부터 시작되었다. 저만치 'CHEF'S NAIL'이라는 간판이 보였을 때 정은 휴대전화의 메모를 다시 들여다보았다. 광고할 곳이 식당이라고 알고 있었는데, 간판을 보는 순간 어떤 업종인지 혼동이 왔다.

정은 지역신문의 광고기사를 쓰는 사람이었다. 하루에도 수없이 많은 간판을 보고 상호를 읽었다. 그런데 '요리사의 손톱'이라니. 그건 기발하거나 신선하다기보다 괴이한 느낌으로 다가왔다. 네일아트 하는 곳의 이름이 '요리사의 손톱'이라면 꽤 괜찮을 것도 같았다. 식당 이름이라고는 생각하고 싶지 않았다. '요리사의 손톱'이라는 간판이 달려 있다면, 그곳에서 식사하는 사람들은 어딘지 불결한 기분을 떨칠 수 없을 테니까. 그러나 그것은 어디에도 없는 표현이었다. 간판은 'CHEF'S MAIL'이었고, 이딸리안 레스또랑이었다. 잠깐의 해프닝이었다.

그 잠깐의 해프닝이 오천부로 인쇄되어 그 지역의 상가와 아파트, 주택의 골목으로 뿌려지게 되었다. 어쩐 일인지 정은 기사에도 'CHEF'S NAIL'이라고 적었던 것이다. 머릿속에서 두 개념이 동시에 작동하면서 혼란을 빚어낸 결과였다. 'MAIL'이 'NAIL'로 둔갑했지만 그 단어는 누구의 의심도 없이 인쇄되었다. 정의 책임이었으나 다른 사람들의 눈도 허술하긴 했다. 기안문에 날짜를 2010년 11월 37일로 적어도 통과되는 회사였다. 결국 몽땅 인쇄되고 배포된 직후에야 'MAIL'과 'NAIL'의 차이를 알아챈 팀장은 발작약을 찾듯 정의 이름을 불렀다. 그때 정은 사무실 문 앞의 지문인식기에 출근도장을 찍고 있었다. 삼년째 같은 지문인데도, 새삼스럽게 인식에 실패했다는 문구가 떴다. 다시 시도해주십시오, 다시 시도해주십시오. 안내음성대로 몇번을 다시 시도했지만 정의 지문은 읽히지 않았다. 정은 핸드크림을 꺼내 오른손 검지 끝에 발랐다. 건조해서 그런 걸 수도 있었다.

"지금 뭘 찍어바르는 거야! 화장할 정신이 있어?"

지문이 인식됨과 동시에 팀장이 정 앞에 버티고 섰다. 팀장 뒤로는 만오천장의 스티커가 있었다. 기사에 언급된 'NAIL'은 모두 세 군데였다. 정은 그 스티커를 들고 백곳의 배부처를 찾아다녔다. 아직 배부되지 않은 신문들 위로 스티커를 한장씩 붙여나갔다. 지문이 조금씩 닳아나갔다. 이미 인쇄된 오자는 요리 속의 손톱만큼이나 불결했다. 이미 배포된 오자는 요리 속에서 손님의 입속으로 들어간 손톱만큼이나 끔찍했다.

"이런 스티커 붙이면요, 꼭 떼어내서 원래 무슨 글자였는지 보는 사람들이 있다니까요."

함께 스티커 작업을 하던 후배 곽이 말했다. 정이 스티커를 눌러붙이는 강도가 조금 더 세졌다. 곽은 자기도 그런 사람들 중 하나라며, 스티커를 붙이는 것이 오히려 더 호기심을 자극한다고 했다. 정은 그런 사람은 아니었다. 그리고 이런 실수를 자주 하는 사람도 아니었다. 요리사의 손톱이라니, 그 끝에 확 긁힌 것뿐이라고 정은 자신을 달랬다. 그날밤, 버스를 혼동하지만 않았더라면 그렇게 생각할 수 있었을 것이다. 정은 엉뚱한 버스를 타는 바람에 한참을 돌아왔다. 4번 버스를 타야 했는데, 올라타보니 8번 버스였던 것이다. 4번 버스와 8번 버스 줄은 늘 버스 푯말 뒤로 길게 늘어져 있었고 그 끝이 꽈배기처럼 꼬여 있었다. 혼동하기 쉬운 구조였지만, 지금까지 정은 늘 4번 버스를 탔다. 그게 어려운 일이라고 생각해본 적도 없다.

곽처럼 스티커를 군이 손톱으로 긁어 떼어보는 사람들이 많았는지 몇번 신문사로 항의 전화가 왔다. 여전히 정의 손끝은 지문인식기에 잘 읽히지 않았다. 핸드크림을 발라도 인식에 실패했다는 말이 돌아왔다.

"이젠 지문도 불량인가?"

등 뒤에서 팀장의 목소리를 듣고 나서야 정은 지문인식기에 등록된 오른손 검지 대신 왼손 검지를 올리고 있다는 것을 깨달았다. 그렇게 정은 불량 판정을 받았다.

"정 기자 말이야, 일을 그렇게 죽을 쑤고도 말이야, 구김이 없잖아, 사람이."

회식 자리에서 팀장은 그렇게 말했다. 다만 요즘 들어 멍 때리는 순간이 많은 게 치명적 단점이라고 말해주었다. 팀장의 말은 대체로 흘려듣는 그였으나, '요즘'이란 단어는 도드라져 들렸다. 한번 간판을 잘못 읽은 후로 정은 사소한 실수를 자주 했다. 껌종이를 든 손과 기차표 든 손을 혼동하거나, 달궈진 프라이팬 위로 기름 대신 주방세제를 두르기도 했다. 도서반납기 앞에서 반납할 책과 우편으로 발송할 책을 뒤바꿔서 집어넣는 경우도 종종 있었다. 편의점에서 가그린을 산 후, 뚜껑을 돌려따고 내용물을 마시려고 한 적도 있었다. 박카스와 혼동했던 것이다. 그게 다 과로 때문이라고, 곽이 말했다. 아니, 팀장이 말했던가. 누구의 입에선가 그런 이야기가 나왔다. 모든 건 과로 때문이라고, 이 세상 모든 죽음은 궁극적으로 다 과로사라고.

회식이 일차를 파하고 이차로 넘어가던 시점, 정은 횟집의 수족관 앞에 서 있었다. 일행과 함께였지만 혼자 서 있는 듯했다. 수족관 속에서 고등어는 빠르게 한 방향으로 회전하고 있었다. 회전하지 않고는 못 견딜 정도의 물살, 그래서 더 신선한 파도처럼 느껴지는 물살이었다. 어쩌면 저 고등어는 스스로 헤엄을 치고 있다고 생각할 수도 있었다. 그 헤엄이 피동적인 것인지 능동적인 것인지 알기 위해서는 두가지 방법 중 하나를 택하는 수밖에 없었다. 물살을 정지시키거나, 아니면 고등어가 수족관 밖으로 뛰쳐나가는 것. 그러나 밖엔 아스팔트 바닥이 딱딱하게 굳어 있을 뿐이다.

"저 수족관, 우리 회사 닮았어."

정은 누구에게랄 것도 없이 말했다. 정의 말이 끝나자마자 일행 중 몇명이 수족관 안으로 다리를 집어넣는 시늉을 했다. 자기들은 그렇게 휩쓸려도 좋다는 것이었다. 새로 들어온 수습기자들이었다.

그게 대세 아닌가요,라고 그들 중 하나가 말했다. 모두가 웃었다. 정도 웃었다. 충동을 참기 위해서였다. 다이빙을 하고 싶은 충동이 불쑥, 치밀어올랐던 것이다. 수족관 안이 아니라 수족관 밖으로. 그러니까 딱딱한 현실로.

다음 날 아침, 출근길 엘리베이터에서 정은 국장과 마주쳤다. 전화를 받고 있던 국장은 정에게 펜이 있으면 달라는 시늉을 했다. 정은 재빨리 가방 속에서 펜을 꺼내 내밀었다. 동시에 국장의 표정이 굳었다. 정의 표정도 굳었다. 가방에서 들려나온 것은 펜이 아니라 지난밤의 말린 노가리였다. 회식 자리에서 수습기자들이 정의 가방 속으로 말린 노가리 하나를 쑥 넣어주며 이렇게 말했던 것이다.

"선배 표정과 닮았어요."

회색빛의 바싹 마른, 뜬금없는 노가리의 출현으로 정은 잠시 멍해졌다. 순간 정은 자신이 정말 지난밤의 안주와 닮았다는 생각을 했다. 국장도 비슷한 생각을 한 것 같았다. 정은 말했다. 단지 실수였을 뿐이라고, 일부러 그런 게 아니라고. 국장도 알아듣는 것 같았다. 다만 국장은 이렇게 말했다.

"자네는 휴식이 필요한 것 같네. 가방 속이나 머릿속이 복잡하니까 뒤섞이는 거 아닌가. 그러다가 브레이크와 가속페달을 혼동하면 어떻게 되겠나."

그런 국장님은 왜 11월 37일도 통과시키셨습니까? 11월 37일을 만든 사람은 버젓이 회사 잘 다니고 있는데요. 전 단 한번의 실수였단 말입니다,라고 항변하고 싶었지만 정은 아무 소리도 하지 않았다. 엘리베이터 문이 열렸고 그날 정은 아무런 업무도 하지 않았다. 퇴근도장을 찍으려고 했지만 정의 지문은 읽히지 않았다. 당연했다. 정은 더이상 그곳의 사원이 아니었던 것이다.

정확히 말하면 부서이동이었지만, 정황상으로 보아 그것은 구조조정의 한 부분이었고 정은 그렇게 수족관 밖으로 튕겨나갔다. 더이상 모두가 손을 비벼대는 기계 앞에서 지문 따위 공개하지 않아도 된다는 생각에 정은 홀가분해졌다. 지문인식기를 공중화장실의 변기와 같다고 생각해버리니 조금 덜 억울했다. 곽이 몇발자국 따라 나와 이제 어디로 가느냐고 물었다.

"지하철 타면서 책이나 읽지, 뭐."

곽은 안쓰러운 눈길로 정을 쳐다보더니 명함 한장을 내밀었다. 도움이 될 거란 말과 함께. 정은 형식적으로 명함을 확인한 후 가방에 넣었다. 그렇게 정은 아스팔트 바닥으로 떨어졌다. 탈출이었다. 그래봤자 자신은 쓰레기통조차 거부한 쓰레기가 아닌가 싶어 우울해졌다.

종일 집 안에만 있으니, 오늘이 무슨 요일이든 간에 일요일처럼 느껴졌다. 다음 날도 일요일이었다. 그다음 날도 일요일이었다. 일요일이 세번 연속해서 찾아오니 더이상 일요일은 일요일이 아니었다. 네번째로 일요일이 연속되던 날, 불안이 현실화되었다. 당연한 수순대로 관리실에서 전화가 왔다. 퇴사시 사십오일 이내에 집을 비워주어야 한다는 것이었다. 정도 알고 있는 규정이었다. 다만 이 규정을 적용받게 될 시점이 타의에 의해 갑자기 올 줄은 몰랐다. 야근이 많고 월급이 적어도 회사에 붙어 있었던 이유는 사택 때문이었다. 정처럼 타지에서 온 사람들에게는 매력적인 부분이었다. 정은 운 좋게 입사 일년 만에 사택에 들어올 수 있었고 그 덕분에 지난 이년간 편안했다. 그러나 이제는 아닌 것이다. 이것도 당연한 수순인지는 알 수 없었으나 연인에게서도 이별 통보가 왔다. 서로 바빠서 한달에 한번 만날까 말까 하던 관계였다. 회사, 집, 연애, 모든 것이 한번에 끝나버려서 정은 순식간에 무소속이 되었다. 그 진공상태가 너무 불안해서 희열마저 느껴졌다.

정은 소파에 누워 건너편 벽지를 바라보았다. 지난 팔년의 도시 생활이 스쳐지나갔다. 정이 도시에서 선택한 첫 집은 지하 3층이었다. 보는 각도에 따라 지하 2층이 되기도 하고 지하 3층이 되기도 하는 집이었다. 최대한 높이 점프해봐야 지하 2층이란 말이었고, 최대한 바닥으로 추락해봐야 지하 3층이란 말이기도 했다. 방 안에 없는 것은 하나뿐이었다. 바로 창문. 현실은 경험이나 상상 모두를 초월했다. 정이 아는 모든 집에는, 혹은 정이 상상할 수 있는 모든 집에는 크든 작든 창문이 있었지만 바로 여기, 창문이 없는 집이 분명히 있었다. 어떻게 보면 보는 각도에 따라 창문이 있다고 할수도 있었다. 다만 옆이 아니라 아래에 있었다. 지하 3층 혹은 2층인 그 집에서 아래로 뚫린 창문을 열어보면 계단이 나타났다. 그리고 그 계단 아래에 꼭 그 방의 사분의 일쯤 되는 광이 있었다. 정은그 광에 당장 쓰지 않을 물건들을 넣어두고, 그곳을 떠날 때까지한번도 열지 않았다. 그곳을 떠나던 날 아래로 뚫린 창문을 열고광에 있던 물건들을 꺼냈지만, 곧장 쓰레기로 분류되어 버려졌다.그것들이 무엇이었는지는 기억나지 않았다.

놀라운 것은 그 가느다란 건물에 모두 팔십세대가 들어가 살고있었다는 점이다. 정은 그곳에 사는 동안 한번도 이웃과 마주친 적이 없었다. 지하는 모든 것을 너그럽게 삼켜 층간소음도 들리지 않았다. 그 집을 떠나던 날, 정은 비로소 자신이 살았던 곳이 이 도시의 축소판이라는 것을 알았다. 도시에서 살아남기 위해서는 타인의 소음에 무감해져야 하며, 그러기 위해서는 스스로도 어느정도소음을 만드는 것이 좋다는 것을 알려준 곳이었다. 그런 점에서 그건물은 정이 통과한 첫 집으로서 적합했다. 그리고 그 집을 떠날때쯤, 정은 창문이 없어도 큰 문제는 없다는 것을 이미 알고 있었다. 창문은 집을 구성하는 필요조건이 아니었다.

한번의 지하와 두번의 옥탑을 거쳐 정이 네번째로 선택한 집은복도식 아파트의 2층이었는데, 그제야 정은 비로소 도시 안에 정착한 듯한 느낌을 받았다. 천장과 바닥이 모두 온기로 따뜻한 집말이다. 그 집이 바로 여기였다. 그러나 곧 다섯번째 집을 찾아야했다.

현관문에서 이상한 표식을 발견한 건 진짜 일요일이 왔을 때였다. 일요일을 연속으로 닷새쯤 보내고서, 정말 일요일이 왔을 때 정은 여느 일요일처럼 배달음식 그릇을 내놓기 위해 현관문을 열었다. 찬 공기가 훅 끼쳐왔다. 정의 집 말고도 복도에 그릇을 내놓은 집이 몇곳 있다는 사실이 다행스러웠다. 그러나 다음 순간 정은 옆집들과의 차이를 발견해냈다. 숫자였다. 정이 살고 있는 집 현관문에는 '237'이라는 숫자가 매직으로 적혀 있었다. 지나치게 번듯한 글씨나 위치를 보면 낙서가 아니라 표식일지도 몰랐다. 일인 가구로 짐작되는 집에 범죄자들이 표시를 해둔다는 소문이 돌고 있었다. 어쩌면 그 모방일 수도 있었다. 이백삼십칠번째 표적, 혹은 2월 37일의 표적, 아니, 37일은 옛 회사의 기안문에서나 통할 법한 날짜가 아닌가. 정은 일단 담배를 한대 피워물었으나 담배연기로 흐릿해질 수 있는 상황이 아니었다. 재앙 같은 유행이 정의 집 앞을 피해가지 않은 거라면, 스스로가 피해야 마땅한 일이었다. '237' 때문에, 정은 거의 처음으로 이 복도식 아파트를 1층부터 꼭대기 층까지 훑어보았다. 어디에도 '237'은 없었다.

일인 가구가 정 혼자는 아니었다. 정은 이웃에 누가 사는지 대략은 알고 있었다. 같은 동에 같은 팀 사람이 없다는 것도 알고 있었다. 정은 복도를 지날 때마다 자신의 가스요금이 유독 많이 나오는 건 아닌지 확인하기 위해 이웃의 가스계량기를 훔쳐보며 그 이웃의 구성을 짐작해보는 사람이었다. 이사 와서 몇주간은 어느 집의 것인지도 모르는 인터넷망에 올라타서 공짜 무선인터넷을 쓴 적도 있고, 그 인터넷 접속이 갑자기 끊겼을 때 오히려 이웃의 존재를 새삼 의식했으며, 가끔은 앞뒤 옆으로 꼭꼭 들어찬 이웃들이 열심히 보일러를 때면 그 기운에 덩달아 따뜻해지기도 했다. 몇호의 누가 강아지를 키우고 몇호의 누가 신혼부부이며 몇호의 누가 몇 시에 퇴근하는지를 어느새 막연히 알아버린 사람이기도 했다. 그러나 확실한 것은 정은 그들이 자신을 인식하는 건 원치 않았다는 점이다. 물론 그들과 구별되는 것도 원치 않았다. 그러나 그들은 어쩌면 알 수도 있었다. 이년째 이 집에 살고 있는 한 여자의 신상에 무언가 변화가 생겼음을. 일주일째 규칙적으로 문 앞에 내놓는 음식 그릇이 그 증거였다.

'237'이 언제부터 정의 문 앞에 쓰여 있었는지, 정은 알 수 없었다. 헤어지지 않았다면 지금쯤 정은 연인에게 전화를 했을 수도 있었다. 물론 지난 시간을 돌아볼 때 그러지 않을 확률이 더 크긴 했다. 그들의 일주년 기념일, 남자는 정에게 바이브레이터를 선물했다. 애인에게 일주년 기념으로 받을 만한 선물은 아니었지만, 정은 웃었다. 정은 남자에게 라이터를 선물했지만, 남자는 멋쩍게 웃으면서 말했다. 나 담배 끊었는데. 접시 위의 스테이크가 식어가고 있었다. 사실 정은 스테이크를 그다지 좋아하지 않았다. 남자도 스테이크를 그다지 좋아하지는 않았다. 왜 스테이크를 앞에 두고 앉아 있는 것인지는 아무도 몰랐다. 그후 몇번, 통화를 한 적은 있지만 만난 것은 그때가 마지막이었다. 정은 이제야 상자 속에서 바이브레이터를 꺼내보았다. 허공에서 스위치를 눌렀다. 바이브레이터가 바람을 가르고 허공 속으로 파고드는 느낌. 그러나 이것은 생각 속의 문장일 뿐, 잔 진동을 만들어내는 이 도구가 내는 효과는 외로운 중심부로 가져가지 않고는 알 수 없었다. 보기에는 그저 조용한 바람개비 같았다.

다음 날 동이 트기 전 아파트의 모든 현관문에 표식이 번졌다. 정은 늦잠을 잤다. 새벽부터 찬 공기를 마셔서 몸이 좋지 않았다. 모두 '237'로 써넣을지 아니면 '238'부터 숫자를 이어가야 할지 고민하다가, '237'을 택했다. 숫자를 거꾸로 세는 게 아니라면, 이 건물의 첫번째 희생자가 되는 것은 사양하고 싶었으니까.

"고객님, 저희 은행에서 마이너스통장만 거래하셨네요."

은행 직원의 말이었다. 대출은 불가능했다. 여기저기 전화는 해놓았지만 마땅한 일자리도 나타나지 않았다. 늘 메고 다니던 가방은 회사에서 튕겨나오던 날의 몰골 그대로 현관 앞에 구겨져 있었다. 가방을 거꾸로 들어보니 잡동사니 속에서 모두 스무개 정도의 명함이 쏟아져나왔다. 거래처였는지 거리에서 무작위로 받은 것인지 출처를 구별할 수 없는 명함들이었다. '광고대행사 책벌레'라고 쓰인 게 아마도 후배 곽이 내밀었던 명함 같았다.

열흘 만에 다시 일을 시작했다. 매일 오후 여섯시부터 열한시까지 다섯시간 동안 지하철의 진동을 타면서, 책을 멋들어지게 보기만 하면 되는 일이었다. 직원이 수도권에만 오백명이 되는 업체였다. 놀라운 것은 이 업체가 이미 십오년 전부터 활동하고 있었다는 사실이다. 비밀리에. 믿거나 말거나였지만 새 직장을 알아볼 때까지 할 아르바이트로는 좋을 것 같았다. 시간당 만 오천원은 적은 돈이 아니었다. 어찌 보면 예전 회사의 월급보다 더 나은 것도 같았다.

"웬 남자가 어떤 책을 아주 멋들어지게 보고 있답니다. 완전 푹 빠져서 가끔 웃기도 하고요. 그럼 어떻겠어요? 그 책이 뭔가 궁금하지 않겠어요? 이번엔 굉장히 지성적인 분위기의 여자가 책을 보면서 시선을 떼지 못해요. 왜 여자들, 지나가다가 향수 냄새 좋은 사람 보면 슬쩍 브랜드를 물어보기도 하잖아요. 너무 궁금하면 그럴 수도 있죠. 그런데 이 책은 제목 물어볼 필요도 없죠. 제목이 잘 보이게끔 읽고 있으니까. 그럼 안 궁금하겠어요? 근데, 이름이 본명이에요? 정방배…… 허허, 2호선으로 배정해드려야겠네."

광고대행사 책벌레의 팀장이 정의 이력서를 보며 말했다. 어쩐지 전 회사의 팀장과 외모가 비슷했다. 팀장은 정의 잘 정돈된 손톱을 보며 안심했다. 이주 전에 받은 네일아트여서 이미 손톱 끝이 낡아 있었지만, 팀장은 그런 틈새까지는 보지 못했다. 책벌레는 인간광고판이나 마찬가지였으므로 차림새가 깔끔해야 했다. 정은 무난하게 통과되었다. 지역신문 경력이 인정되어 교육도 하루 만에 끝났다. 보통은 이틀 동안 받는다고 했다.

"쉽게 생각해서는 안돼요. 그렇지만 몸에 익으면 이렇게 편한 직업도 또 없을 겁니다. 그냥 지하철에 앉아서 책을 보기만 하면 되는 거니까요. 영화 속 교묘한 광고들 아시죠? 영화 끝나고 관객들이 코카콜라 사 먹게 만들던 것. 그것처럼 우리도 지하철을 타는 사람들이 무의식적으로 어떤 책 제목을 인식하도록 만드는 겁니다. 책벌레 인력들이 자주 노출시키면 되겠죠. 물론 여기서 중요한 것은 지하철에서 책을 보기만 하는 당신을, 반드시 다른 사람들이 인식하도록 해줘야 한다는 겁니다. 다른 사람들이 당신을 엑스트라처럼 여기고 지나가버리면 소용이 없죠. 당신은 물론, 당신에게 투자한 광고주들도 허무해지겠죠. 그건 자본 낭비죠."

팀장은 요즘 독자들은 책을 스스로 선택할 시간이 없기 때문에 호기심이 유발될 기회를 만들어줘야 한다고 말했다. 그 역할을 바로 책벌레가 하고 있는 거라고.

"이런 광고가 효과가 있나보죠? 책이 더 많이 팔리나요?"

정의 말에 팀장은 정색을 하며 대답했다.

"저희, 십오년 된 업체입니다."

정은 저녁시간대에 투입되었다. 이제 지문인식기 대신 교통카드가 정의 출퇴근을 증명했다. 업체로부터 받은 교통카드는 월 단위로 그 내역이 업체 측에 보고되었다. 지하철에서 사람들의 시선은 정면, 측면이 아니라 각자의 무릎 위에 고정되었다. 주변을 둘러보는 사람들보다 책 혹은 각종 영상기기들로 채워진 자신의 손바닥 안을 보는 사람들이 더 많았다. 그런 이들의 주목을 모으기 위해서는 지하철에 올라탈 때부터 시선을 끌 필요가 있었다. 첫 출근 날, 정은 12쎈티미터 킬힐과 28쎈티미터 길이의 치마를 입었다. 정은 노선표를 조금 훑어보고 ─ 계획된 행동이었다 ─ 비어 있는 자리로 가서 앉았다. 그리고 휴대전화를 잠시 확인한 후 ─ 이 역시 계획된 행동이었다 ─ 가방에서 책을 꺼내 들었다. 샛노란 표지에 녹색으로 '민달팽이의 집'이란 제목이 쓰여 있었다. 정이 읽어야 할 책이었다.

10페이지쯤 읽은 다음 정은 한번 웃었다. 스스로도 조금 어색했다. 가볍게 훗, 하고 웃어넘기는 정도가 적당했는데 훗, 소리는 내지 못했고 너무 작위적으로 미소를 만든 것 같았다. 시선을 살짝 들다가 맞은편 여자와 눈이 마주쳤다. 정은 얼른 눈을 내리깔았다. 20페이지에서 한번 더 웃었다. 이번에는 훗, 소리가 이상했다. 생각해보니 정은 원래 소리 내 웃는 사람이 아니었다. 정의 웃음은 늘 묵음이었다. 정은 가방에서 펜과 자를 꺼내 몇 부분에 밑줄을 그었다. 옆자리 시선이 책 위로 내리꽂히는 게 느껴졌다. 몇 페이지를 더 흘러가니 어깨가 뻐근했다. 가장 중요한 것은 책을 장시간 무릎이나 가방 위에 눕혀놓아서는 안된다는 점이었다. 한 손으로 가볍게 혹은 양손으로 책을 잡아 세워서 맞은편 혹은 옆에서 그 책의 제목을 볼 수 있게 해야 했다. 정은 자리를 포기하고 일어났다. 벌써 순환선이 한바퀴를 다 돌았다. 원점이었다. 교육 때 배운 바에 따르면 40페이지쯤 진행되어 있어야 했다. 정은 책장을 너무 느리게 넘겼다. 입가 근육에 잔 경련이 일었다. 도시를 한바퀴 돌아오는 동안 한자리에 앉아 있는 사람은 그밖에 없었다. 계속 무언가를 읽긴 했으나 그조차 원점으로 돌아왔다. 한 구절도 기억나지 않았다.

전체 338페이지 분량의 책이었다. 처음 며칠은 표정을 관리하지도, 책을 읽지도 못했다. 시간이 좀 지나고 나서야 책의 내용이 눈에 들어오기 시작했고, 책을 모두 읽은 다음에는 비로소 표정이나 책을 드는 각도에도 신경이 미치게 되었다. 그후로 독서를 시작하는 지점은 늘 같았다. 237페이지부터였다. 회사에 있을 때 늘 왼쪽 세번째 칸의 화장실만 쓰고, 버스에서 늘 왼쪽 두번째 좌석에 앉았던 것처럼 그냥 습관적인 선택이었다.

'민달팽이를 모아 굵은소금이 가득한 단지 안에 넣는다. 뚜껑을 닫았다가 오분 후, 다시 열면 그 안에 달팽이는 없다. 끈적끈적한 액체만 남아 있다.'

그 문장으로 정은 업무를 시작했다. 237페이지에서 242페이지까지 다섯 정거장, 242페이지에서 250페이지까지 여덟 정거장, 그렇게 지하철에서 옆으로 움직이고 있으면 물살에 적절히 순응하면서 스스로 헤엄치는 것이 실감났다. 저녁 일곱시가 넘어가면 인파가 밀물처럼 몰려들었다가 대략 아홉시가 넘어가면서 썰물처럼 빠져나갔다. 어느 역에서 시작하든 2호선을 한바퀴 순환하는 데는 대략 구십분이 걸렸다. 정은 하루에 세바퀴씩, 이주 동안 쉬지 않고 일했다. 책 속에 시선을 파묻고 있다가 눈을 들어보면 어느새 그 앞에는 아무도 앉아 있지 않았다. 까만 어둠속을 달리는, 유리창에 반사된 자신의 모습뿐이었다. 책을 코 위까지 들어올리고 책장 안쪽으로 숨을 쉬는, 독자의 모습.

삼주가 지났지만 정은 여전히 같은 책을 같은 지점부터 읽어나갔다. 앞으로 한달은 더 이 책을 읽어야 했다. 처음에는 지겨웠으나 연극 대본이라고 생각하면 조금 더 편해졌다. 정의 표정은 날로 좋아졌다. 두번인가는 울기도 했다. 우는 것이 역시 웃는 것보다 몇배는 더 어려웠는데 정은 삼주 만에 눈물 연기를 해냈다. 정은 비스듬한 책장 위로 눈물이 우박처럼 추락할 때도 책장을 규칙적으로, 그러나 자연스럽게 넘기는 것을 잊지 않았다. 두번 중 한번은 옆에 있던 아주머니가 그녀에게 휴지를 내밀었고, 보는 게 뭐길래 그러느냐고 묻기도 했다. 다른 한번은 누구도 그녀에게 말을 걸지는 않았지만 모두 정이 들고 있는 책으로 시선이 꽂히는 것을 숨길 수는 없었다. 물론 정은 책 때문에 운 게 아니었다. 그저 눈물이 노폐물처럼 빠져나왔을 뿐이다. 정은 원래 눈물이 없는 편이었는데, 일이라고 생각하니 우는 것도 어렵지 않았다.

책장에서 시선을 들어 지하철 한구석을 보면 아주 느릿느릿한 점 하나가 꾸역꾸역 지나갔다. 민달팽이였다. 생경해야 할 풍경인데도 익숙했다. 업무 때문이었다. 『민달팽이의 집』을 매일 읽으면, 설령 그 문장들에 마음을 주지 않는다고 해도 익숙해지긴 했다. 정은 늘 같은 궤도를 돌다가 어느날, 선로를 이탈했다. 2호선 본선만 돌면 되었는데, 성수역에서 지선 쪽으로 빠져버렸던 것이다. 정의 머릿속 오류가 만들어냈던 그 글자가 또다시 정 앞을 스쳐갔기 때문이다. 'CHEF'S MAIL'이 아니라 정확히 'CHEF'S NAIL'이었다. 글씨체도 분명 그때 그 간판 디자인과 비슷했다. 정이 잘못 읽어낸, 지상에 없는 그 간판 말이다. 2호선을 타고 신천역까지는 가야 했지만, 정은 'CHEF'S NAIL'을 따라 내렸다. 어떤 남자가 들고 있던 책의 제목이었던 것이다. 순환선에서 가지치기하듯 뻗어 있는 길로 정은 걸어갔다. 오로지 몇개의 활자가 이정표였다. 그러나 어디선가 활자를 놓쳐버렸다.

정은 달력을 들여다보았다. 이제 보름 후에는 집을 비워야 했다. 출근길에 관리인과 마주쳤는데 관리인은 정에게 언제 이사를 갈 것인지 물었다. 정은 알아보고 있다고 대답했다. 사실이었다. 정은 출근하기 전에 이 동네 저 동네를 돌아다녔지만 마땅한 집이 없었다. 정은 그렇게 까다롭지는 않았다. 물론 몇몇 집들은 치명적인 결함을 갖고 있었다. 정은 옥탑이나 지하로는 가고 싶지 않았다. 이미 두번의 옥탑방 경험으로 때로 난방비가 월세보다 더 나올 수 있다는 것을 알았고, 지하방 경험으로 곰팡이 때문에 아토피에 가까운 가려움증을 세금처럼 부과받았다. 그러나 한정된 예산 안에서 집을 찾는 동안 정은 점점 관대해졌다. 햇빛이나 창문이 집을 구성하는 필요조건이 아니라는 것을 알아가는 동안 정은 늙고 있었다. 아니, 낡고 있었다.

사택이긴 했으나 같은 라인에는 정을 알 만한 사람들이 살지 않았다. 정이 다녔던 신문사 말고도 여러 업체가 함께 쓰는 곳이어서 낯선 사람들이 대부분이었다. 그런데 이웃들은 마치 정의 퇴직을, 정의 공간에 내려진 시한부 선고를 아는 것도 같았다. 정은 복도 맨 끝 집에 살았는데 바로 옆집에서는 정의 행로를 막아놓을 만큼 거대한 양의 배추를 쌓아놓았다. 거기서 시작된 민달팽이가 느릿느릿 정의 현관문 쪽으로 오고 있었다. 정은 눈을 끔뻑 감았다 떴다. 2호선이 다시 시작되었다.

한 남자가 2-1 문으로 들어와서 중앙에 자리를 잡고 섰다. 책에서 시선을 오래 떼고 있으면 광고 효과가 떨어지기 때문에 정은 누가 지나가든 책 속에 시선을 파묻었다. 그때 정의 귓가에 어느 부분이 생생하게 들어왔다. 셰, 프, 스, 네, 일.

"제가 쓴 책의 제목은 '셰프스 네일', 그러니까 요리사의 손톱이라고 합니다. 세상에 단 한권밖에 없는 책입니다. 제가 직접 쓰고요, 뭐 그건 당연한 말이겠지만, 제 말은 직접 손글씨로 썼다는 얘

겁니다. 여기 보시면 아시겠지만요, 직접 손글씨로 쓰고, 페이지도 직접 적었어요. 게다가 실로 제본까지 했습니다. 이야기의 탄생부터 포장까지 제가 직접 한 겁니다. 책은 문과 같아서 열고 들어가야 해요. 한번 들어갔다가 나오지 못할 수도 있죠. 양장본은 꽤 무겁거든요. 비싸기도 하고요. 이거, 양장본입니다. 책의 세계가 얼마나 황홀한지 아십니까? 여러분, 책으로 들어오세요."

흰 패딩점퍼에 붉은 목도리를 두른 모양새가 어쩌면 요리사처럼 보일 것도 같았다. 요리사가 책의 앞과 뒤를 잡고 펼치자, 그 사이에서 부채꼴 모양으로 책장이 펼쳐졌다. 요리사는 아코디언을 연주하는 사람처럼 보이기도 했다. 책은 팔리지 않았다. 몇몇 사람들은 호기심 어린 눈으로 요리사를 보기도 했지만, 아무리 30퍼센트 할인된 가격이라고 해도 오만 육천원이란 가격은 지하철에서 파는 물건치고는 비쌌다. 그게 설령 세상에 단 하나뿐인 책이어도 말이다. 그러나 그건 『CHEF'S NAIL』이었다. 그 단어들은 세번째로 정 앞에 나타났다. 한번은 오류였고, 다른 한번은 진짜였고, 지금은 그 갈림길에 있었다. 그 단어가 자꾸 눈앞에 나타나는 것이 정을 불안하게 했다. 또 궁금하게 했다. 정은 일어섰다.

검은색 표지의 양장본이었고, 크기는 음식점의 메뉴판만큼 컸으며, 페이지는 모두 300페이지에 달했다. 앞표지에 금색으로 'CHEF'S NAIL'이란 글자가 찍혀 있었고, 뒤표지에는 '정가 8만원'이라는 스티커가 붙어 있었다. 내용은 창세기와 비슷했다. 아주 긴 목록의 나열이었다. 인간뿐만 아니라 동물, 식물, 예술작품도 있었고 자동차 타이어의 종류나 한정판 립스틱 같은 것도 있었다. 이 모든 목록이 무질서하게 얽혀 있는 건 아니었고, 꼬리잡기하듯, 끝말잇기하듯, 바로 앞과 뒤의 연결로 이어져 있었다. 가령 요리사의 손톱이라면, 그것을 주문한 요리에서 발견한 한 손님의 운동화 깔창 이야기로 이어졌고, 그 운동화 깔창을 만든 공장의 주소로 이어졌고, 그 주소에 우편물을 배달하는 집배원으로 이어졌고, 그렇게 세상이 모두 낳고, 낳고, 낳고, 또 낳아서 결국에는 하나의 관계로 이어짐을 보여주는 이야기였다. 하룻밤에 다 읽을 수는 없었다. 정은 책을 앞에서부터 뒤까지 쭉 넘겨보다가 어디선가 자신의 이름을 발견하고는 얼른 다시 그 부분을 찾아보았다. 그러나 '정방배'와 비슷한 글자는 보이지 않았다. 딱히 재미있다고는 할 수 없었지만 읽다보면 어딘지 모르게 자신과 관련된 무언가도 한두개쯤은 나올 것 같았다. 책에 따르면 요리에서 발견된 요리사의 손톱은 음흉한 힘을 갖고 있어서 한번 그 손톱을 인식한 사람들은 어떤 식으로든 다 연결된다고 했다. 정은 자신 역시 그랬던 게 아닐까 생각했다. 거세당하지 않고 무럭무럭 발기한 손톱이 정이 모르는 사이에 정을 홀리고 있었던 것은 아닐까. 그런 생각을 하는 동안 정은 곧 이 집을 비워주어야 한다는 사실, 새 직장을 알아보아야 한다는 사실을 잊을 수 있었다. 그러나 종일 그렇게 지낼 수는 없었다.

출근길에 현관문을 열자 압류딱지처럼 메모가 붙어 있었다. 사택 거주기한이 일주일 남았다는 내용이었다. 그나마 다른 이들이 볼 수 없게 봉투 속에 숨겨준 것이 고마웠다.

지하철이 훌라후프처럼 도시의 허리를 감고 뱅글뱅글 도는 동안, 정은 책을 읽었다. 그러나 늘 같은 규격으로 정해진 코스를 기계처럼 읽어갔을 뿐, 정말 책을 읽은 것은 아니었다.

곽과 우연히 마주친 것은 정이 퇴근을 한시간 앞두고 있을 무렵이었다. 곽에게선 회식의 냄새가 났다. 정은 곽이 준 명함을 열심히 활용하고 있는 자신이 조금 멋쩍어졌다. 쑥스럽기도 했다. 근무 중이었지만 예기치 않은 돌발상황이었기 때문에 정은 책을 덮었다. 다만 가방에 넣지는 않고 무릎에 올려두었다. 두사람은 나란히 앉아 한방향으로 흘러갔다. 정은 곽의 몇마디를 통해 퇴사하던 날 곽이 준 명함은 책벌레 명함이 아니라는 걸 알게 되었다. 곽이 준 것은 타이 마사지를 세번 받을 수 있는 쿠폰이었다. 명함 크기의 쿠폰. 그러나 곽이 마사지를 잘 받았느냐고 물었을 때, 정은 고마웠다고 대답했다. 책벌레 이야기는 꺼내지도 않았다. 아마도 그 마사지 쿠폰은 이미 유효기간이 지났을지도 모르고, 있다 해도 이 도시의 거대한 폐지수거함으로 흘러갔을 것이다. 어쨌거나 결과는 나쁘지 않았다. 이 일을 하지 않았다면 『CHEF'S NAIL』을 소유하지 못했을 테니까. 그리고 자신은 지금 적절한 수위로, 적절한 열정으로 일하고 있지 않은가.

"그때 선배가 말한 거 있잖아요. 횟집 고등어 발언. 그거 지금도 가끔 우리끼리 얘기해요. 오늘도. 근데요, 전 그냥 앞만 보려고요. 물살에 몸을 내맡기면 다른 생각 안 들잖아요, 좀 피로하긴 해도. 고등어가 앞에 가는 고등어의 뒤꽁무니만 본다면 자기가 헤엄치는 건지 아닌지, 그런 생각을 할 틈도 없을 거예요. 전 지금 앞에 가는 고등어의 엉덩이만 보고 있거든요. 정신없이 달리고 있어요."

정은 자신이 앞이 아니라 옆을 봤기 때문에, 수족관 유리 안쪽에 비친 자신의 모습을 봤기 때문에 잘린 거라고 새삼 생각했다. 곽이 안쓰럽다는 표정을 지었다. 저런 기색을 눈으로든 귀로든 확인하게 될까봐 정은 퇴사 후 어디로도 연락을 하지 못했다. 같은 도시에 사는 친구들에게도, 타 도시에 사는 부모에게는 더더욱. 속을 털어놓기에 편한 것은 차라리 네일아트숍이나 미용실, 피부관리실의 사람들일지도 몰랐다. 그러나 그조차도 이제는 어색했다.

"아, 선배, 나 그리고!"

곽은 마침 생각났다는 듯이 가방에서 무언가를 꺼내들었다. 네 번째로 'CHEF'S NAIL'이 정 앞에 나타났다. 이번에는 나타나지 말았어야 했다. 이미 하나뿐인 원본을 정이 소유하고 있는데, 또다른 『CHEF'S NAIL』이 나타나다니. 그것도 똑같은 크기, 똑같은 두께, 똑같은 색깔의 책으로.

다른 것은 가격뿐이었다. 곽은 취재 나갔다가 돌아오는 길에 이 책을 사만 팔천원에 샀다고 했다.

"지하철에서 물건 사본 건 처음인데, 이거 제목 보세요. 전 이게 실제로 있을 줄은 몰랐거든요. 선배가 이 책을 읽은 적이 있어서 혼동하셨던 건 아니죠? 하나뿐인 책이라고 하면서 작가가 직접 팔기에 샀어요. 앞부분 조금 보니까, 뭐, 잘 읽힐 것 같진 않지만."

대략 훑어보니 거의 같은 내용이었다. 정은 자신도 이 책을 소유하고 있다거나 오만 육천원에 샀다는 말은 하지 않았다. 곽은 정에게 어디서 내리느냐고 물었다. 곽은 정이 당연히 사택에서 나갔을 거라고 생각하는 것 같았다. 정은 대답 대신 곽에게 물었다.

"지하철 2호선을 타고 한바퀴 돌면 시간이 얼마나 걸리는 줄 알아?"

"글쎄요, 두시간? 한시간?"

"팔십칠분."

그렇구나. 곽은 고개를 끄덕거렸다. 곽이 내리기 전에 정이 먼저 내렸다. 신도림역이었다. 곽을 태운 지하철이 떠나간 후 정은 플랫폼의 긴 의자에 앉아 가방 속 『CHEF'S NAIL』을 꺼내보았다. 정은 플랫폼 바닥의 먼지에 검지를 비벼댄 다음, 책의 한 페이지 위에 지문을 쿡, 찍었다. 불량이던 지문이 이름 모를 성운처럼 오묘하게 보였다. 누구나 갖고 있을, 그러나 누구와도 같지 않은 궤도, 그렇게 정의 검지는 책장 위로 옮겨갔다. 이제 정은 다른 복사본들, 또다른 요리사의 손톱들과는 다른 책을 갖고 있는 것이다. 정은 들고 있던 책을 다시 가방에 집어넣고 『민달팽이의 집』을 꺼냈다. 다음 열차가 벌써 들어오고 있었다.

울퉁불퉁한 도시 위를 지하철은 같은 속도로 흘러갔다. 출퇴근 시간대의 지하철은 줄자처럼, 비대해진 도시의 허리를 감고 움직였다. 정은 노선도에 눈금처럼 같은 간격으로 들어선 정거장의 이름들을 훑었다. 가끔 간격이 더 벌어지는 역간이 보였지만, 곧 새로운 정거장이 뚫릴 것이었다. 끊임없이 늘어나는 저 지하철 노선들이 언젠가 수챗구멍의 머리카락처럼 뒤엉킬 것 같아 어지러웠다. 그러나 밤이 오면 지하철은 조금 평온해졌다. 도시를 위에서 아래로 혹은 아래서 위로 다림질하듯 달렸다. 그건 정이 있든 없든 관계없는 평온함이었다. 정이 없다 해도 다림질은 계속될 것이었다.

지하철 바닥으로 기어가는 민달팽이가 정의 눈에 들어왔다. 민달팽이는 지하철 문 쪽으로 느릿느릿 기어가더니, 문 앞에 멈춰 섰다. 그리고 마침내 문이 열렸다. 정은 달팽이의 행로를 훔쳐보았다. 달팽이가 어떻게 제 몸의 열배쯤 되는 허공을 건널 것인가. 승강장과 문 사이로 추락하지 않을까. 어느 쪽도 아니었다. 민달팽이는 문 바로 앞에서, 그러니까 허공을 건너려고 시도하기도 전에, 밟혔다. 입체에서 평면으로 압축되어 초록 얼룩으로 남았다.

　구조조정이라고 했다. 책벌레의 직원이 반으로 뚝 잘려나갔다. 정은 가까스로 살아남았다. 대신 팀장으로부터 평가 전화를 받아야 했다. 팀장은 그에게 말했다.
　"근무 중 물품 구입 일회, 근무 중 장시간 수다 일회, 근무 중 노선 이탈 사회, 근무 중……"
　그 결과 정의 월급은 반밖에 들어오지 않았다. 지하에는 그림자가 지지 않지만, 보이지 않는 그림자가 정을 따라붙은 모양이었다. 눈은 많았다. 정은 모니터링을 당하고 있었다. 읽는 자 위에 읽는 척하는 자가 있었고, 읽는 척하는 자 위에 읽는 척하는지 보는 자가 있었다. 정은 그제야 알았지만, 책벌레보다 책벌레 모니터링을 하는 것이 벌이가 더 좋았다. 물론 책벌레 모니터링은 아무나 할 수 있는 건 아니었다. 그건 일종의 승진이었다. 팀장은 정방배 씨가 좀더 분발해주셔야 할 것 같다고 말했다. 책벌레의 직원들 중에는 이제 박사나 미스코리아, 대학로 연극배우 출신 정도의 스펙을 가진 사람들도 많아졌다고 했다.

"워낙에 요즘 불경기다보니, 취업에 혈안이 되어 있지 않습니까, 잘 아시잖아요."

정은 더도 덜도 말고 보통, 그러니까 중간 정도로만 살고 싶었으나 그게 가장 어려웠다. 중간에 머물려고 하는 사람들은 아래로 추락했다. 저 꼭대기를 보고 뛰는 사람들 중에 추락한 이들이 이미 중간에 엉덩이를 걸치고 있기 때문이었다. 정은 이제 중간이 되기 위해 유지해야 할 태도가 어떤 것인지 조금 알 듯싶었다. 일단 수족관 안에 들어왔다면 수족관이 요구하는 속도대로 돌아야 했다. 속도조절기는 정에게 없었다. 그렇게 정은 또 수족관 안에서 돌고 있었다.

정은 꾸역꾸역 출근을 해서 책 속에 시선을 묻은 채로, 활자 너머, 겉표지 너머의 세상을 훔쳐보았다. 이 여섯량, 열량짜리 고철덩어리가 자신만의 독무대가 아니라는 건 알았지만, 두 눈으로 그 사실을 확인하자 어쩐지 조금 부끄러워졌다. 정의 시야에『민달팽이의 집』을 들고 있는 사람이 세명이나 들어왔다. 책벌레 소속일 수도 있었고, 진짜 독자일 수도 있었다. 한 여자는 고의적으로, 그러나 들키지는 않을 만큼만, 누군가와 부딪치곤 했다.『민달팽이의 집』이 떨어지면 그것을 스스로 줍거나 상대방이 주워주면 받아드는 방식으로 좀더 직접적인 홍보를 하고 있었다. 삼십분 동안 그 여자는 너무 자주 사람들과 부딪치고 책 떨어뜨리기를 반복하고 있었다. 물론 효과는 좋았다. 책이 떨어짐과 들어올려짐이 반복되면서『민달팽이의 집』의 제목과 표지가 좀더 적극적으로 노출되었다. 어떤 남자는 졸고 있었다. 조용히『민달팽이의 집』을 손에 든 채 앉아서 졸다가, 다시 일어나서 책 읽기를 반복했다. 홍보할 책을 들고 존다는 것은 분명히 감점요인이었으나, 뭐랄까 표정과 자세가 너무나 독특해서 사람들의 시선을 붙잡는다는 것은 장점이었다. 책벌레가 요구하는 것은 사람들의 무의식에『민달팽이의 집』을 박아넣는 것이었으므로, 단지 책을 읽다가 존다고 해서 그 책을 광고하는 데 실패한 건 아니었다. 분명 그 남자는 시선을 끄는 데 성공했고, 날아드는 시선을『민달팽이의 집』으로 막고 있었다. 어떤 여자는 그냥 조용히『민달팽이의 집』을 읽고 있었다. 그것은 책벌레의 요구사항에 기본적으로 부합하는 것이었으나 그 여자는 아무런 특색이 없었다. 책 읽는 기계 같았다. 정이 여자에게 말했다.

"고등어가 앞에 가는 고등어의 뒤꽁무니만 본다면 자기가 헤엄치는 건지 아닌지, 그런 생각을 할 틈도 없을 거예요. 전 지금 앞에 가는 고등어의 엉덩이만 보고 있거든요. 정신없이 달려야죠."

여자는 대꾸하지 않았다. 말린 노가리 같은 표정으로 인파에 묻혀서 책 읽는 사람. 그건 정 자신이었다.

지하철이 정의 동선을 읽어냈다. 교통카드가, CCTV가, 그리고 정이 알아볼 수 없는 많은 사람들이 그의 동선을 읽어냈다. 이제 곧 집을 비워줘야 했다. 거주기한이 사흘 남아 있었다. 일에 방해가 될 정도로 휴대전화가 자주 울렸다. 자연스러운 독자의 모습에 지장을 줄 정도였다. 아예 벨소리를 무음으로 처리해서 가방 깊숙이 넣어버렸다. 한참 후 확인해보니 총 여섯통의 전화와 한건의 문자가 와 있었다. 관리인이었다. 입주할 사람이 기다리고 있으니 이번 주까지 꼭 정리해달라는 내용이었다. 이사 날짜가 다음 주 월요일이라고 했다. 그러나 이상하게 이런 활자들이 업무용 책 속의 문구처럼 어느정도 거리를 두고 읽혔다. 자신의 일처럼 실감나게 다가오지 않았다. 정은 십분에 한번씩 즐거운 듯 웃었고, 또 그보다 더 자주 책에 밑줄을 그었다. 그러면서 사흘 안에 어디로 가야 할지를 생각했다. 그리고 그 사실을 들키지 않을 만큼 노련했다. 노련해져 있었다.

"어, 눈 온다."

지하철 안에서 누군가가 그렇게 말했다. 정말 책 밖으로, 눈이 마약가루처럼 날리고 있었다. 취할 것만 같았다.

폭설 속에서 지하철 1호선은 가끔 멈췄고 2호선은 늘어지는 도시를 옥죄듯, 뱅글뱅글 돌았다. 손목을 옥죄는 수갑처럼 혹은 목을 옥죄는 오랏줄처럼.

아직 녹지 않은 눈 위로 추위가 급습한 날, 지하철은 나프탈렌 냄새로 가득했다. 알파카와 모 혹은 나일론 같은 각종 섬유들이 묵은 계절의 무게를 달고 나와 뒤섞였다. 나프탈렌 냄새 속에서 정은 민달팽이의 수가 기하급수적으로 늘어나는 것을 보았다.

정은 기계처럼 귀가했다. 이미 일요일은 지났고 월요일 자정 하고도 이십분이 더 지나 있었다. 문 앞에 이런 메모가 붙어 있었다.

'거주기한이 지났습니다. 오늘 오전에 내부의 짐을 수거해 따로 보관하겠습니다.'

정이 집 안으로 들어서고 얼마 되지 않아 초인종이 울렸다. 관리인이었다. 정은 숨을 죽였다. 뉴스 속에서나 보던, 세입자와 집주인 사이의 대치 상황이 지금 이곳에서 벌어지고 있었다. 아직 집을 알아보지 못했다. 휴대전화는 이미 꺼둔 지 오래였다. 켜고 싶지 않았다. 문을 쿵쿵 두드리는 소리에 정은 망치질당하는 못이 되고 있었다. 어딘가 다른 쪽 문이 있다면 그곳으로 빠져나가고 싶었다.

정은 어쩌면 수많은 복사본 중에 하나일지도 모를 『CHEF'S NAIL』을 펼쳐놓고 아이의 가르마를 넘기듯 읽던 부분을 더듬어 찾았다. 정은 일부러 책갈피를 쓰지 않았다. 정은 그중 한 페이지에 귀를 대고 엎드렸다. 한장을 볼 아래 베개처럼 깔고, 다음 장이 코 쪽으로 기울어지면 그것을 이불처럼 덮었다. 책장과 책장 사이에 가만히 누워서 압축되면 어떨까. 공간 속에 시간을 압축해놓는 방법, 그러니까 흘러가는 시간을 붙잡는 방법은 박제밖에 없었다. 시간과 공간의 무게 속에서 수분이 증발하고, 그 자신은 영원불멸하게 박제될 것이다. 정의 책 속에는 그렇게 박제된 시간들이 이미 몇마디의 풀꽃으로 누워 있었다.

관리인이 문을 두드리는 소리 사이사이로 가만히 귀를 기울이면 다른 소리가 들릴 것도 같았다. 이 세계의 시간이 지겨워, 이 세계의 공간이 답답해, 책 속의 문맥을 스스로 읽어가는 책의 울림이. 짐짓 아무렇지 않은 체하면서도, 뒷발로는 보이지 않는 탈출구를 만드는 책의 몸짓이.

아침에 정의 집 문을 여는 데 비상열쇠가 동원되었다. 관리인이 문을 열고 내부를 들여다보았을 때 그 안에는 짐이랄 게 없었다. 이미 이사를 하고 떠난 듯한, 빈집이었다.

정은 그 시간, 2호선을 세바퀴째 돌고 있었다. 정은 평소보다 훨씬 일찍 출근했다. 출근이 아닐 수도 있었다. 민달팽이가 책장 위로 느릿느릿 지나갔다. 잎이 아니라 바람을 갉아 먹는 것 같았다. 정이 지켜보는 가운데 민달팽이는 활자 위를 지우개처럼 기어가더니 곧 흔적도 없이 사라졌다. 책 속으로 들어가버렸다. 감쪽같았다. 아주 노련하게 민달팽이는 입체에서 평면으로 압축되었다. 정은 밑줄을 그었다. 긋다가, 가보기로 했다. 『CHEF'S NAIL』 속에서 모든 이름들은 그 이름이 나올 수밖에 없는 나름의 필연적인 이유를 부여받는다. 그런 곳이 진짜로 있다면, 정이라고 못 갈 거야 없었다. 정은 흘끔, 지하철 노선도를 쳐다보았다. 지하철이 사방팔방으로 탯줄처럼 뻗어 있었다. 종점은 어쩌면 종점이 아닐 수도 있었다. 종점과 차고지, 그 이후까지 달려가면 구원의 탯줄이 뻗어 있을지도.

이미 퇴근시간은 지나 있었다. 몇바퀴째 지하철로 도시를 맴돌았는지 헤아릴 수 없었다. 정은 『민달팽이의 집』을 가방에 집어넣고 『CHEF'S NAIL』을 꺼냈다. 펼쳐진 책의 두 페이지가 꼭 창문처럼 보였다. 이름과 이름들이 계속 낳고 낳고 또 낳는 책을 읽으며 정은 지하철 이 끝에서 저 끝까지 달렸다. 지하철은 2호선을 지나 5호선을 지나 8호선, 12호선까지 이어졌다. 237페이지를 뚫어져라 쳐다보니 책장이 문처럼 슬쩍, 몸을 기울여주었다. 종점 이후, 차고지 이후의 시간이 공간 형태로 길고 어둡게 다가왔다. 이 시간이 지나가면 『CHEF'S NAIL』의 세계가 펼쳐질 것이다. 아직 태어나지 않은 노선들, 구멍조차 내지 못한 흙 속으로 정은 움직였다. 그리고 마침내 그 끝에서 책 속으로 들어갔다. 입체에서 평면으로.

다섯번째 집이었다.

'CHEF'S MAIL'이라는 간판을 'CHEF'S NAIL'로 잘못 읽지만 않았다면 애초에 이런 일은 일어나지 않았을 것이다. 그러나 그런 혼동이 아니더라도, 일은 벌어졌을지 모른다.

정은 소망하던 책 속으로 들어왔으나, 요리사의 손톱은 활자로도 실물로도 보이지 않았다. 저만치서 거리에 민달팽이 한마리가 쉼표처럼 지나가는 것을 보고서야 알았다. 잘못, 왔다는 것을. 정이 들어가고자 했던 세계는 『CHEF'S NAIL』이었으나, 어쩐 일인지 정은 『민달팽이의 집』으로 들어와 있었다. 분명 가방에 『민달팽이의 집』을 집어넣고 다른 책을 꺼내들었는데, 아마도 왼손과 오른손, 일과 일 아닌 것, 낮과 밤, 그외에 또 이중적인 많은 것들을 혼동한 게 분명했다. 아마도 과로 때문에.

정은 자신의 몸 아래 흘러가는, 제 몸보다 큰 활자들을 읽었다.

'민달팽이를 모아 굵은소금이 가득한 단지 안에 넣는다. 뚜껑을 닫았다가 오분 후, 다시 열면 그 안에 달팽이는 없다. 끈적끈적한 액체만 남아 있다.'

그 문장 위로 기어가는 동안, 공기와 시선이 굵은소금처럼 정의 몸을 수축시켰다. 스스로가 남의 책장에 무단으로 달라붙은 달팽이처럼 느껴져 정은 더 쪼그라들었다. 저만치 여전히 지하 3층 바닥으로 창문이 나 있는, 도시 안의 첫 집이 보였다. 집 잃은 달팽이만큼 작아진 사람 하나가 그곳으로 들어갔다. 바이브레이터의 진동음이 작게 시작되더니 곧 까만 활자들이 돌처럼 쏟아졌다. 몇개의 활자가 그 집을 눌렀다. 어깨가 우그러지고 허리가 일그러지면서 모든 게 납작해졌다. 그가 지나간 자리에는 어떤 흔적도 남지 않았다. 정방배는 행간으로 남았다.

곽이 책을 펼쳐들었을 때 이미 정은 책장 사이에서 압사한 뒤였다. 237페이지 이후 어딘가에 정의 비문이 남았다. 그러나 누구도 그 비문을 읽지 못했다. 곽은 237페이지 이후의 종이들이 한뭉텅이로 굳어진 채 열리지 않는 것을 보고 이상하다고 생각했다. 곽이 긴 손톱을 집어넣어 책장과 책장 사이를 분리하려고 했지만 고집스럽게 입을 다문 그 몇 페이지에서는 종이만 조금, 살점처럼 뜯겨나왔다.

그것은 정의 유품이기도 했다. CCTV에 찍힌 정의 모습은 선로 아래로 몸을 던진다기보다는 책 속으로 무게중심을 기울이다가 삶 자체가 기울어버린 것처럼 보였다. 그 영상이 뉴스에 나간 후 『민달팽이의 집』을 읽는 사람들이 급속도로 늘어났다. 책벌레 업체의 확장인지, 아니면 정말 독자들이 늘어난 것인지 알 수 없었지만, 확실한 것은 정의 죽음이 『민달팽이의 집』을 유명하게 만들었다는 점이었다. 그 책을 양손으로 꼭 쥔 여자의 투신은 많은 사람들의 시선을 끌었다. 그 여자가 정임을 알게 된 몇몇 사람들의 팔에 소름이 돋았으나, 세상의 모든 소름이 그렇듯 곧 가라앉았다. 주기적으로 지하철에서 정을 본 사람들은 자살한 여자에 대해 그렇게 말했다. 그 여자는 늘 책을 읽고 있었다고. 가끔 울거나, 가끔 웃었다고.

2호선 순환선은 뱅글뱅글 돌았다. 곽은 정과 함께 지하철을 탔던 그 밤을 떠올렸다. 그때 정에게서 이상한 낌새 같은 것은 느끼지 못했다. 정은 그냥 평범했다. 다만 지하철 2호선이 한바퀴 도는 데 팔십칠분이 걸린다던 정의 말이 이제 와서야 조금 의미심장하게 남는 것도 같았다. 곽에겐 팔십칠분을 몸소 증명해볼 시간이 없었다. 곽은 월요일에 사택으로 들어왔다. 그곳이 정이 살던 집인지는 알지 못했지만, 알았더라도 달라지는 건 없었을 것이다. 사택에서 회사까지는 지하철 2호선으로 네 정거장 거리였다. 이제 내릴 시간이었다.

곽이 책을 가방에 넣으려고 하자 책은 새처럼 퍼덕이며 날갯짓을 했다. 그러더니 곽의 가방으로부터 지하철의 고철 지붕을 뚫고 하늘로 솟아올랐다. 사각사각하던 소리가 폭풍처럼 커졌다. 지하 곳곳에 얌전히 누워 있던 수만권의 책들이 몸을 갈매기처럼 활짝 펼친 채 날아오르기 시작했다. 어떤 것은 저공비행을 하고 어떤 것은 고공비행을 하며 그들은 한 세계를 통과했다. 그 틈에서 활자들이 깃털처럼 날렸다. 책은 높게 날아올랐다. 몇 미터 상공에서 아가리를 쫙 벌리고 또다른 표적을 찾아, 크게 하품을 했다.

지붕이 뚫린 지하철은 아무 일 없이 흘러가고, 사람들은 책을 읽었다. 바람이 몇줄씩 불어왔다.

Q

개의 업무시간은 아침 여섯시부터 밤 아홉시까지다. 개는 열차처럼 정해진 노선을 성실하게, 적당한 긴장과 이완을 반복하며 걷는다. 사람보다 한발 앞서 걷지만 너무 멀리 떨어지지는 않는다. 사진을 찍거나 커피를 사는 틈을 위해 적당히 멈출 줄도, 뒤돌아볼 줄도 안다. 암컷을 만나도 슬쩍, 눈길만 줄 뿐 묵묵히 지나간다. 수컷을 만나도 슬쩍, 눈길만 줄 뿐 묵묵히 지나간다. 지금은 업무 중. 놀 때가 아니라는 걸, 개도 안다.

도시의 산책로들은 길이도 분위기도 다르지만, 모두 쉼터에서 시작해 쉼터에서 끝난다. 많은 산책자들이 출발지점에서 개를 한 마리씩 대여하고, 서른다섯갈래의 산책로 중 하나를 선택해 도시를 걸은 후 다시 출발점으로 되돌아온다. 도시의 골격이 점점 커지고 있다는 것, 또 내부가 점점 정교해지고 있다는 것은 자고 일어나면 탄생하는 산책로로도 알 수 있다. 그가 처음 Q에 왔을 때 네 갈래에 불과하던 산책로는 이제 서른다섯갈래로 늘어났고, 번식은 지금도 계속되고 있다.

개 산책은 Q의 명물 중 하나다. 단지 개를 대여하기 위해 찾아오는 사람들도 있다. 개와 산책하고 싶어서 찾아오는 사람들도 있지만, 개와 산책하는 자신의 모습을 감상하거나 노출하고 싶어 찾아오는 사람들도 있다. 그리하여 이곳, 0미터 지점에 모인 이들은 걷는다. 어떤 사람은 흰 털이 복슬복슬한 개와 함께 걷는다. 각도만 달리한다면 아래로 솜사탕을 늘어뜨리고 가는 것처럼 보인다. 개의 목줄을 낚싯대처럼 드리우고 개를 미끼처럼 매달고 가는 사람도 있다. 개를 핸드백처럼 옆에 끼고 뛰는 사람도 있다. 여러마리의 개를 풍선처럼 엮어 가는 사람도 있다. 그리고 다른 이들의 산책을 엿보는 사람도 있다. 그도 그들 중 하나다.

그는 늘 '오늘의 개'를 선택한다. 쉼터의 모든 개들 중에 일할 차례가 된 개들을 백이십구분의 일의 확률로 만나는 것이다. 그런 우연이 싫다면 열두가지 질문을 통과해서 좀더 자신에게 맞는 개를 고를 수도 있다. 크기나 품종, 성격, 색깔, 성별, 나이부터 시작해 옷을 입히고 싶은지 아닌지, 신발을 신기고 싶은지 아닌지 등을 적으면 잠시 후 그에 맞는 개가 나타난다. 많은 사람들이 개를 선택하는 그 세심하고 까다로운 과정을 즐긴다. 어떤 종류의 개를 원하는가, 하는 문제가 곧 나는 어떤 사람인가,에 대해 알려주는 과정처럼도 느껴질 수 있다. 그것을 벌써 간파한 쉼터에서는 이제 끊임없이 질문들을 만들어낸다. 산책자의 혈액형이나 체질, 키나 몸무게, 피부 빛깔이나 옷 취향도 개를 선택하는 데 있어서 중요한 기준이 될 수 있다.

그는 '오늘의 개'와 함께 서서 어떤 산책로를 선택할지 고민한다. 그 사이에 시간이 일분, 줄어든다. 0미터, 1미터, 2미터, 산책이 시작된다.

그에게 날아오는 우편물의 수신지는 거의 이년, 짧으면 일년에 한번씩 바뀌었다. 팔개월 전, 그는 간단한 짐을 들고 Q로 왔다. 이 도시의 541번지가 그의 새 공간이었다. 열상자쯤 되는 A4용지, 이 도시의 지역신문과 시정 홍보물, 출처가 구분되지 않는 명함들이 그를 기다리고 있었다. 계약서에는 원고지 천매 내외의 장편소설이라는 주문과 마감일자가 적혀 있었다. Q를 배경으로 한 내용이라는 전제 아래, 그에게 구개월의 시간과 공간이 제공되었다.

Q에 온 후로 그의 몸무게는 4킬로그램이 불어났다. 간식까지 챙겨주는 친절한 이웃들 때문이었다. Q는 이웃조차도 협찬된 것처럼 친절했다. Q에서는 그의 소설이 완성되면 곧 영화로도 만들 계획을 갖고 있었는데 그것이 소문났는지 어떤 이웃들은 벌써 캐스팅에 대해 거론했다. 물론 그의 소설 속에 어떤 인물들이 등장하는지는 아무도 몰랐다. 그조차도 몰랐다. 팔개월이 지났지만, 그가 써놓은 분량은 전체의 십분의 일도 채 되지 않았다.

그가 살찌는 동안 그의 말은 말라갔다. 책상 앞에서 그는 사진작가의 요구에 따라 이런저런 포즈를 취하는 모델처럼 몸을 뒤틀었다. 셔터 소리가 시계 소리와 겹쳤다. 방 안에는 카메라도 시계도 없지만, 그는 분명 무언가에 들키고 있었고 무언가에 쫓기고 있었다. 겨우 발을 뻗고 누우면 천장에 그의 몸보다 더 크게 그림자가 졌다. 몸이 아니라, 말의 그림자였다.

꿈을 꾸면 종종 팔개월 전으로 되돌아갔다. 그가 이곳에 오기 전까지 살았던 곳은 P였다. 지대가 너무 높아서 재개발에 난항을 겪고 있다는데 재건축 허가가 안 난대,라고 그는 선배에게 말했다. 그러나 포클레인으로 땅의 높이를 낮추는 것은 순식간이었다. 그의 전셋집 바로 앞에 로데오거리가 생겼다. 준공식은 그의 전셋집 계약이 만료되기 한달 전에 열렸다. 집주인은 예상 가능한 동선대로 움직였다. 너무 높은 인상액을 요구했던 것이다. 그와 관계없는 잔치를 뒤로하고 짐을 꾸렸다. 늘 이런 식이었다.

그즈음 선배의 연락을 받았다. 선배는 '지자체와 협력하는 창작'에 대해 열을 올리고 있었다. 말주변이 좋고 부지런한 선배는 지원을 원하는 작가와 이야기를 원하는 지자체를 연결해주는 사업을 해보고 싶다고도 말했다. 마침 Q에서 이야기를 찾고 있었다. 선배가 그를 추천했다. 그렇게 작가와 공간이 만났다. 계약서를 쓴 날 저녁에는 이른바 Q프로젝트의 인력들이 모였다. 그와 영화감독을 제외하면 모두의 명함에 Q가 새겨져 있었다. 그들 중 하나가 말했다.

"그 왜, 겨울 뭐 있지 않습니까? 제가 얼마 전에 브루나이에 갔는데 거기서도 춘천을 알더란 말입니다. 서울을 모르는 사람들이 춘천은 알아요, 춘천은. 그 드라마 하나 때문에 한국 이미지가 바뀌더란 말입니다."

Q는 오래전에 공장지대로 유명하던 곳이었다. 지금은 문화산책 도시로 탈바꿈하는 중이라고 했다. 마치 P처럼. 그들은 그가 P에 살고 있었다는 사실을 알고 흥미를 보였다. 그가 그전에 A와 C에도 살았다는 것을 말하자 더욱 흥미를 보였다. 그는 뉴타운이 되어 집값이 상승한 A에서는 그가 'A의 예술인'으로 인터뷰까지 했지만, 그 잡지가 나오기 전에 이사를 가야 했다는 말을 했다. 역시 뉴타운이 된 C로의 이사였다. C 다음의 도시들도 거의 비슷했다. 명목만 조금씩 달랐을 뿐. 그의 이야기를 듣던 누군가가 말했다.

"작가님이 여기로 오셨으니 이제 Q도 금방 뜰 겁니다."

그 말에 모두가 웃었다. 그도 웃었다. 그가 거쳐온 동네들이 모두 부동산 값이 뛴 것은 그도 알고 있었다. 정확히 말하면 그렇기 때문에 옮겨온 것이었다. 그 자신도 이렇게 이사를 많이 할 줄은 몰랐다. 이사를 다니는 동안 그의 짐은 늘지도 줄지도 않았다.

"작가님이 P나 A, C에 집을 사셨다면 몇배로 뛰었을 텐데요."

누군가가 아쉬운 듯 말했다. 다른 누군가는 그에게 좋은 동네를 보면 느낌이 오느냐고 물었다.

"그러니까 요령 같은 거 말이죠. 핫 플레이스로 떠오를 동네를 찾는 필!"

그 말에 또다른 누군가가 그런 게 바로 작가적 안목이 아니겠느냐고 했다. 그는 소주를 한잔 마셨다. 그에게 요령 같은 게 있을 리 없었다. 그에겐 선택의 폭이 좁았다. 다달이 나가는 월세보다는 싼 보증금으로 갈 수 있는 전세를 찾다보면 재개발이 임박한 곳이 시야에 들어오게 되었던 것뿐이다. 어쨌거나 그는 소주에 젖은 입술로 말했다.

"좋은 동네를 찾는 데는 세가지 원칙이 있습니다."

그는 사람들의 시선을 조명처럼 받으며 말을 이었다.

"그러나 불행한 것은 아무도 그 원칙을 모른다는 것입니다."

좋은 소설을 쓰는 데 대한 써머싯 몸의 말을 약간 변형한 것이었다. 그의 말에 술자리의 Q들이 가볍게 웃었다.

"어쨌거나 작가님은 늘, 너무 빠르셨던 거로군요. 뭐, 한발 앞서 있었다고도 볼 수 있겠고요."

누군가가 그렇게 말했고, 다른 누군가는 앞으로 작가님의 동선을 따라 투자를 하겠다고 말했다. 또다른 누군가는 Q가 작가님의 정착에 도움이 되는 도시였으면 좋겠다고 말했다. 그는 예술가의 동선과 부동산의 관계에 대해 얼핏 생각했다. 그뿐만 아니라 이 일을 소개해준 선배도, 또다른 지인들도 메뚜기 뛰듯 이 도시 저 도시를 오가고 있었다. 세입자였기 때문에 벌어지는 일들이었다. 오래전, 학교 운동장에서 원을 그리며 오래달리기를 하던 때도 떠올랐다. 반바퀴째를 도는 꼴찌가 두바퀴를 그리고 있는 선두를 앞질러 지나치는 것처럼, 그는 그렇게 느렸을 뿐이다. 그가 술잔을 들고 오래달리기를 하는 동안, 밤이 깊었다. 누군가가 그의 맞은편에 앉아 있던 연출자에게 문화산책도시 프로젝트를 잘 부탁한다고 하자, 연출자는 고개를 설레설레 저으며 말했다.

"작품이 좋아야죠, 저는 뭐. 우리 작가님께 술 좀 더 드리세요."

선배가 예고한 대로 연출은 발 빼기를 시작했다. 곧 술병이 다시 그의 앞으로 왔다. 그의 잔이 넘칠 정도로 채워졌다.

"선생님만 믿겠습니다."

그의 눈앞으로 서너개의 술잔이 다가와 경쾌하게 충돌하고 사라졌다. 그들의 이름은 그의 휴대전화 안에 같은 이름으로 저장되었다. 뒤에 붙은 번호만 다를 뿐이었다. 구청장은 Q1, 동장들은 Q4부터 Q6까지, 그리고 위원회장은 Q8이었다. 이 순서도 확실하지는 않았다. 명함도 얼굴도 모두 뒤섞였다. 며칠 후 그에게도 Q가 새겨진 명함이 생겼다.

텅 빈 모니터에 문장 몇줄이 시름시름 돋아났다. 현재 쓴 분량은 원고지 칠십팔매. 천매까지 가기 위해서는 아직 한참을 더 달려야 했다. 그러나 단지 분량의 문제만은 아니었다. 현재 글은 그의 소설도 Q의 소설도 아니었다. 사공이 너무 많았다.

"예술은 정치보다 수명이 길죠. 몇세기를 건너뛸 수 있는 힘은 예술에서 시작된다고 생각합니다."

그렇게 말했던 Q1은 몇몇 모임에 그를 부르곤 했다. 주로 정치나 사업을 하는 사람들이 많은 자리였다. 그들로부터 받은 명함과 자료들이 그의 귓갓길을 무겁게 만든다는 사실은 몇번 시행착오를 겪은 후에야 알았다. 그는 더이상 그런 모임에 참석하지 않았지만 그의 소설에 관심을 갖는 사람들이 541번지로 방문하거나, 그 앞에 무언가를 배달하는 일까지 일일이 막을 수는 없었다. Q에서는 그에게 작업에 필요한 것이 있으면 언제든 비용을 청구하라고 했다. 사공도, 비교대상도 많은 가운데 그의 글은 자꾸 산으로 가고 있었다. Q의 사람들을 더 알면 알수록, Q의 지명들을 더 알면 알수록, 그러니까 그가 Q에 적응하면 할수록 글 쓰는 속도는 느려졌다. 느려진 것은 필력만이 아니었다. 장의 움직임마저 느려져서 변비가 생겨버렸다. 변기는 여러모로 541번지의 책상과 비슷했다. 앉아 있는 시간은 길었지만 효율적이지 못했다. 그는 말의 변비와 장의 변비, 둘 사이에서 시달렸다.

책상 옆에는 Q의 각종 관공서와 단체, 그리고 음식점과 몇몇 사업체에서 보낸 홍보물이 무덤처럼 쌓여 있다. 그는 그것들을 대충 훑어보긴 했지만, 별 소득은 없었다. 팔개월 내내,라고 말할 수도 있을 만큼 Q는 공사가 많은 도시였다. 이 거리를 공사한 후에는 저 거리를 공사하고, 저 거리의 공사가 끝난 후에는 다시 이 거리를 공사했다. '문화산책도시'라는 안내문 아래 속속 생겨나는 말끔한 거리들을 보면서 그는 자신도 공사의 일부가 아닐까 생각했다. 지금 그는 '안전제일' 푯말을 세워두고, 그 안에 들어앉아 글을 쓰는 것이다. 활자를 벽돌처럼 쌓거나 아스팔트처럼 깔면서. 그러나 자주 뭔가 무너지는 소리가 들렸다. 그는 무덤 같은 책상 위로 머리를 파묻었다. 완공은 아직도 멀었다.

산달이 다가오고 있었다. 예정일까지 남은 기간은 이십구일, 이십팔일, 이십칠일…… 지나가는 사람들은 그의 배를 보며 물었다. 잘되고 있는지, 불편한 것은 없는지, 주인공이 여자인지 남자인지, 주인공이 Q의 어디에 사는지, 주로 가는 거리는 어디이며 어떤 음식점이 등장하는지. 거리의 CCTV조차도 그를 보면 동공이 커졌다. 모두가 그의 안부를 물었다. 팔개월이 넘도록, 늘, 그랬다. 사람들은 몰랐다. 그가 집으로 돌아오자마자 부풀린 배를 한장씩 빼내고 종잇장처럼 얇아진다는 것을. 펜 끝에서 탄생하는 것이 다급한 거짓말이라는 것을. 그러니까 그의 산고는 모두 가짜라는 것을.

다급한 거짓말에 대한 책임을 지기 위해 포스트잇을 붙이기 시작했다. 분홍색은 그가 이미 말한 것, 노란색은 사람들이 말한 것 중에 소설에 활용하겠다고 마음먹은 것들이었다. 도시의 많은 Q 들이 그의 소설 내용에 관심을 갖고 있지만, 그는 보통 함구하고 또 함구했다. 미완성이었으니 함구할 수밖에 없었다. 그러나 가끔 쓰이지 않은 소설에 대한 예고편이나 막연한 계획 같은 거라도 얘기해야 할 상황이 생겨났다. 말 한마디로 흘릴 수도 있었지만, Q의 사람들은 너무 빨랐다. 그가 Q 입구의 소나무에 대해 언급하면 얼마 되지도 않아 그 소나무에 여러명이 달라붙어 갖가지 검사를 하며 소나무가 장수할 수 있도록, 오래오래 Q의 증인이 될 수 있도록 유난을 떨었다. 그가 Q의 초등학교에 대해 언급하면 어떻게 알았는지 초등학교마다 한명씩 그에게 홍보 인력을 보냈다. 그에게 소설 속에 김밥집이나 냉면집이 나올 일이 없느냐고 묻던 한 주민은 며칠 후에 냉면집을 열었다. 그 주민이 전단지와 시식쿠폰을 보내준 후에야 그는 자신이 그날 냉면집이 등장할 예정이라고 말했던 것을 기억해냈다. 물론, 아직 그의 소설에는 냉면집도 김밥집도 등장하지 않았다. 그날 그는 분홍색 포스트잇 한장을 벽에 붙였다. 냉면집이라고 적힌 것이었다. 아직 태어나지도 않은 소설 속 인물의 경로가 그렇게 하나씩 생겨났다. 냉면집, 초등학교, 산책로 6과 7과 13, 그리고 더 많은 것들이 소설보다 먼저 말로 튀어나와 그의 발목을 잡았다.

노란색 포스트잇은 한장씩 붙을 때마다 그의 머릿속을 무겁게 했고, 분홍색 포스트잇은 한장씩 붙을 때마다 그의 가슴을 무겁게 했다. 포스트잇은 왕성하게 번식했다. 글보다 속도가 더 빨랐다.

산책로를 걷는 것만으로도 Q의 골격이 느껴질 수 있을 만큼, 산책로는 여러갈래였다. 그가 산책로에 대해 메모한 노란색 포스트잇을 붙인 지 얼마 되지 않아 541번지 앞으로 무수히 많은 산책로에 대한 자료들이 도착했다. 도시 곳곳의 Q들이 보내준 정보였다. 산책로는 Q의 명물이자 과제였기 때문에 당연하다고 생각했다. 특히 Q의 산책로와 제주의 올레를 비교한 글들은 흥미로웠다. 그때는 몰랐으나, 팔개월이 지난 지금 그는 모든 것이 우연이 아닐 수도 있다고 생각했다. 막연한 우연이 아니라 '들킨' 것일 수 있었다.

쉼터에서 개들을 산책에 적합하도록 훈련시키는 코치가 그의 앞에 나타난 것도 우연은 아니었다,고 그는 믿었다. 코치는 그에게 필요한 것이 있으면 물어보라고 했다.

"개를 누가 훔쳐가버리면 어떻게 합니까? 산책하다가 그냥 가져가버리면요."

그의 질문에 코치는 사무적으로 대답했다.

"유기견은 많습니다."

"다 주인이 버린 개들인가요?"

"그런 애도 있고, 아닌 애도 있고 다양합니다."

유기견들은 보통 유기견센터로 보내지지만, 최근에는 오히려 유기견센터에서 이곳으로 보내는 일이 많다고 했다.

"개가 스스로 도망치거나 하지는 않나요?"

"가긴 어딜 갑니까, 여기가 천국인데."

천국을 유지하기 위해 코치는 큰 지팡이를 들고 다녔다. 지팡이는 개들을 훈련시킬 때 필요한 여러 도구 중에서도 가장 강력했다. 그의 눈에도 그 지팡이가 위협적으로 느껴졌다. 그는 훈련과정을 보고 싶다고 했지만, 그것은 허락되지 않았다. 흥미로울 것 같은데요, 하는 그의 말은 코치의 대답에 묻혀버렸다.

"소설에 쓸 만한 내용은 아니죠."

그가 일어서자 코치는 그가 서 있던 자리를 대걸레로 닦았다. 그의 흔적은 순식간에 사라졌다. Q에서 자주 마주치는 사람들은 대부분 그에게 관대한 표정을 지었으나 코치만은 예외였다. 코치는 상사들의 명에 따라 그에게 개 산책로나 쉼터에 대한 설명을 해주곤 했으나, 기본적으로 냉담했다. 그에게 지나치게 관대한 사람들도 부담스러웠지만, 지나치게 냉담한 사람은 그를 불안하게 했다. 그 밤, 그는 노란색 포스트잇에 '코치'라고 적어넣었다. '코치'는 그의 침대 위에서 옐로우 카드처럼 나풀거렸다. 코치의 얼굴은 떠오르지 않고 코치가 들고 있던 지팡이만 떠올랐다. 지팡이의 머리부분이 올가미처럼 그의 목을 휘감았다. 버둥거리던 그는 지팡이로 한번 땅을 쾅, 내리찍는 소리에 힘이 쭉 빠졌다. 개들처럼.

200미터 지점을 지나자 Q5가 나타났다. 우연이지만 조금도 자연스럽지 않았다.

"어이쿠, 작가님, 작품활동은 잘되어가세요?"

Q5는 피우려던 담배를 도로 갑 안으로 밀어넣으면서 말했다. 그는 뒤로 한걸음을 내디뎠다. 상체는 하체보다 더 뒤로 보내놓은 상태였다. Q5는 대화할 때 얼굴을 지나치게 상대방에게 들이미는 버릇이 있었다. 당혹스럽지만, Q5는 전혀 의식하지 못하는 습관 같았다.

"예, 뭐, 그럭저럭요."

그의 익숙한 거짓말과, 익숙한 응원과, 익숙한 감사가 이어졌다. 어느새 Q5는 산책로를 함께 걷고 있었다.

"말씀만 하세요. 원하시면 개울이라도 만들어드리겠습니다."

"개울요?"

"물론 소설이 완성된 후에 영화가 되고 뮤지컬이 되고, 그렇게 퍼져나간 다음에 배경을 만들어도 되겠지만요. 미리미리 준비하면 더 좋지 않겠습니까. 영화 크랭크인 전에 그 배경이 이미 만들어져 있다면야 얼마나 좋겠습니까. 그런 거 준비하는 게 제 일이니까, 편하게 말씀하세요."

술병에서 술병으로 내용물을 옮길 때, 한방울이라도 흘릴까봐 술병 주둥이를 바싹 붙여놓고 병을 기울이는 것처럼, Q5는 그의 얼굴에 최대한 자신의 입을 가까이 한 채 말했다. 반사적으로 그는 점점 얼굴과 몸을 뒤로 빼게 되었다.

"개울이 문젭니까? 산이라도 옮겨놓지요. 아름드리나무 같은 거 원하시면 작가님 방 창문 앞에다가 떡하니 만들어놓을 수도 있습니다. 지금 등장했거나 예상하신 것까지만 말씀해주셔도 됩니다.

영수증 처리하신다 생각하고 편하게 말씀하세요."

대답을 하지 않아도 될 거라 생각했지만 Q5가 계속 그의 말을 기다렸다. 무언가 대답해야만 할 시점, 그는 텅 빈 원고를 생각하며 말했다.

"허허벌판이라면 어찌 되는 겁니까?"

"허허벌판요? 소설에 허허벌판이 등장하나요?"

"지금은 그렇습니다만, 이 동네엔 너무 뭔가가 많아요."

Q5가 진지하게 고개를 끄덕이고서는 말을 이었다.

"끝까지 허허벌판만 나오는 건 아니겠지요? 뭐 전 문외한이지만 소설의 배경이란 게, 아무래도 저희 취지가⋯⋯"

"그러기를 바라죠, 저도. 허허벌판만 계속 나오지는 않을 겁니다."

그의 가슴이 추락해서 장 위에 겨우 얹어졌다.

"그렇다면 일단 허허벌판은 제가 한번 준비해보겠습니다."

"예?"

"일단 저기 공사 예정인 공간이 있기는 한데, 그 부근이 적당하지 않을까 싶습니다. 그쪽을 허허벌판으로 만드는 거야 뭐, 밀어버리면 되니까 금방 될 겁니다."

Q5는 진지했다. 그는 너덜너덜해진 가슴이 항문 위를 압박하는 것을 느끼며 간신히 말했다.

"저, 그렇게까지 하실 필요는, 소설은 어차피 꼭 현실과⋯⋯"

"현실의 반영이죠. 재창조이기도 하고요. 저도 그 정도는 안답니다."

Q5가 싱긋 웃어 보였다. 그리고 곧 걱정스러운 듯이 그의 안색

을 살폈다.

"그런데, 어디 몸이 안 좋으신가요?"

"예? 아, 몸살이 좀."

"저런."

Q5가 멈춰 섰다. Q5는 그의 안색을 잘 살피더니 조금 더 작은 목소리로 말했다.

"혹시 변은 잘 보십니까?"

사흘째 못 보고 있습니다,라는 말이 튀어나올 뻔했지만, 그조차도 성대 안으로 말려들어갔다. 변비처럼.

"그게 건강의 기본입니다. 이런 질문은 좀 그렇습니다만, 제가 수지침을 좀 놓거든요. 언제부터 변비가 있으셨나요?"

"서너달 전부터……"

그는 기어들어가는 목소리로 겨우 대답하다가 Q5의 다음 말에 숨이 턱 막혀오는 것을 느꼈다.

"마렵긴 하시고요? 아, 좀더 고상한 말을 찾지 못해서요. 제가 이렇답니다. 작가분 앞에서. 그래도 뭐, 마렵긴 하신가요?"

그 말이 그의 귀에는 '써지긴 하시고요? 써지긴 하시나요?'로 들렸다.

"그다지."

"저런!"

Q5의 얼굴이 그보다 더 어두워졌다. Q5는 그의 어깨를 몇번 가볍게 두드리고 말했다.

"걱정 마세요. 제가 처방을 해드릴게요. 나올 놈이 안 나오고 배집니까? 기다리세요. 조만간, 숙변을 보실 겁니다."

Q5와 작별인사를 나눈 후, 그는 함께 산책하던 개를 내려다보았다. 개가 꼬리를 흔들었다. 개의 목줄은 산책자에게 있지만, 산책자의 손목이 개에 달려 있다고도 할 수 있었다. 손목의 힘으로 목을 비트느냐, 목의 힘으로 손목을 비트느냐, 하는 문제가 다를 뿐이었다. 그 목줄이 갑자기 오른쪽 손목을 옥죄는 듯한 느낌이 들어서 얼른 왼손에 감았다.

이틀 후, 변비에 좋다는 메모와 함께 감잎차가 도착했다. 잠시 후 세 명의 다른 Q에게서 각자 다양한 처방이 도착했다. 올리브유, 해독주스, 그리고 유산균이었다. 그의 몸이 온전히 대리모가 되어 있었다. 그가 품고 있는 것은 Q. 그의 배를 부르게 한 것이 그저 허공에 지나지 않았다는 것을 들키는 순간, 그는 추락할 것이다.

도시의 영화관과 소극장에서도 그를 찾아와 그들의 공간이 소설에 쓰일 수 없는지 묻곤 했다. 짧게 몇 문장만 언급되어도 괜찮다고 했다. 물론 중요한 배경이라면 더 좋겠지만,이라고도 덧붙였다. 선배는 그에게 정신을 바짝 차리라고 말했다. 돈이 다 이 판으로 몰리고 있어. 그러니까 확 뜨는 곳도 생기고 확 망하는 곳도 생기고 있지. 선배는 제지회사로 유명하던 C사가 끝났다는 말을 하면서 탄탄하던 곳도 휘청하는 건 순식간이라고 했다. C사 사장이 뮤지컬에 손을 대면서 영화판까지 갔고, 투자를 과하게 하다보니 휘청했다는 얘기였다.

"그 뮤지컬 선배 거 아니었어요? 선배가 쓴 거잖아요."

그가 묻자 선배는 잠시 침묵을 지키더니 곧 다시 비장한 목소리로 말을 이었다. 자신의 작품이 첫 테이프긴 했지만 결정타는 아니었다고.

제 몸만 한 개를 끌고 가던 아이가 혹은 개에게 끌려가던 아이가 그를 보고 알은척을 했다.

"아저씨 소설가죠? 아저씨도 산책하네요?"

살갑게 말을 붙이던 아이가 속삭였다.

"엄마가 아저씨 팬이에요."

"무슨 소리냐? 그게."

분명히 문맥에 맞지 않는 문장이었다. 그러나 그는 아이에게 다짜고짜 그렇게 말해버렸다. 무슨 소리냐, 그게.

"아저씨가 글 다 쓰면 우리 집 값 오를 거라고 했어요."

그의 가슴이 저기 소장까지 철렁 내려앉았다. 아이는 뜻을 알고 하는 말인지 아닌지 모르지만 시세니 투자니 대출이니 하는 단어들을 알사탕처럼 굴렸다. 아이가 길 건너편에 있는 아파트 단지를 가리켰다. 지은 지 이십년은 되었을 법한 5층 아파트들이었다. 아파트를 대출받아 산 아이네도 그랬지만, 그 아파트 양옆으로 보이는 허허벌판이 그를 더 짓눌렀다. 전에는 없던 공백이었다. 그 공백이 장 속에 들어찬 것처럼 속이 허했다.

허허벌판 만들기는 이미 착수된 듯했다. 그는 도시 곳곳에서 허허벌판과 마주쳤다. 아무래도 그의 분홍 포스트잇 발언과 연관이 있는 것 같았다. 공사는 그의 소설보다 훨씬 빠른 속도로 진행되었다. 사람들의 기대감은 그의 펜이나 발이 걷는 보폭보다 훨씬 더 큰 간격으로 치솟았다. 선배의 말처럼 모든 돈이 이 판으로, 그러니까 이 문화산책도시 예고편으로 몰리고 있었다. 최근 들어 이 도시에서 직업을 바꾸는 사람들이 생겨나고 있다는 것도 그에게는 마감일만큼이나 부담스럽게 다가왔다. 은퇴 후 전재산을 Q의 부동산에 투자한 사람들도 생겨났다고 했고, 대출을 받아서 투자한 사람도 있다고 했다. 까페나 레스또랑, 갤러리를 만드는 사람들도 생겨났다. 그가 도시 안에서 무언가를 하려고 할 때, 때맞춰 벌어지는 모든 일들은 우연이 아니었다. 단지 들킨 것뿐이었다. 모두가 그를 관찰한다고 그는 믿고 있었다. 택배나 우편물이 찾아오는 빈도도, 그의 글에 대해 묻는 안부의 빈도도 점점 잦아지고 있었다. 이것이 정말 잦아지고 있는 것인지 아니면 그 스스로가 느끼는 강박관념 때문인지 분간하기는 애매했지만, 어느 쪽이든 무겁기는 마찬가지였다. 가장 두려운 것은 541번지의 벽들이 포스트잇으로 도배되고 있다는 점이었다. 노란색이든 분홍색이든 큰 차이는 없었다. 소설보다 먼저 덜컥 말해버린 말들, 취소하기에는 영향력이 너무 커져버린 말들이 그의 사방을 메우고 있었다. 마감이 가까워올수록 거짓의 무게에도 가속이 붙었다.

그는 몸이 안 좋은 척을 하며 ─ 실제로도 몸이 안 좋아지고 있긴 했다 ─ 시간을 벌어보려고 했지만, 그조차도 궁극적인 해법은 아니었다. 감기가 걸렸다고 하면, Q들은 작업실로 의사를 보냈다. 그는 산책하는 시간을 빼면 종일 모니터 앞에 앉아 점멸하는 화면을 바라보았다. 새롭게 나타나는 것도 증발하는 것도 없었다. 종이는 종이의 자리에, 프린터는 프린터의 자리에, 침대는 침대의 자리에, 시계는 시계의 자리에, 달력은 달력의 자리에 있다. 그리고 포스트잇의 과잉, 모든 것이 꽉 찬 그곳에 오직 그의 자리만이 없었다.

걷고 걷는 동안 그는 이름만 다를 뿐, 산책로가 꽤 비슷비슷하게 생겼다는 것을 느꼈다. 길도, 개도, 그리고 개를 끌고 다니는 사람도, 모두 복제품도 유사품도 많은 풍경이었다. 구분이 무의미했다. 이제는 산책이 끝나도 산책로 위에서 차례대로 흘러가고 있는 기분이 들기도 했다. 한마리의 개를 알기 전까지는 분명 그랬다. 그가 쉼터에서 개를 반납하고 있을 때, 얼굴이 벌게진 여자가 들어와 큰 소리로 말했다.

"얘가 똥을 쌌어요."

여자는 한 손에 농구공만큼 커다란 휴지 뭉치를 들고 있었다. 직원이 얼른 휴지 뭉치를 받아들었다. 휴지 더미 속에 지구의 핵처럼, 똥이 들어 있을 것이었다. 여자는 상황을 설명하기 시작했다.

산책로를 반쯤 걸어갔을 때, 갑자기 개가 이상하게 자세를 취하기 시작했다. 여자가 목줄을 끌어당김과 동시에 개의 똥이 길게 늘어졌다. 여자는 기겁했고, 주변을 지나가던 사람들이 여자를 쳐다보았다. 어디선가 CCTV도 돌아가고 있을 게 분명했다. 여자는 반사적으로 핸드백을 뒤져 휴지를 꺼냈다. 다행히 도톰한 휴대용 휴지가 손에 집혔다. 똥을 치웠다. 양이 많지도 않았는데 냄새가 독했다. 여자는 한 손에 개의 목줄을, 다른 한 손에 휴지 더미를 들고 걸었다. 540미터, 550미터, 560미터…… 그러나 휴지통은 나오지 않았고, 여자는 핸드백 속의 휴지 한통을 모두 다 써버렸다. 자꾸 질어지는 냄새가 손에 밸까 걱정이 되었기 때문이었다. 1킬로미터쯤 왔을 때, 휴지통이 보였지만 이쯤 되자 여자도 오기가 생겼다. 여자는 쉼터까지 휴지를 그대로 들고 왔다. 그래서 지금, 여자가 휴지로 된 농구공을 한 손에 들고 여기 서 있는 것이었다. 시한폭탄이라도 되는 듯, 누가 뭐라고 하기만 하면 그냥 아래로 투척할 수도 있을 것 같은, 똥이었다.

여자는 환불을 요구했다. 직원들 몇이 얼른 상의를 하더니, 개를 살펴보고, 곧 여자에게 대여료를 환불해주었다. 여자는 쉼터 밖으로 나가 의자에 걸터앉았다. 트레이닝복에 개똥이 묻은 건 아니었지만, 여자는 휴지로 온몸을 털었다. 그는 부산스럽게 움직이는 여자에게 다가갔다.

"개가 똥을 쌀 수도 있지 않나요?"

그가 그렇게 물었을 때 여자는 어처구니없다는 표정으로 대답했다.

"그런 개는 따로 있죠. 둘의 차이를 모르세요?"

"모르겠는데요."

그는 눈을 껌벅이며 대답했다.

"여기 개들은 그런 실수를 하지 않아요. 그런데 제가 오늘 개똥을 치웠잖아요. 이게 말이 돼요?"

"안 치우면 그만 아닙니까?"

"그럴 수는 없다는 걸 모르세요?"

그는 왜 그럴 수가 없다는 건지 이해할 수 없었다. 상식 밖의 행동도 하려고 마음만 먹으면 얼마든지 할 수 있었다. 그는 그저 상식적인 말만 입 밖으로 내뱉었다.

"개들은 모두 똥을 쌉니다."

여자가 아무 말이 없자, 그는 여자처럼 한마디를 덧붙였다.

"모르세요?"

여자는 고개를 한쪽으로 기울였다가 다시 들면서 말했다.

"여기 개들은 프로예요. 모르세요? 처음부터 상품 정보를 잘못 기재한 꼴이잖아요. 전 분명 똥 안 싸는 개를 빌린 건데 똥을 쌌잖아요. 사기죠, 사기."

잠시 후 직원이 달려왔다. 직원은 여자에게 무료산책쿠폰을 주면서 연신 미안하다고 사과를 했다. 개가 분명히 산책 직전에 배변을 했는데도 이런 걸 보면 몸이 아픈 게 분명하다는 얘기였다. 창사 이래 처음이라고 했다.

다음 날 그는 어제 똥 싼 개를 빌리고 싶다고 말했다. 그는 작은 목소리로 말했지만, 직원은 누가 들을까 깜짝 놀라는 시늉을 하며 그를 구석으로 데리고 갔다. 그러고는 죄송하지만 이곳에서는 배변훈련을 완벽히 시켜서 내보내기 때문에 산책 중에 볼일을 보는 개는 없다고 반복해서 말했다.

"어제 소동이 있지 않았나요?"

직원은 시치미를 떼다가 잠시 후 더 작아진 목소리로 말했다.

"사실은 한마리가 몸이 아파서 실수를 했답니다. 앞으로는 그런 일이 없을 거예요."

"뭐라고 하는 게 아닙니다. 저는 그 개랑 산책하고 싶을 뿐이에요."

생각보다 수월하지 않았다. 실수한 개는 백이십구마리의 개들 사이에 꼭꼭 숨어 있었다. 아니면 벌써 백이십팔마리로 구조조정이 이루어졌는지도 모를 일이었다. 직원은 불가능하다는 대답만을 내보냈다.

잠시 후, 그는 쉼터 맨 위층으로 인도되었다. 5층 정도의 높이긴 했지만 어떤 부분은 벽이 모두 유리로 되어 있어서 충분히 고소공포증을 느낄 만했다. 산책용 개 훈련소 치고는 확실히 무리한 높이였다.

"찾으셨다고요."

코치였다. 코치는 조금만 뛰면 천장에 머리를 부딪칠 정도로 키가 컸다. 원래 알고 있던 사실이지만 유독 더 그렇게 보였다. 그는 어제의 소동에 대해 흥미가 생겼다고 말했다.

"그 개와 산책을 하고 싶은……"

"그건 곤란합니다, 죄송합니다만."

코치는 시원하게 거절했다. 아니 그것은 거절이라고 말할 수도 없는 상황이었다. 허락하지 않았다고 하는 편이 더 정확할 수도 있었다.

"그 녀석은 지금 벌을 받고 있어요. 훈련이 끝나면 다시 내보낼 겁니다."

"스트레스를 받아서 그런 거 아닐까요? 왜 개들은 그러지 않습니까, 주인에게 항의하려고 이불 위에 똥을 싸놓는 경우도 있고요. 본인도 모르게 스트레스를 많이 받아서……"

"그럴 수는 있습니다만, 그럼 도태될 수밖에 없죠. 배변을 잘 조절하는 개들이 이렇게 많은데 말이죠."

코치는 습관인지 긴 지팡이를 약하게, 규칙적으로 땅에 찍으면서 대답했다. 그는 자신도 모르게 가방 속에서 수첩을 꺼내들었다. 단지 산책을 하고 싶었을 뿐인데, 어느새 취재가 되어버린 상황에 그 자신도 조금 당황하고 있었다. 그가 물었다.

"그런데 개들이 어떻게 배변 시점을 조절하는 겁니까?"

"규칙적인 생활을 하니까요."

코치는 그를 보지도 않고 말했다. 콩, 콩, 지팡이가 땅에 닿는 소리가 거슬렸다. 개들은 불규칙한 욕구를 반납하고 대신 규칙적인 생활을 갖게 되었다. 적당량의 식사와 적당량의 배변촉진제, 그리고 일정한 자극이면 충분했다. 코치의 가르침 아래 규칙적인 생활을 하는 개들은 실수하지 않았다. 산책을 하는 동안 예고되지 않은 상황을 만들지 않았다. 약속되지 않은 상황을 만들지 않았다. 그리고 배웠다. 인간의 화법과 인간의 보폭과 인간의 표정에 대해서.

"그런데 왜 그 개한테 관심을 가지시는 겁니까?"

이번에는 코치가 물었다.

"글쎄요."

그는 통유리창 밖을 보면서 가볍게 농을 던졌다.

"제가 변비가 심하다보니."

농담처럼 뱉은 말인데 뱉고 보니 더 수습이 되지 않았다. 어색한 침묵과 이상한 부담감이 그의 입을 자꾸 재촉했다. 그는 원래는 매일 아침 화장실에 갔는데 이곳에 온 후로 변비가 생겨버렸다는 고백까지 하고 말았다.

"스트레스가 있으신가보군요."

코치의 말에 그는 얼른 대답했다. 코치의 발소리와 눈빛, 그리고 지팡이가 그를 긴장하게 만들었다. 가끔 게으르게 뭉개져 있던 개들도 코치의 눈빛과 지팡이의 움직임이면 곧 빠릿빠릿해졌다. 얌전해졌다. 착실해졌다. 털도, 발톱도, 입속도, 눈빛도, 그리고 그도 그랬다. 코치의 걸음걸이는 움직임이 너무 커다래서 보고 있는 것만으로도 주눅이 들었다. 코치가 그를 향해 팔을 뻗었을 때 그는 하마터면 몸을 피할 뻔했다. 개들처럼.

순간적으로 졸아든 듯한 그는 코치가 내민 상자를 받았다. 상자에는 악성변비에 효과적이라는 문구가 쓰여 있었다. 오, 사, 삼, 이, 일…… 그는 몸이 점점 얇아지는 것을 느끼며 다시 1층으로 내려왔다. 미끄러지듯 내려왔을 때 순간적으로 변의를 느꼈으나, 541번지 문 앞에서 다시 싹 사라졌다. 아무 일도 없었다는 듯이, 그의 장은 평온하게 더부룩했다. 그는 노란 포스트잇에 '똥'이라고 적어넣었다.

어떤 산책로는 정상에 올라서면 Q가 한눈에 내려다보였다. 그것은 잠시 Q로부터 떨어져 있다는 인상을 주기 때문에 상쾌했다. 발밑에 표시된 출발점으로부터의 거리만 아니라면 분명히 그랬다. 그는 한참 아래를 내려다보았다. 그의 옆에서 개 한마리가 바위처럼 웅크리고 있었다. 여기서 바라보는 Q의 인상도 많이 바뀌어 있었다. 얼마 전에 생긴 동그란 경기장은 높은 곳에서 내려다보면 경기장이 아니라 부풀어오른 피멍 자국처럼 보였다. 부항 자국 같은

것 혹은 무언가를 꽉 틀어막고 있는 밸브처럼 보이기도 했다. 조금
만 비틀면 홍수처럼, 화산처럼 그동안 축적된 신음과 이 도시의 숨
들을 터져나오게 할 밸브.

"새로 지은 경기장입니다. 위에서 보셨나요? 모양이 꼭 해바라기
처럼 생겼죠. Q의 상징이 해바라기거든요. 그래서 형상화한 거죠."

어느 틈엔가 다가온 Q4, 아니 Q8이 말했다. 그는 이제 이런 상황
에 익숙했다. 그는 해바라기를 내려다보며 입을 열었다.

"소설이 완성되면 출간과 동시에 영화로 제작하실 거라고 했죠?"

"그렇죠, 이미 팀은 다 꾸려져 있으니까요."

"드라마랑 뮤지컬로도 생각하고 계시고요?"

"그렇죠, 작가님 이야기에 거는 기대가 크니까요."

"그럼 그다음에는 어떻게 되나요?"

Q8은 잠시 생각하더니 조금 작은 목소리로 대답했다.

"저번에 말씀드렸듯이, 여기를 산책과 문화예술이 함께하는 도
시로 만드는 게 저희 목표거든요. 그래서 지금 생각으로는, 중앙시
장 가보셨어요? 그 중앙시장 쪽을 조금 정비해서 로데오거리로 만
들려고요."

"로데오거리요?"

"예, 뭐, 중앙시장의 느낌은 그대로 두고 그 옆 동네를 로데오거
리로 조성해서 연결 짓는 거니까, 소설에서 크게 벗어나진 않을 겁
니다. 아직 이야기는 못 읽어봤지만, 제가 작가라면 저 중앙시장이
탐날 수도 있을 것 같아서요. 저희 입장에서도 홍보하고 있는 아이
템이고요. 관광과 쇼핑, 예술이 함께 어우러진 곳으로 만들 겁니다.

산책이 있는 로데오거리, 그게 Q의 새 목표죠."

그는 그저 이야기를 묵묵히 듣기만 했다. 바람이 분다. 소문이 돈다. P의 로데오거리에 쫓겨 Q로 왔던 그는 Q의 로데오거리 준공 소식에 또 저만치 밀려갔다. 로데오거리의 양끝을 봉합하지 않는 이상, 그것은 계속 그를 추격할지도 몰랐다.

"로데오거리가 조성된다면 그다음에는 어떻게 되나요?"

"유명해지는 거죠. 이 동네의 가치를 널리 알리게 되고. 아, 물론, 작가님께도 약속된 금액으로 사례를 해야지요. 작가님이 이 지역을 재창조하신 게 되겠죠. 저 해바라기 상징 어떠십니까?"

"좋군요, 정열적이고."

저 아래 보이는 해바라기는 부항을 뜨듯이 부풀었다. 그 안에 무언가가 빵빵하게 들어찬 채로 폭로하지 못하고 있었다. 그는 아랫배가 더부룩해지는 것을 느끼면서 말했다.

"제가 만약에 못 쓰면요?"

"예?"

"글을 못 쓰면 어떻게 되나요?"

"시간이 더 필요하신가요?"

"시간 문제가 아니고, 글이 아무리 기다려도 안 나온다면 말입니다. 아니면 이야기가 별로거나."

"그럴 리가 있나요."

Q8이 웃으며 그를 쳐다보았다. 사초 혹은 삼초. Q8의 웃음소리가 그를 눌렀다. 사, 삼, 이, 일…… 그는 포스트잇처럼 압축되었다. 그는 670미터 지점에 있었다. 끝까지 가는 것보다는 여기서 되돌아

오는 것이 더 빨랐다. 그는 왔던 길을 되돌아오기 시작했다. 낯설었다. 낯익은 풍경은 모두 지금 이 풍경의 뒷면에 붙어 있을 것이다. 그는 다시 0미터에 멈춰 섰다. 저만치 보이는 다른 개들은 똥을 쌀 듯 말 듯 실룩이며 걸어갔다.

몇통의 전화 혹은 몇통의 우편물이 그를 휩쓸고 지나갔다. 마감이 닥쳐오자 그의 소설에 로데오거리가 들어가 있는지 확인하는 전화 혹은 부탁하는 전화들이 걸려왔다. 그들 중에는 집을 팔아 소설에 등장한다는 허허벌판을 산 사람도 있었다. 물론 그런 부분은 소설 어느 페이지에도 없었다. 그는 상대방의 입을 누르듯이 휴대전화의 종료 버튼을 눌렀다. 곧, 다시 전화벨이 울렸다. Q43이었다. Q로 시작하는 번호가 언제 43까지 퍼졌는지, 그는 새삼 놀랐다. 번식이라도 한 것처럼. 그는 휴대전화 진동이 폭풍처럼 지나간 후에 조심스럽게, 재빠르게 휴대전화 버튼 몇개를 눌렀다. 자신의 휴대전화에 저장되어 있는 Q가 모두 여든여섯개나 된다는 사실에 그는 놀랐다. 그가 만난 사람들을 모두 헤아려보아도 여든여섯명은 되지 않을 것 같았는데, 분명 번호는 여든여섯개나 있었다.

그는 통장에 찍힌 Q의 흔적을 보았다. 천만원이었으나 지금은 구백만원이 조금 못되게 남아 있다. 그것을 다시 채워서 돌려주면 변비가, 실어증 아닌 실어증이 해결될 수 있을까. 대타를 끌어다놓으면 괜찮지 않을까. 그러나 누구를 부른단 말인가. 방금 전에도 그는 Q의 홈페이지에서 그의 이름이 버젓이 들어간 홍보글을 네건이나 읽었다. 작품은 윤곽조차 잡히지 않았는데 벌써 Q에서는 그가 두서없이 내뱉은 단어들로 작품에 대한 예측까지 내놓고 있었다. 하긴 '벌써'라고 놀랄 만한 시기는 아니었다. 마감이 코앞이었으니까.

"어제 P가 텔레비전에 나온 거 보셨나요? 아트 밸리 어쩌고 하면서요."

Q10 혹은 Q11이었다. Q11의 말에 따르면, P는 지금 Q를 조급하게 만드는 경쟁 도시였다. 그는 아트 밸리의 현재를 생각해보았다. 그가 자주 갔던 단골 까페는 한때 밀려드는 손님들로 즐거운 비명을 질렀으나 곧 밀려드는 까페 공세에 도태되었다. P의 커피값은 두배로 뛰어올랐다. 그의 지인들이 그렸던 거리의 벽화는 P를 대표하는 포토월이 되었다. 출사를 한다며 카메라를 총처럼 멘 사람들이 다녀갔다. 주말마다 P는 몸살을 앓았다. 몇군데, 프레임 안에 자주 포착되던 동네들은 인기도만큼 훌쩍 뛰어올랐다. 커피값도, 옷값도, 땅값도, 집세도. 도태될 사람은 도태되었고 살아남을 사람은 살아남았다. 그가 아는 사람들은 대부분 도태된 쪽이었다. 개조차도 그랬다.

"로데오거리가 핵심입니다, 핵심. 우리의 롤모델이라고 할 수 있을까요? 아니, 우린 그걸 뛰어넘어야죠. 적어도 우리는 정착 단계에서부터 벌써 이렇게 문학적 기반을 잡아둔 거니까요."

Q11은 문학적 기반,이라는 말을 하면서 그를 쳐다보았다. Q11의 시선이 그를 눌렀다. 사, 삼, 이, 일…… 그는 포스트잇으로 압축되었다. 색깔은 중요하지 않았다. 그날의 산책도 거기서 중단되었다.

노란 포스트잇에 '똥'이라고 적어놓았지만 그의 변비가 나을 조짐도 없었고, 똥 싼 개와 산책할 가능성도 낮았다. 그에게 새로 도착한 자료에 따르면 쉼터의 개들이 백사십마리로 늘어났는데, 신입이 들어오면서 산책에 적합하지 않은 개들은 대거 방출되었다. 어디로 갔는지는 나와 있지 않았지만 소문에 따르면 군데군데 생겨난 허허벌판에 개 몇마리가 묻혔다고도 했다. 개의 무덤 위로 해바라기밭이 들어섰다고 했다. 그곳이 개의 무덤이 맞는다면 말이다.

C사 사장이 자살했다는 소식이 들려왔다. 아마도 사업 확장과 실패에 따른 부채감 때문일 거라고 사람들은 말했다. 그와는 일면식도 없던 사람이었다. 선배는 전화를 받지 않았다. 그는 종이 위에 펜을 잡고 앉았지만, 손놀림이 무거웠다. 펜 끝에 연결된 연고가 너무 많아서 그물에 걸린 것처럼 답답했다. 휴대전화와 메일을 통해 그는 허허벌판 혹은 해바라기밭을 샀다는 사람들, 냉면집을 열었다는 사람들의 응원 혹은 확인을 받았다. 허기가 졌지만 사람들이 보내온 음식은 하나도 먹을 수가 없었다.

그는 전자레인지에서 데운 밥을 꺼내면서 삼분 만에 데워져 나오는 이것이 밥이 아니라 글이었으면 좋겠다고 생각했다. 더도 덜도 말고 꼭 쌀알의 갯수만큼만 자음과 모음이 익혀져 나왔으면 좋겠다고 생각했다. 덜 익어도 좋았다. 그는 데운 밥을 한숟가락씩 입으로 가져가며 541번지의 내부를 훑었다. 포스트잇은 마치 동물의 털처럼 공간을 가득 덮었다. 창문이나 문, 그리고 액자 따위가 걸린 곳만 동물의 눈동자나 입처럼 털 없이 매끈했다. 정작 그의 소설은 텅 비었는데, 그 안에 들어가야 할 재료들은 그의 공간을 뒤덮은 채 새로운 이야기를 쓰고 있었다. 그는 밥을 한숟가락 가득 입에 넣고 기역의 구부러진 등을 씹었다. 니은의 각진 골반을 씹었다. 디귿의 고지식함과 리을의 현란함을 씹었다. 그리고 이응을 동그랗게 씹다가 벙어리처럼 턱, 멈췄다. 압류딱지처럼 붙은 포스트잇 틈에서 낯선 활자를 발견했다.

로데오거리.

그는 그를 압박해오던 수많은 Q들을 떠올렸다. 그중 하나가 541번지를 침범한 것이라고, 로데오거리를 주문해놓은 거라고. 그의 소설을 도구로 삼기 위해 그렇게 도발을 한 거라고. 그러나 그의 침샘을 순간적으로 고갈시키고 그의 식도를 순간적으로 틀어막은 것은 그 내용이 아니었다. 낯선 활자 위로 드러나는 낯익은 필체였다. 그 다섯 글자를, Q들의 요구를 소설 안으로 끌어들인 것은 그 자신이었다.

그의 산책은 920미터에서 멈춘다. 그곳에서 그는 화석처럼 굳어 있는 해바라기떼를 만난다. 사람 머리통만 한 크기 가득 까만 씨를 박고, 멀대처럼 솟은 채로, 도시 한 부분을 점령하고 있는. 얼핏 보면 노란 머리카락 몇올을 겨우 달고 있는 병자 같기도 하고, 매복한 적들 같기도 하다. 개는 필요 이상으로 길게 정지해 있는 주인을 바라본다. 지금은 업무 중. 그러나 그는 멈춰 있다. 개가 질긴 목줄을 몇번 머리로 끌어당기다가 고개를 든다. 그들은 서로의 눈에서 불안을 읽는다. 불안한 두 발이 땅에 꼭 붙는다. 개가 조금만 더 잡아당기면 주저앉을 기세다. 개는 그의 질긴 손목줄을 끌어당긴다. 그러나 그는 모든 창문이 원고지처럼 칸칸이 들어박힌 그곳, 그곳으로 한 글자도, 한줄도, 한 문단도, 걸어들어갈 수 없다.

코치가 옐로우 카드처럼 저만치 서 있다. 코치의 팔이 수직으로 올라가더니 다시 땅으로 내려온다. 쿵, 지팡이가 내는 소음이 산책로를 타고 밀려온다. 지팡이의 휘어진 머리가 그의 목을 옭아맬 것 같다. 그는 개의 목줄을 동아줄처럼 부여잡고 뛴다. 쿵, 쿵, 지팡이 소리가 가까워질수록 그의 속도도 빨라진다. 보폭이 커진다. 910, 900, 890…… 그의 산책이 지워진다. 그의 활자가 지워진다. 지금 이 순간도 팽창하는 도시를 벗어나기 위해, 그는 뛴다. 그의 뜀박질과 심장박동처럼 활자들이 지워진다. 모든 산책로의 출발점과 도착점은 같다. 그는 출발도 도착도 아닌, 그래서 아직 거리 측정도 표시도 되지 않는 미완성의 산책로로 숨어든다. CCTV가 모르는 척, 끔벅, 눈을 감았다 뜬다.

콜럼버스의 뼈

콜롬은 말했다. 씨에스따는 도둑처럼 찾아온다고.

나는 모두가 거부하는 주소를 들고 쎄비야 한복판에 서 있었다. 관광객들로 붐비는 이 도시에서 수많은 택시들이 나를 향해 다가왔다가 한줄 주소를 읽고는 다시 멀어져갔다. 주소는 이 나라의 언어로 쓰여 있었지만, 이상하게 사람들은 난독증에 걸린 것처럼 헤맸다. 강렬한 햇빛은 거리의 모든 것을 한꺼풀씩 벗겨냈고 내가 들고 있던 진녹색 수첩도 예외는 아니어서 그 속의 활자들도 조금씩 낡아가고 있었다. 흔하디흔한 택시들이 마치 오늘의 마지막 택시인 듯 내 앞을 스쳐갔고, 마침내 나는 하얗게 바랜 거리 위에 홀로 남았다.

그때 내 곁으로 마차 한대가 다가왔다. 마차가 전혀 낯설 것 없는 도시였지만, 내 옆에 멈춰 선 그것이 그토록 어색하게 느껴진 건 그 마차들이 관광용이라는 생각을 갖고 있어서였다. 기대 없이 주소가 적힌 수첩을 내밀었는데 고삐를 쥐고 있던 남자는 그 주소를 알아보았다. 요금을 흥정해야 할 것 같았으나 사십도에 가까운 기온이 모든 절차를 뭉텅이로 도려냈다. 나는 일단 마차에 올라탔다. 남자가 물었다.

"쎄비야에는 언제 왔어요?"

"일주일 전에요."

"어디가 제일 좋았어요?"

글쎄. 딱히 할 말이 없었다. 남자는 쎄비야의 관광지를 하나씩 읊기 시작했는데, 거기서 내가 가본 곳은 하나도 없었다. 그가 이렇게 말했다.

"일주일 동안 술만 먹었네요, 그렇죠?"

"모두가 다 관광객은 아니니까요."

남자는 별 반응을 보이지 않았다. 답변을 기다리는 게 아니라 던져야 할 질문들을 끊임없이 고르고 있는 것처럼 보였다. 어떤 음식이 가장 좋았는지, 투우나 플라멩꼬를 봤는지, 어떤 도시들을 경유해 왔으며 또 어디를 지나칠 건지에 대해. 그 질문 사이를 달리는 동안 마차는 번화가를 벗어났다. 말은 익숙하던 산책 코스에서 벗어난 게 이상한지 속도를 조금씩 늦췄다. 십분쯤 더 달렸을까? 그는 골목을 가리키며 여기서 더는 들어가지 못한다는 몸짓을 했다. 길이 좁다는 것이다. 길 입구에 내가 찾던 그 거리명이 붙어 있었다. 남자가 부르는 대로 80유로를 지불했다. 나중에야 알았지만 그건 쎄비야 시내를 한시간 동안 한바퀴 돌았을 때 내는 금액이었다. 그러나 상관없었다, 그 집에 갈 수만 있다면.

"다시 시내로 나갈 건가요?"

남자가 물었다. 나는 시간이 오래 걸릴 거라고 대답했다. 남자는 문제없다는 듯이, 자신은 저 나무 밑에서 자고 있을 거라고 했다.

"씨에스따니까요. 중심에서 조금만 벗어나면 이 시간에 그렇게 졸릴 수가 없어요."

수면이 원심력이라도 가졌단 말인가. 그렇다면 며칠째 불면 상태인 나는 계속 중심을 벗어나지 못하고 있는 게 아닌가. 마차를 뒤로하고 그 골목 안으로 들어갔다. 골목 전체가 낮잠에 빠진 것처럼 고요했다. 나는 집집마다 현관문 옆에 붙어 있는 번지수를 하나씩 눈으로 더듬었다. 타일로 된 것도 있고 나무로 된 것도 있었다. 80, 78, 76, 그리고 74. 내가 찾던 그 주소가 바로 눈앞에 있었다. 대문은 초록색이었고 벽은 다른 집들처럼 흰색이었다. 흰 벽에 꽃으로 장식된 창문이 하나, 둘, 셋, 넷. 창마다 느슨하게 드리워진 발. 벽의 한끝에는 노란색 우체통이 걸려 있었고, 흰 벽 아래쪽으로는 물이 흐르지 않는 수로가 뻗어 있었다. 나는 그 앞에 서서 휴대전화를 만지작거렸다. 휴대전화 속에는 삼백개의 스페인어 문장이 담긴 애플리케이션이 있었다. 강한 햇빛에 반사되어 액정 속이 제대로 보이지도 않았지만, 어쩌면 이 삼백개 문장 안에서만 말을 해야 할 상황이 올지도 몰랐다.

어렵게 초인종을 두번 눌렀으나 누구도 나오지 않았다. 그러나 초록색 문은 살짝 열려 있었고, 문과 벽 틈새로 햇빛과 바람만이 왕래하고 있었다. 나는 마치 바람인 양 혹은 햇빛인 양, 그 문틈으로 내 몸을 밀어넣었다. 실례합니다,라고 말하긴 했지만, 그건 나에게만 겨우 들릴 정도의 목소리였다. 문은 너무도 싱겁게 안으로 밀려들어가며 내부를 공개했다. 전체적으로 노란빛이 느껴지는 거실. 그 속에서 혹시 내가 읽어낼 수 있는 무언가가 있을까봐 찬찬히 거실을 살펴보았다. 분명 사각의 입체적인 공간이었으나 시계 초침 소리조차도 들리지 않아서 이 공간 자체가 벽에 걸린 그림처럼 평면적으로 느껴졌다.

집 안으로 통한 또 하나의 문은 양쪽이 다 열리는 구조였는데, 그 두 문짝 사이가 좀 열려 있었고, 그 틈으로 아주 가늘고 선명한 햇빛이 한줄기 오가고 있었다. 기척이 느껴진 순간 그 바닥에 길게 나 있던 빛의 그림자가 더 넓어졌다. 그 사이로 한 남자가 걸어나왔다.

나와는 아무런 상관도 없는 남자였다.

적어도 한국인이 아닌 것은 분명한, 그런 남자. 이곳 거리 어디에서나 흔히 볼 수 있는 남자. 머리가 희끗하고 배가 두둑하게 나온 남자였다.

"아…… 실례합니다."

진녹색 수첩을 내밀고 휴대전화 애플리케이션 속의 한 문장을 눌렀다. 수첩에는 내가 찾아야 할 이름의 한국어 버전과 스페인어 버전이 나란히 적혀 있었고, 휴대전화에서는 이런 말이 흘러나올 예정이었다.

'이 집에 사는 사람을 찾고 있어요.'

다소 익살스럽게 느껴질 만큼 쾌활한 목소리였는데, 집 주인 남자는 그 스페인어를 한번에 알아듣지 못한 듯싶었다. 내가 한번 더 그 문장을 들려주자 남자가 나를 쳐다보며 진심이냐고 물었다. 그건 또렷한 영어였다. 태양 때문인지 긴장감 때문인지, 다소 무뎌진 손가락이 의도한 것보다 한줄 아래의 문장을 눌러버린 것이었다. 그 결과 흘러나온 건 이런 말이었다.

"전화번호를 주시겠어요, 아니면 제가 집까지 따라갈까요?"

다행히 남자는 그들의 언어 말고도 영어를 할 줄 알았다.

"이 시간에 돌아다니는 건 관광객과 도둑뿐이거든요."

남자는 나에게 어느 쪽이냐고 물었다. 나는 그 어느 쪽도 아닌 것 같다고 대답했다. 그는 진땀을 빼고 있는 나에게 의자를 권하고는 차가운 라임 음료를 한잔 가져다주었다. 남자는 내가 내민 사진을 유심히 보았다. 나는 그런 남자의 표정을 유심히 보았다. 그의 깊게 팬 주름이 움직이면서 내가 원하는 답이 나올 순간을 기다리고 있었다. 남자가 마침내 손가락으로 사진을 가리키며 입을 열었다.

"확실히 이건 내가 아닌 것 같군요."

맥이 빠진 내 얼굴을 보면서 그는 또 말했다.

"내가 아는 사람도 아니고요. 당신의 애인인가요?"

애인이 아니라 아버지라는 말은 하지 않았다. 사진 속 남자는 서른살 무렵의 아버지였다. 그러니까 내가 태어났을 무렵의 아버지이자 곧 나와 이별할 때의 아버지 모습이었고, 내가 가진 유일한 그의 사진이었다. 나는 이 사람의 행방 때문에 한국에서 여기까지

왔다는 말을 했다. 그가 이 집에 살고 있다는 소식을 들었다고.

"내가 이 집에서 태어나서 여기서 자랐다는 사실이 미안해지네요. 이 집에 나 말고 다른 남자라고는 한달에 두번씩 모이는 내 형제들이 전부인데 그들은 이렇게 잘생기진 않았어요."

진녹색 수첩 속 주소를 보던 남자는 이걸 보라며 주소가 다르다고 말했다. 그가 메모지에 적은 이 집의 주소는 내 수첩에 적힌 주소와 같은 게 아니었다. 얼핏 보면 비슷했지만 철자가 두개나 달랐고, 철자 두개로 인해 위치도 의미도 완전히 달라졌다. 이곳은 내가 찾는 사람과는 아무런 상관이 없는 집이었던 것이다.

"그럼, 혹시 이 주소는 모르시나요? 택시기사들도 잘 모르는 것 같아서요."

남자는 처음 들어보는 거리의 이름이라고 했다. 그러나 쎄비야에는 무수히 많은 골목이 있으니 자신이 모르는 곳이 있을 가능성은 항상 남아 있다고 덧붙였다.

"이곳에서 태어나서 육십년을 살았지만 아직도 못 가본 길이 있으니까요. 아, 주소를 찾으려면 여기로 가보는 게 좋을 겁니다."

그가 적어준 건 스페인광장에 있는 주정부청사의 주소였다. 나는 서둘러 자리에서 일어섰다. 골목 끝에서 뒤를 돌아보니 태양이 좀더 강렬해진 건지, 대문의 초록색이 조금 옅어진 것도 같았다. 창문 하나도 그새 잠든 것인지 네개가 아니라 세개만 보였다. 모든 것이 한 김 빼면서 옅어지는 시간, 나만 아직 그대로였다.

길 끝에 마차는 없었다. 엉뚱한 주소에 나를 데려다놓은 그 허술한 마차는 이미 사라지고 없었다. 여기서 졸고 있겠다더니 보이지도 않았다. 중심가를 벗어났다던 그 마부의 말이 떠올랐다. 관광안내소도, 오가는 택시도, 아니, 그냥 걷는 사람도 한명 보이지 않는 이 거리는 중심가에서도, 내가 찾는 주소에서도 멀리 있었다. 쏟아지는 햇빛에 눈이 베일 것 같다고 생각하고 있을 때, 방금 지나쳐 온 골목에서 그림자 하나가 걸어나왔다.

남자가 나를 다시 부른 건 단지 태양 때문이었다. 이 시간에 돌아다니면 쓰러질지도 모르니, 택시가 올 때까지 기다리라고 했다. 그건 내가 기대한 말이 아니었다. 뒤늦게라도 아버지에 대한 어떤 단서를 그가 찾아낸 게 아닐까, 심장이 뛰었던 것이다. 그러나 그가 권하는 대로 들어가 의자에 앉자, 내가 지붕 밑에 있다는 사실이 무척 다행스럽게 느껴졌다. 이 씨에스따에는 누구라도 지붕이 필요했다. 왜 쎄비야의 골목들이 건물과 건물 사이에 차양을 드리우는지 알 듯한 오후였다.

남자는 전화기를 들더니 내게 주정부청사로 갈 거죠? 하고 물었다. 남자는 자신 앞에 있는 이방인이 타국의 주소를 들고 무작정 마차를 타기 전에, 그보다 먼저 행정기관을 찾아갔으리라는 건 생각지 못하는 것 같았다. 관공서마다 결론은 비슷했다. 이런 거리 이름은 존재하지 않고, 스페인 전역에 두어곳 이런 거리 이름이 있긴 한데, 그건 쎄비야가 아니라 한참 떨어진 다른 도시에 있는 거리였다. 그 주소들은 각 단어 단위로는 존재했으나, 그걸 다 조합해두면 말이 안되는 주소였다. 결과적으로 스페인 내 어디에도 존재하지 않는 주소였다. 주소 속의 숫자 0과 알파벳 O를 혼동한다거나 숫자 1과 7, 혹은 문자 I나 L을 착각할 여지에 대해서도 고려해보았다. 그러나 그 어느 쪽으로도 이런 주소는 유효하지 않았다. 그건 쎄비야에 도착한 첫날의 일이었다. 그후 며칠간 나는 무작정 택시나 음식점 주인들에게 주소를 보여주곤 했으나, 그 주소를 안다는 사람이 없었다.

나는 일단 대성당으로 가겠노라고 말했다.

"대성당에 가면 콜럼버스 묘가 있는데, 봤어요?"

아직 그 내부에 들어가본 적이 없지만, 봤노라고 대답했다. 그리고 이렇게 덧붙였다.

"그게 가짜라면서요."

그건 쎄비야에 오기 전에 우연히 읽은 이야기였다. 콜럼버스에 대한 이야기라기보다는 죽은 후에도 끊임없이 머리카락이나 묘에 대한 의심을 받는 이들의 이야기였다. 모차르트와 데까르트, 그리고 콜럼버스가 함께 있었다. 저 대성당에 있는 것이 콜럼버스가 맞다면, 그의 유골은 세번 이장을 한 셈이었다. 사망 직후 스페인 성당에 있던 것을 그의 며느리가 도미니까공화국으로 이장한 게 첫번째였고, 그것이 다시 꾸바로 옮겨졌다가, 다시 스페인의 쎄비야로 세번째 이장이 된 것이다. 그러나 도미니까공화국의 주장에 따르면 스페인이 가져간 콜럼버스의 유해가 가짜였다고 한다. 여전히 콜럼버스는 도미니까에 누워 있다는 것이다. 사실 여부와 관계없이 지금도 사람들은 쎄비야의 콜럼버스 묘 앞에서 이게 실은 가짜인지도 모른대,라는 말을 하곤 했다.

남자는 나에게 콜럼버스의 국적을 아느냐고 물었다. 내가 얼른 대답하지 못하자, 그가 이어 대답했다.

"보통은 이딸리아 사람으로 알고들 있지요. 제노바 출신의 방직공 아들로요."

"아, 이딸리아군요."

"그런데 그게 아니래요."

"그럼요?"

남자는 콜럼버스 사망 이후 그의 아들이 제노바로 갔던 이야기를 꺼냈다. 아버지의 전기를 쓰기 위해서였는데, 아들은 제노바에서 일가친척은 물론이고 아버지에 대한 어떤 정보도 발견할 수 없었다. 심지어 그 아들은 아버지가 이딸리아어를 쓰는 걸 본 기억도 없었다. 내가 흥미를 보이자, 남자는 이 시간에 자지 않고 깨어 있는 사람들은 도둑과 관광객 말고도 한 부류가 더 있다며 내게 술을 하겠느냐고 물었다. 그렇게 나는 두어잔의 차가운 술과 함께 콜럼버스에 관한 이야기를 듣게 되었다. 모든 것은 생전에 콜럼버스가 자신의 출신지를 숨겼기 때문에 생겨난 것이었다.

그의 말에 따르면 콜럼버스에 대한 추측은 쎄비야의 골목들만큼이나 여러갈래였다. 콜럼버스에게 의문을 제기하는 사람들은 대부분 제노바의 콜럼버스는 우리가 아는 그 콜럼버스가 아닌 동명이인일 거라고 말한다. 하나의 인간으로 볼 수 없을 만큼 교육수준이나 성향부터 그 모든 것이 너무 달랐기 때문이다. 그에 대한 의혹과 동시에 어떤 사람들은 그가 '콜롬'이란 성을 쓰는 까딸루냐 귀족 가문의 서자였을 거라고 주장했다. 콜롬 가문이 스페인 왕과 적대적인 세력을 지원했기 때문에 신분을 숨길 수밖에 없었다는 얘기였다. 그런가 하면 콜럼버스가 유대인이라는 설도 있었다. 당시 종교재판의 불길이 거세던 스페인에서 신분을 숨긴 이들은 대부분 유대인이었으니까. 콜럼버스의 필체를 보면 쉼표를 사선 형태로 쓰는 버릇이 보이는데, 그것 역시 당시 유대인들의 습관이었다. 뽀르뚜갈 귀족가문의 서자라는 말도 있었고, 교황과 로마 여인 사이 불륜의 산물이란 말도 있었다. 어떤 이는 그가 진정한 폴란드인이라고 말했고, 스코틀랜드나 리투아니아 황실의 핏줄이란 말도 있었다.

쎄비야는 온갖 허상이 실재처럼 모이는 곳인가. 백일몽처럼 들려온 콜럼버스의 이야기는 여러모로 아버지의 것과 닮아 있었다. 아버지도 콜럼버스처럼 여기에 존재했는지, 언제 어디서 온 사람인지 알 수 없었다.

서른살이 되는 동안 종종 내 친부모를 안다는 이들에게서 연락이 왔다. 버려졌든 실종되었든 두살 이전에 부모로부터 떨어져나간 자식에게는 가혹하다 싶을 정도로 끈질기게 부모에 관한 이야기가 들려왔다. 물론 내가 그 소식들에 귀를 기울였기 때문이지만. 어떨 때는 아버지였고 또 어떨 때는 어머니였으나 결과적으로 그중에 진짜는 없었다. 접선할 수 있는 영역들이 넓어질수록 진짜를 찾을 확률은 더 적어졌다. 매해 생일이 돌아올 때마다 나는 꼭 일년씩 내 친부모를 찾을 확률로부터 멀어지는 기분을 느꼈다. 어릴 때는 왜 친부모를 찾아야 하는지에 대해 양부모가 오히려 나를 설득했다. 그들은 내게 뿌리와 역사는 중요한 거라고 했다. 사춘기가 지나서는 어떤 오기나 습관처럼 친부모를 찾아댔다. 친부모의 존재를 잊고 지낸 적도 있었고, 표면적으로 그러지 않을 때와 큰 차이는 없었다. 그러다 지금은 정말 궁금해졌다. 이를테면 내가 틀어진 자세를 교정하러 갔을 때, 마사지사는 내 골반을 교정하다 말고 어릴 때 많이 업히셨나봐요,라고 말했다. 어릴 때 많이 업힌 아기들은 골반이 벌어진다는 것인데, 그런 말을 들을 때면 내가 누구의 등에 그렇게 업혔는가에 대해 생각하지 않을 수 없는 것이다. 그건 내 양부모일 수도 있지만 친부모일 수도 있다. '체질'이라든가 '유전'이라든가 하는 말들을 마주칠 때면 새삼 나의 그것들은 어디서 기인했는지를 거슬러오르게 되는 것이다. 그래서 지금은 그들이 궁금해졌다. 나를 낳은 사람들은 어떻게 생겼는지, 어떤 목소리를 가졌는지, 어떤 성향의 사람들인지 궁금해진 것이다. 내가 감정의 굴곡을 몇번이나 겪는 동안 변치 않는 명제는 하나뿐이었다. 삼십년 동안 친부모는 나를 한번도 찾은 적이 없다는 것. 적어도 나만큼 적극적이진 않았다는 것. 그랬다면 이렇게 모든 구멍을 열어놓고 있는 내게 소식이 닿지 않았을 리 없다는 것.

그 변치 않는 명제들을 떠올리면 그만둘 법도 한데, 나는 또 친부의 주소라고 알려진 그것을 받아적었던 것이다. 이번에는 스페인이었다. 한번도 그들이 한국을 벗어나 있을 거라고는 생각해본 적이 없어서 낯설었고, 그러면서도 한편으로는 지금까지의 헛걸음과는 다를 거라는 기대감이 생겼다. 여름휴가에 연차를 더 붙여서 열흘의 휴가를 만들었다. 직장동료는 내가 스페인으로 휴가를 간다고 하자 부럽다고 했다.

남자의 말에 따르면 몇세기 동안 계속되어오던 콜럼버스에 대한 논쟁들이 드디어 검증의 시간을 만난 게 지난 2003년이었다. 쎄비야 대성당에서는 단 육일의 시간을 제공했고, 콜럼버스의 직계후손들이 보는 앞에서 그라나다 대학의 연구팀이 콜럼버스의 유해를 건네받았다. 나는 조금 놀라서 되물었다.

"묘를 파헤쳤다고요?"

"그 방법밖에 없으니까요."

스페인, 이딸리아, 뽀르뚜갈 등지에서 콜롬이나 콜롬보, 콜론 같은 성씨를 가진 사람들 천여명이 자신의 DNA를 자료로 제공했다. 스페인에서는 콜럼버스라는 이름보다는 콜롬이라고 자주 불렸다고 했다. 콜롬, 콜론, 콜롬보, 그런 성들은 결국 콜럼버스와 동일하거나 아주 유사한 변종들이었으므로 그의 후손일 가능성이 높았다. 성씨가 다르더라도 콜럼버스가 자신의 조상이라고 주장하는 사람들도 DNA를 연구진에게 보내왔다. 나는 일면식도 없던 이들의 타액과 머리카락, 숟가락이나 칫솔이 한데 엉켜 뒹구는 장면을 떠올렸다. 남자는 자신의 이름도 콜롬이라고 했다. 그 역시 한방울의 침을 연구진에게 보낸 사람이었다.

"콜럼버스의 직계후손들, 그라나다 대학의 연구진들, 그리고 언론이 보는 앞에서 콜럼버스 유골함의 고대 열쇠가 등장했지요. 그리고 관이 열렸습니다."

콜럼버스의 관이 열린 대목에서 전화벨이 울렸고, 택시가 골목 앞에 도착했다. 나는 뜨겁게 달궈진 택시에 올라탔다.

불면에 시달리는 나와 달리 이 도시는 하루에 두번도 더 잠들었다. 오후의 몇시간, 그리고 밤의 몇시간. 나는 어떤 쪽으로도 이 도시에 흡수되지 못하고 거리의 먼지처럼 떠다녔다. 땅이 가장 뜨겁게 달궈진 오후, 그 몇시간의 공백에는 노면전차의 철로만 태양 아래서 뜨거운 숨을 쉬었다. 도심의 풍경이 한순간, 마치 퓨즈가 나간 것처럼 뚝 끊기는 것이다. 그러고는 관광객들만 이 잠든 도시를 순례한다. 바로 지금과 같은 순간을 걷고 있으면, 어느 순간 단지 빛만으로 귀가 멀어버릴 것 같은 기분에 휩싸이곤 했다. 둥근 고막에서 마지막 소리가 길게 빠져나가는 것을 느끼면서, 나는 기어코 혼자가 되곤 했다.

쎄비야로 떠나오기 전에도 뒤척인 밤들이 있었고, 이 불면증의 기원이 어디인지 헤아려보는 건 너무 아득한 일이었다. 그러던 것이 일주일 전, 이 낯선 도시에 도착한 후부터는 보란 듯이 잠을 생략하고 있었다. 시차 때문이라고 볼 수는 없었다. 오늘도 나는 일찍 깨어났다고 해야 할지, 아직 잠들지 못했다고 해야 할지 모호한 시간에 일어나 저만치 동이 터오는 과달끼비르 강을 바라보았다. 아니, 이건 과장된 표현인지도 몰랐다. 내가 머무는 호텔은 쎄비야 기차역에 가까이 있어서 이곳 창문에서 볼 수 있는 건 호텔 앞의 대로와 건너편의 다른 호텔들 정도였다. 강은 호텔에서 보이지 않았다. 그러나 이 길을 따라 구시가로 들어가면 어느 틈에 따라붙은 강을 발견할 수 있을 것이라고 생각했고, 정말 조식을 먹자마자 그 길을 따라 강을 따라 구시가로 들어왔던 것이다. 구시가에서 택시를 잡느라 한참을 소진했고, 마차 한대를 만났고, 엉뚱한 집을 거쳐서 다시 대성당으로 왔을 때도 태양은 그대로였다.

대성당의 남쪽 모서리에 콜럼버스의 관이 있었다. 네명의 스페인 왕이 관의 네 귀퉁이를 받들고 있는 형태였다. 이건 자신의 몸을 스페인 땅에 닿게 하지 말라던 그의 유언에 충실한 구조였다. 나는 그 공중에 떠 있는 관을 한참 바라보았다. 저 아래, 콜럼버스의 유골함 안에는 모두 세종류의 뼈가 들어 있었다. 하나는 콜럼버스의 것, 다른 하나는 그의 형제 디에고, 다른 하나는 그의 아들 뻬르난도의 것이었다. 그중에 콜럼버스의 것이 가장 갯수도 적고 크기도 작았다. 뼈에서 어떤 기원을 읽어내기 위해서는 뼈를 가루화해야 했다. 허락받은 엿새 동안 콜럼버스의 유골은 전문가에 의해 하나씩 조심스럽게 부수어졌다. 이 뼈에서 추출한 DNA가 수천명의 준비된 DNA와 일치하는지의 여부를 알아봐야 하는데, 단서는 쉽게 나타나지 않았다.

관 앞에 서서 나는 보이지 않는 뼛조각을 더듬었다. 그리고 그걸 하나씩 부수었다. 뼈가 가루가 되면 그 안에서 어떤 이야기가 쏟아지는가. 내가 읽어낼 수 있는 무언가가 있긴 있는가. 지난 일주일, 쎄비야에서의 동선은 다 아버지의 행보를 되밟는 것이었는데, 그 동선에서 확인할 수 있었던 건 여기에 정말 그가 살았을까, 하는 의구심뿐이었다. 나는 지금 내 아버지의 것인지 아닌지도 확실치 않은 뼈를 하나씩 부수면서 어떤 흔적을 찾으려 애쓰고 있었다. 남은 뼈는 충분하지 않았다. 엿새의 시간도 절반 이상 흘러가 있었다. 콜럼버스 연구팀은 결국 좀더 명확한 결과를 위해 미국행을 택했다. 콜럼버스는 오래전에 그랬던 것처럼, 대서양을 건너게 되었다. 살은 이미 증발한 채로, 몇조각의 뼈만 남은 형태로.

모두 잠든 낮, 잠들지 못한 나는 단지 상상할 뿐이다. 콜럼버스의 대장정을. 1492년의 그것이 아닌, 2003년의 그것을. 대서양을 건너는 몇조각의 뼈를. 그 뼈는 과연 당대의 권력자 콜럼버스의 것인가, 아니면 도미니까에서 잘못 공수된 엉뚱한 사람의 뼈인가.

이제 어디로. 멍하니 들린 관을 바라보고 있을 때 한국 여자 둘이서 일단 탑부터 봐야 돼, 탑부터,라고 말하는 소리가 들렸다. 그들의 뒤를 따라 나도 탑으로 올라가기로 했다. 줄은 길었다. 그러나 앞사람의 등짝과 엉덩이를 보고 올라가는 동안에는 차라리 마음이 평온했다. 그렇게 올라선 히랄다 탑에서는 쎄비야의 전경이 아주 낮은 무엇처럼 저 아래 있었다. 나는 그곳에서 이제 막 씨에스따를 끝내고 저녁을 준비하는 거리를 가만히 바라보았다. 아버지도 언젠가 이곳에 왔었을까. 체류자인지 거주자인지, 어떤 형태로든지, 이 도시에 머물렀다면, 그도 대성당을 보고 줄을 서고 탑에 올랐을까. 카메라 셔터를 누르고 어쩌면 저 관광용 마차에 몸을 싣기도 했을까. 혼자가 아니었을지도 모르고, 다른 누군가의 좋은 아버지나 남편이었을지도 모른다. 나는 그에 대해 상상하는 것이 전혀 불편하지 않다. 그에게 딸이 있고 아들이 있고 아내가 있는 상상을 하는 것도 어색하지 않다. 나는 그를 아버지라고 충분히 부를 수 있다. 그 모든 건 내가 그를 한번도 만난 적이 없기 때문이었다. 그는 한번도 내 삶에 있어서 실물인 적이 없어서, 그저 막연했기 때문에, '아버지'라는 말을 아무리 붙여도 도무지 내 살처럼 울컥하지가 않았다.

이곳 호텔 직원들은 과로에 시달리는 게 분명했다. 그러지 않고서야 그렇게 모든 일처리가 느릴 수가. 어떤 사람은 자신이 부탁한 일을 재촉하려고 프런트에 왔다가 여긴 미국이 아니야,라는 말을 들어야 했다. 나도 진녹색 수첩 속의 주소를 프런트의 여자에게 내밀며 여긴 쎄비야가 맞나요,라고 물었다. 여자는 수첩을 보더니 컴퓨터에 뭔가를 두드리기 시작했다. 그러고서 퉁명스럽게 말했다. 쎄비야라고 쓰여 있잖아요, 주소에.

"그러네요."

나는 이제야 쎄비야란 활자를 읽은 사람처럼 수첩을 건네받고는 돌아섰다. 그때 프런트의 여자가 다시 내게 말했다.

"그런데 그 주소는 없겠죠, 그건 옛날 주소일 테니까."

쎄비야의 주소체계가 크게 바뀐 적이 몇차례 있었다고 말해준 이는 호텔 프런트의 그 퉁명스러운 직원이었다. 주정부청사에 가서 이것이 예전 주소인 것 같다고 말하니 그들은 거짓말처럼 누구도 알지 못하던 그 주소를 통용될 수 있는 주소로 번역해주었다. 왜 이렇게 간단한 것을 그때는 해주지 못했는가 생각하면 이 관공서의 행정처리 능력에 화가 치밀어올랐지만, 이 청사에 밀려드는 민원의 규모는 상상 이상이었다. 어쨌거나 나는 새 주소를 확보한 셈이었다. 그건 누구나 읽을 수 있는 주소였다. 택시는 주소를 보고 이리저리 이동했고 더이상 차로 들어갈 수 없는 길목 앞에 나를 내려주었다. 이제 이 길에서 74번지를 찾기만 하면 되는 거였다. 나는 걷기 시작했다.

공교롭게도 이 주소는 소문의 발원지였던 나눔원으로부터 친부의 소식을 찾았다는 연락이 온 직후에 받은 것이었다. 그곳에서는 내 친부로 추정되는 인물의 사망기록을 발견했고, 내가 찾고 있던 주소는 아무래도 오류에 의한 것으로 친부는 죽을 때까지 한국을 떠난 적이 없다고 했다. 그가 죽은 시기는 오년 전. 뭔가에 홀린 것 같았다. 그럼 내가 손에 넣은 이 주소는, 이 뜬금없는 스페인행의 초대장은 누구의 것이란 말인가. 그걸 단지 '오류'라고 말할 수 있단 말인가. 홀린 것은 내 기분일 뿐, 모든 퍼즐은 이제 맞춰지고 있었다. 나는 이제 한국으로 돌아가면 되는 것이었다. 비행기는 모레 아침이었다. 내게는 단 이틀밖에 시간이 없었다. 열흘의 휴가는 말도 안되는 주소를 찾는 데 알차게 소진되었다. 그러나 내게는 사실 여부와 관계없이 믿고 싶은 이야기가 있었다. 이 상황에서 나는 묘하게 콜럼버스 이야기의 결말을 떠올렸다. 대성당의 유골이 진짜 콜럼버스의 것이라고 밝혀졌음에도 불구하고, 도미니까에서는 자신들이 콜럼버스라 주장하는 유골을 밝히기를 거부했다. 그것이 만약 가짜로 밝혀진다면 그 콜럼버스 무덤 앞 등대를 건설할 때 발생한 수많은 인명피해와 그밖의 피해들을 이제 와서 어떻게 해야 한단 말인가. 나도 지금 도미니까의 입장에 놓인 것 같았다. 할 수만 있다면 아버지의 묘를 열어 그의 얼굴을 확인하고 싶은 충동을 느꼈다. 그러나 어떤 얼굴이 있다 해도 내가 그것을 어떻게 읽어내야 할지 알 수 없다는 게 두려웠다. 나는 차라리 믿고 싶은 쪽으로 가고 싶었다.

새 주소에 부합하는 골목. 그러나 그곳에서 십분이 채 지나기 전에 내가 느낀 것은 이 거리가 아닐 거라는 확신이었다. 내게 처음

문을 열어준 주소의 주인은 아버지와 전혀 관련이 없는 사람이었다. 사실 아버지와 관련이 있다 해도 내가 그를 알아볼 방법은 없었다. 어떤 이는 내게 찾는 사람이 누구냐고 물었는데, 나도 그게 누구인지 이젠 알 수가 없었다. 그 골목에서 나는 마치 이물질 같았다. 골목은 끝없이 이어져 이미 내가 처음 들어왔던 그 거리 이름은 사라진 후였다. 골목이 바뀌어도 변하지 않는 사실은 여기엔 아무도 없다는 거였다. 나는 걷기 시작했다. 오후 일곱시. 하나둘 집집마다 오렌지빛의 불을 켜고 저녁을 준비하는 시간에도 걷고 있었다. 이제는 시내로 나가고 싶어도 택시를 잡아탈 수 있는 어떤 곳으로 가고 싶어도 출구가 보이지 않았다. 멈춰 서서 지금 내가 걸어온 길을 돌아보았다. 내가 왜 여기에 서 있는지 알 수 없었다. 어디에도 신대륙처럼 융기하는 그런 길은 나타나지 않았다. 오래 전부터 이곳에서 살았노라, 단지 네가 지금 발견했을 뿐이라, 말해주는 그런 집은 어디에도 없었다. 아무도 나타나지 않은 채로 기어코 해는 떨어졌다.

"이런, 그때 그 아가씨 아닌가? 관광객도 아니고 도둑도 아니신 분."

익숙한 목소리와 표정의 남자가 내 앞에 서 있었다. 콜롬이었다. 그의 등장으로 미로 같던 동네에서 갑자기 익숙한 표식들이 들어오기 시작했다. 이번엔 그때 시작했던 골목의 정반대쪽에서부터 그 골목을 바라볼 수 있었다. 64, 66, 68, 70, 72, 그리고 74.

초록색 대문의 집, 다시 네개의 창문, 노란 우체통, 골목을 따라 가지런한 물의 길. 나는 다른 경로로 출발했는데도 또 이 집 앞에

도달해 있는 스스로가 민망하고 이상해서 어색하게 웃었다. 웃다가 일그러지다가, 울고 말았다. 이곳의 태양과 미로 같은 골목, 그리고 실체 없는 주소 속에서 지치고 지쳐 뭐라도 몸 밖으로 밀어내야 했던 것이다. 팽팽한 근육처럼 건강하던 기대감이 갑자기 인대가 파열되듯이 끊어져 너덜너덜해진 것만 같았다. 콜롬이 다가와 내 어깨를 두드리며 말했다.

"우리 이렇게 합시다. 일단 당신이 전화번호를 주시겠어요, 아니면 제가 집까지 따라갈까요?"

그건 스페인어 억양을 흉내 낸 익살스러운 영어였다. 내 머릿속에서도 스페인어 표현으로는 남아 있지 않고 번역어로만 남아 있는 문장이었다. 그는 나에게 운이 정말 좋다고 말했다. 오늘은 그의 가족들이 함께 식사를 하는 날이라는 것이다. 가깝게는 바로 옆 골목에서부터, 멀게는 하엔에서까지 가족들이 이곳으로 모인다고 했다. 그러고 보니 집 안에서 어떤 소리들이, 어떤 불빛들이 새어나오는 것 같았다. 콜롬이 문을 열고 내게 먼저 들어가라는 시늉을 했다. 집 안의 모든 것이 입체적이었다. 수많은 시선이 나를 쳐다보았다. 이 낯선 사람들 속에서 허기가 느껴진다는 게 정말 놀라운 일이었다.

노란색 테이블 위에 열명 남짓한 사람들이 둘러앉았다. 콜롬이 나를 가족들에게 소개했다.

"얼마 전에 내게 휴대전화로 고백을 하려고 했던 아가씨야. 그런데 휴대전화에서 남자 목소리가 튀어나와서 누구의 고백인지 헷갈렸지."

내가 그 쾌활한 남자의 목소리를 다시 들려주자, 콜롬의 가족들이 웃었다. 콜롬은 두가지 언어로 얘기했다. 나를 위한 영어, 그리고 그의 가족들을 위한 스페인어. 그런 동시통역의 과정은 마치 돌림노래를 부르는 것처럼 느껴졌다. 가족 중에 누가 스페인어로 뭐라 말을 하면, 그 말을 이해하는 사람들이 우르르 웃고, 콜롬이 그 말을 영어로 바꿔 말하면, 내가 뒤늦게 따라 웃는 식이었다. 내 웃음을 다른 사람들이 알아듣는 데는 어떤 통역의 과정도 필요하지 않았다. 콜롬의 가족들은 관광객도 아니고 도둑도 아닌 이방인이 자신들의 말에 활짝 웃는다는 사실 자체가 즐거운지 또 우르르 웃었다. 대화보다 더 본능적인 리듬에 가까운 그런 시간이었다.

콜롬이 내게 애인을 만났느냐고 물었는데, 나는 아버지를 찾지 못했다고 대답했다. 그건 동문서답이었지만 사실이었다. 나는 며칠째, 일주일이 넘도록 잠을 제대로 자지 못했다고 말했고, 이곳은 너무 덥지만 한편으로는 자꾸 팔에 소름이 돋는다고도 말했다. 이곳의 음식들은 맛있지만 너무 짜고, 빠에야는 한국에서 더 맛있게 먹었던 것 같다고. 태양은 모든 것을 녹일 것 같아서 축복이라기보다는 고문에 가깝다고. 그 모든 것 중에 최악은 나를 비롯해서 누구도 주소를 제대로 볼 줄 모른다는 거라고. 오늘도 그 주소를 찾다가 결국은 미로에 갇혀버렸고, 스페인의 골목은 너무…… 외롭다고. 거리 곳곳에서 구애 중인 사람들이 있고, 거리 자체가 사람들에게 구애하는 것도 같지만 그 모든 것에서 나는 소외되어 있다고. 내가 여기에 와 있는 이유를 잊어버렸다고. 나는 마치 다른 사람이 말하는 것을 말리지 못하고 지켜보듯 내 입에서 터져나오는 말들을 단지, 들었다. 울지 않기 위해서는 말해야 했다. 이건 말이라기보다는 구토에 가까운 행위였는데 콜롬은 내 감정의 배설조차도 열심히 통역하고 있었다. 콜롬의 가족들은 진지하게 내 이야기를 들었고, 내 마지막 한방울의 말까지 모두 들어주려고 애썼다. 통역에 통역을 거듭해서 돌아온 답은 퍽 따뜻했다.

"그래서 우리가 이렇게 만난 거 아니겠어요. 다행이네요."

"모든 일에는 이유가 있을 테니까요. 아가씨는 이 미로를 거칠수밖에 없는 운명인 거예요."

"쎄비야는 세련된 곳이 아니지만, 그래도 따뜻한 곳이에요."

그들은 저마다 한마디씩 내게 말을 전하려고 애썼다. 그리고 자신들의 이야기를 들어보라고 했다. 나는 신선한 여름수프를 먹으며 그들의 이야기를 들었다. 콜롬과 그의 두 남동생, 그리고 두명의 누나까지 이들 다섯 남매는 일찌감치 한 아버지의 자식들이 아니라는 걸 알고 있었다. 그들 중 두사람 정도는 아버지가 달랐다. 그걸 모르는 이는 없었지만 그들은 자신들의 아버지가 다르다는 사실을 의심할 만큼 외모도 성격도 닮았다. 그들의 우애와 화목을 만든 건 서류상으로 그들 모두의 아버지였던 사람이었다. 그 아버지는 가끔 자신의 친자식이 누구였는지 잊어버렸고, 그걸 다시 기억할 필요가 없다고 생각했다. 그들 다섯 남매는 이미 모두 그의 자식들이었다. 아버지가 병환으로 누웠을 때, 텔레비전에서는 연일 콜럼버스의 뿌리 찾기에 대해 보도하고 있었고 그들은 날마다 그 이슈를 지켜보았다.

그건 그렇게 한방울의 침으로 시작되었다. 다섯 남매는 자신들의 타액과 머리카락을, 그리고 아버지의 것을 그 연구진에게 보냈다. 그들은 콜럼버스가 자신들의 조상일 거라고 생각하지 않았지만 아버지가 흥미로워했기 때문에 그를 위한 이벤트로 동참했다. 당시 연구진에게 DNA를 제공한 사람들, 그 수많은 잠정적 콜럼버스 후손들은 어서 연구 결과가 나오길 기다렸지만, 연구진은 계속 뜸을 들였다. 일부러 그런 것은 아니겠지만 결말은 어려웠다. 오히려 DNA 검사보다는 콜럼버스의 편지나 서류 등에 남은 그의 필체나 언어 습관에 주목한 언어학 연구 쪽이 더 믿을 만한 결과들을 내고 있었다.

"결국 그 그라나다 연구팀에서 결론을 냈는데 그게 뭐였는지 알아요?"

콜롬이 묻고 그들의 가족들이 대답했다.

"과학은 시간으로 완성된다."

한바탕 웃음이 터졌다.

"결국 과학은 시간만이 증명할 수 있다는 거였죠. 연구진은 언젠가 우리가 더 나은 기술을 갖게 되었을 때, 그때 또 한번 콜럼버스의 뼈를 증명할 기회가 오길 바란다고 했어요."

"그때면 이미 콜럼버스의 뼈가 삭아 있겠지. 지금보다 더."

"결국 다시 그 관을 여는 일은 없을 거야."

콜럼버스의 뼈가 삭아가는 시간과 과학기술이 진보하는 시간 사이에 지금이 있었다. 시간 앞에 모든 것은 다시 봉인되었고, 콜럼버스의 유해는 몇조각 더 가루가 되어버린 채로 귀환했다. 연구진이 수많은 뼈들을 조사한 결과 밝혀낸 사실은 두가지였다. 하나는 콜럼버스가 유대인의 형질을 갖고 있지는 않았다는 점, 그리고 또 하나는 콜럼버스의 DNA에서 어떤 특징을 발견했지만, 그건 다른 모든 DNA 제공자들, 그러니까 뽀르뚜갈과 이딸리아와 스페인의 다양한 DNA 제공자들의 것과 공통적으로 일치해서, 아무런 힌트가 되지 못했다는 점이었다. 결과로만 보자면 콜럼버스는 그들 누구의 조상도 될 수 있는 셈이었다.

그 뭉뚱그려진 해석에 위로를 받은 건 이들, 콜롬 가족뿐일지도 몰랐다. 적어도 그들은 아버지가 병상에서 그 결과를 확인할 수 있었다는 사실에 안도했다. 그 결과를 본 후, 오랜만에 그들은 아버지가 편안하게 잠든 모습을 지켜볼 수 있었다. 그건 그가 죽기 직전에 마지막으로 즐긴 씨에스따였다.

"아버지는 늘 말했지, 씨에스따는 도둑처럼 온다고. 정말 도둑처럼 갑자기 씨에스따가 왔고, 아버지가 아주 편안한 모습으로 잠든 걸 나는 한참을 지켜봤어. 꼭 아버지는 '그럴 줄 알았어. 우리 사이에 차이가 있을 리가 없잖아'라고 생각하는 듯했어."

그게 아버지의 마지막 낮잠이었다. 잠깐 깨어나 저녁을 먹은 후, 아버지는 영원한 잠에 빠졌다. 다섯 남매 모두를 콜럼버스의 형제들로 묶어둔 후에.

두번째 메뉴가 나왔고 세번째 메뉴가 나왔다. 이 사람에서 저 사람으로 옮겨지던 후추통처럼 내 진녹색 수첩도 이 손에서 저 손으로 옮겨지다가, 누군가의 말에 콜롬이 소리쳤다.

"이 주소를 안대!"

일행 중 가장 나이가 많은, 콜롬의 누나였다. 그녀는 이 주소를 알 것 같다며 콜롬에게 뭐라고 중얼거렸다.

"이 주소는 지도 위에 있는 게 아니라 기타 위에 있는 거라네요."

콜롬이 누나에게 기타를 가져다주었다. 그녀는 의자를 조금 뒤로 빼고는 능숙하게 기타를 잡았다. 쎄비야 어디에도 붙어 있지 않던 그 조각난 주소는 노랫말이었다. 그녀가 노랫말을 냅킨 위에 재빨리 적었고, 그것을 콜롬은 다시 영어로 적어주었다. 그렇게 번역의 단계를 거친 노랫말이 내 앞으로 도달한 것을 확인한 다음, 그녀는 노래를 시작했다.

내 집은 여기 안달루시아

그중에서도 쎄비야 미스떼솔 거리 74번지

어떻게 여기로 왔는지

이야기하려면 좀 길지

오랫동안 너를 보지 못했지

수많은 밤이 흘러갔지

그러나 밤은 테이블일 뿐

긴 밤은 조금 더 긴 테이블일 뿐

너와 나는 그때부터 지금까지 아주 긴 밤을 사이에 두고

조금 떨어져 있을 뿐

결국은 하나의 테이블에 마주 앉아 있네

그 사실을 기억하는 건 오로지 잠들 때뿐

나에겐 잠이 필요해

너에게도 잠이 필요해

몇모금의 와인이 내 배꼽 부분에서 목구멍 쪽을 향해 다시 거슬러오르는 듯했다. 그건 함부로 뱉어낼 수 없는 뜨겁고 뜨거운 어떤 것이었다. 단지 그 감정 하나로 이 쎄비야 골목들과 내가 건넌 몇 개의 바다와 낯선 국경들이 모두 합당한 것이 되고도 남을 것 같았다. 여행을 처음 시작했을 때, 나는 이것이 여행이라고 생각하지 못했다. 숙제, 아니 차라리 연행에 가까운 어떤 행로였다. 그러나 그녀의 노래를 듣는 동안 내 안에서 어떤 공기가 역류했고, 비로소 나는 편안해졌다. 노래가 끝나자, 콜롬 가족들은 나에게 아버지가 이 곡을 들려주고 싶었던 모양,이라고 말해주었다. 이 수첩 속 주소가 내게 온 데에는 바로 그런 이유가 있었던 모양,이었다.

오렌지나무가 흔한 도시, 쎄비야에서는 모든 것이 오렌지처럼 가볍게 걸려 있다. 어느 골목에서는 기타가 오렌지나무의 오렌지처럼 가볍게, 어느 골목에서는 두툼한 하몽이 오렌지처럼 가볍게. 태양조차 가로수 열매의 하나처럼 흔하게 걸려 있는 이곳에서 가벼워질 수 없는 건 없다.

세상에 존재하지 않는 주소를 위해 헤매고 또 헤맬지 모르는 나를 위해 그 가족들이 융통성을 발휘한 건 그 집을 떠나온 후에야 알았다. 그 노래 속 주소는 때에 따라 유연하게 바뀌기도 하는 셈이었다. 그날은 쎄비야 미스떼솔 거리 74번지였지만, 다른 날은 또다른 주소가 될 수 있었고, 자주 주인이 바뀌는 가게의 간판처럼 그 주소는 가볍게 교체될 수 있었다. 그러나 그 사실이 내가 받은 그날의 전율을 뒤늦게 흐려놓는 일은 벌어지지 않았다. 내가 찾던 주소, 그러니까 내 아버지의 집은 노래 안에 있었다. 나는 그 이국의 언어를, 그러나 아버지에겐 이웃 같았을 그 노랫말들을 선 굵은 가락 위에서 꼭꼭 씹어 삼켰다. 아버지는 그 밤, 거기에 있었다. 노래 속에 살았다. 그 노래 가사가 일회성의 임시간판이었다고 하더라도, 그 밤의 전율은 사라지는 게 아니었다. 그 노란 식탁보 앞의 조그마한 무대, 그 밤의 따블라오를 떠올리면 여전히 나는 포만감을 느낀다.

그 포만감으로 쎄비야의 마지막 하루, 나는 이 도시를 돌아볼 힘을 가질 수 있었다. 그 열흘 동안 내 행보가 궁금할 게 분명하지만 연락하지 않은, 날 길러준 양부모에게도 연락할 힘을 가질 수 있었다. 그들은 다른 것에 대해 묻지 않고 단지 쎄비야가 어떠냐고 물었다. 나는 따뜻하다고 대답했다. 그들은 맛있는 걸 많이 먹고 오라고 했다. 나는 그러겠다고 대답을 했다. 짧은 통화였지만 우리는, 목소리만으로도 많은 걸 읽어낼 수 있었다.

마침 호텔 앞에서 익숙한 마차를 발견했다. 고삐를 쥔 사람의 얼굴까지 기억하지는 못해서 확인할 길은 없지만, 분명 마차 한대가 거기서 졸고 있었다. 내가 가까이 가자 사람보다 말이 먼저 나를 알아보았다. 갓 잠에서 깨어난 말은 나를 보고 몸을 두어번 흔들어 제 주인을 깨웠다. 일어난 마부는 나를 보고 정말 오래 기다리고 있었다는 듯, 아무렇지 않게 말했다.

"이제 관광을 하셔야죠?"

"대성당에 가고 싶은데, 거긴 먼가요?"

고삐를 쥐고 있던 남자는 웃었다.

"온 만큼 가면 되죠. 아까 탔던 곳이 대성당 뒤쪽이잖아요."

나는 대성당에서 마차를 탄 적이 없었지만, 그럴 수도 있다고 생각했다. 혹시 또 누군가가 노래 속 주소를 찾아 이 골목으로 들어갔을지도. 마차는 마침내 익숙한 목적지를 찾았다는 듯, 경쾌하게 달리기 시작했다. 과달끼비르 강이 흘러가고, 황금의 탑이 솟아나고, 스페인광장이 더 둥글어졌다. 나는 남자가 추천하는 음식점 중 한곳으로 가보기로 했다. 남자는 내가 관광객의 동선을 충실하게 따른다는 사실에 흥이 난 것 같았다. 그러나 우리가 도착한 가게는 막 휴식을 알리는 푯말을 내건 뒤였다. 그 옆 가게도 마찬가지였다. 남자는 다음 골목에 더 좋은 곳이 있을 거라고 했다.

마차는 잠들기 시작하는 골목 위를 성실하게 달렸다. 자동쎈서가 부착된 복도를 걸어가는 것처럼, 마차와 마차의 그림자가 지나가면 자동적으로 그 골목의 집들이, 휴식에 빠져들었다. 그렇게 도미노 쓰러지듯, 하나둘 오후의 잠에 빠져드는 도시에서 조금씩 말발굽 소리가 느려지고 있었다. 이 발과 저 발 사이에 간극이 점점 더 길어졌고, 마침내 말이 멈췄다. 고개를 떨군 말의 갈기를 촘촘한 햇빛이 빗질하기 시작했다. 곧 마차의 네 바퀴가 말을 따라 쎄비야의 오후에 순응했고, 그림자가 조금 더 길어졌고, 마차는 조금 더 느려졌다. 태양이 조금 더 지면에 가깝게 내려앉았고, 나에게도 도둑이 왔다. 나는 적당히 데워진 태양 속을 서서히 통과하면서 잠들기 시작했다. 이미 졸고 있는 마차를 타고, 한없이 느리게.

낭만적 거짓과 잉여적 진실

강지희

1. 씨스템에 잽을 날리는 작가

윤고은은 씨스템을 상대로 섀도우 복싱을 하는 작가다. 정념이 개입되지 않은 재기발랄하고 위트 있는 문체가 속도감 있게 상황을 치고 빠지는 가운데, 일상의 사소한 문제에서 시작된 상상력이 그 몸집을 점점 불려가 사회 전체의 구조를 포괄적으로 짚어낸다. 작품의 환상적 색채가 강할수록 현실이 희미하게 알레고리화되는 경우가 많지만, 윤고은 소설의 상상력은 사회 작동의 메커니즘과 긴밀하게 연동되어 있어 환상이 펼쳐질수록 사회문제를 환기하고 공격하는 힘은 더욱 커진다. 장편 『무중력증후군』과 단편집 『1인용 식탁』, 그리고 최근 경장편 『밤의 여행자들』에 이르기까지 그를 가장 많이 수식한 단어는 '환상'이었으나, 그 환상은 방 안의 몽상에 그치지 않고 비가시적으로 교묘하게 목을 죄어오는 자본의 속성, 위태롭게 구축되는 도시의 허울을 겨냥하고 있었다. 그래서 그의 소설 속 배경은 인물 이상으로 역동적이고 힘이 세다. 끊임없이 무언가를 생산하고 소비하며 팽창해나가는 외부세계의 과잉된 생산성 앞에서, 순수하건 영악하건 어떤 개인도 불필요한 잉여로 지목되고 축출되는 것을 막을 수 없다.

이제 작가는 글을 쓰는 일조차 자본의 운용으로부터 자유로운 행위가 될 수 없음을 투명하게 직시한다. 「Q」는 더이상 사회에서 고립된 창작자로 남아 있을 수 없는 21세기 소설가의 곤경을 재치 있게 그려낸 소설이다. 여러 도시를 거쳐 Q로 온 소설가는 그가 거쳐온 동네들이 모두 부동산 값이 뛰었다는 점 때문에 사람들로부터 주목받고 "작가적 안목"(233면)이 있다며 칭찬받지만, 사실 "싼 보증금으로 갈 수 있는 전세를 찾다보면 재개발이 임박한 곳이 시야에 들어오게 되었던 것뿐"(233~34면)이다. 머무는 도시마다 재개발로 인해 쫓겨나 Q에 이른 주인공은 Q의 '문화산책도시 프로젝트'를 위한 장편소설 주문을 받아들이면서 아이러니하게도 재개발의 중심이자 동력이 된다. 그런데 그가 '말의 변비'라는 형이상학적 고뇌와 '장의 변비'라는 형이하학적 골칫거리 사이에서 전전긍긍하는 중에, 어느 순간 도시가 그의 소설을 앞지르기 시작한다.

"개울이 문젭니까, 산이라도 옮겨놓지요. 아름드리나무 같은 거 원하시면 작가님 방 창문 앞에다가 떡하니 만들어놓을 수도 있습니다. 지금 등장했거나 예상하신 것까지만 말씀해주셔도 됩니다. 영수증 처리하신다 생각하고 편하게 말씀하세요."

대답을 하지 않아도 될 거라 생각했지만 Q5가 계속 그의 말을 기다렸다. 무언가 대답해야만 할 시점, 그는 텅 빈 원고를 생각하며 말했다.

"허허벌판이라면 어찌 되는 겁니까?"

"허허벌판요? 소설에 허허벌판이 등장하나요?"

"지금은 그렇습니다만, 이 동네엔 너무 뭔가가 많아요."

(…)

"그렇다면 일단 허허벌판은 제가 한번 준비해보겠습니다."

(240~41면)

자본집약적 공간을 향한 도시의 조급한 욕망은 소설이 쓰이기도 전에 미리 앞질러 도시를 구성하고, 그렇게 만들어지는 것은 자본으로 환원되지 않는 '허허벌판'이다. 찬찬히 도시를 관찰하고 기록하는 낭만주의 문학의 '고독한 산보자'로서의 소설가는 이제 어떤 재현도 무력화하는 허허벌판 앞에서 망연해진다. 그의 소설보다 훨씬 빠른 속도로 '공백'을 생산해내는 도시, "모든 것이 꽉 찬 그곳에 오직 그의 자리만이 없었다."(246면) 산책로에서 똥을 싸고 프로답지 못하다는 이유로 구조조정당한 개를 보며, 변비에 걸린 작가는 자신의 처지가 그 개와 다르지 않음을 문득 깨닫는다. 끝없이 팽창해나가는 도시에서는, 소설을 생산하거나 생산하지 못하거나(싸거나 싸지 못하거나) 소설가는 결국 잉여로 치부되어 퇴출될 것이다. 소설의 말미에 이르러, 그는 도시를 벗어나기 위해 미완성의 산책로로 뛰어가기 시작한다. 그는 지금 밀려나고 있는 것일까, 탈출하는 중일까. 영원히 순환할 것 같은 원환궤도로부터 삐죽 튀어나온 짧은 선을 가진 대문자 'Q'는, 이 시대 거대한 자본의 중력으로부터 벗어날 수 있는 한줌의 가능성에 대해 윤고은이 진지하게 묻는 응답 없는 물음(question)이다.

2. 술과 장미의 시절은 가고

2010년대도 중반에 접어든 지금, 청춘들에게 술과 장미의 나날은 이미 한참 전에 종말을 고한 것처럼 보인다. 스펙과 무관한 어떤 일을 하는 것도 낭만으로 치부될 만큼 살아남는 것 자체가 벅찬 시대다. 이런 세태를 반영하듯 윤고은의 소설에는 고단한 비정규직과 실업자들이 자주 등장한다. 그들 위에는 "이렇게 해롱해롱해서야 되겠습니까?"(「해마, 날다」 142면)라며 끊임없이 '프로' 정신으로 각성해 몸 바쳐 일하길 요구하는 사람들이 버티고 서 있다. 더럽고 치사해도 이들은 분노를 꾹꾹 눌러담으며 열성적으로 일한다. 하는 일에 대한 애착이 남달라서가 아니라, 먹고살기 힘들고 재취업은 상상조차 할 수 없는 시대에 최선을 다해 몸을 사리는 것만이 현명한 처사로 여겨지기 때문이다. 이 숨 막히는 구조의 틈새를 뚫고 기상천외한 직업들이 등장한다.

「요리사의 손톱」은 지역신문의 광고기사에 'CHEF'S MAIL'이라는 음식점 이름을 'CHEF'S NAIL'로 잘못 기입하는 '정'의 작은 실수에서 시작된다. 이때부터 사무실 문 앞 지문인식기는 정의 지문을 잘 인식하지 못한다. 과로로 잠시 손의 좌우를 착각했을 뿐이지만 계속되는 지문 '불량 판정'은 그의 정체성이 아슬아슬한 벼랑 앞에 있음을 보여준다. 사회는 더이상 소란스럽게 굴욕적이고 압제적인 상황을 연출하지 않는다. 다만 어느날 기계의 인식불능 앞에서 작은 모멸감과 함께 자신이 씨스템 바깥으로 밀려났음을 정중하게 통보받는 개인이 있을 뿐이다.

진퇴양난의 상황에서 정이 찾은 새로운 직업은 '책벌레'다. 그는 매일 다섯시간 동안 지하철에서 특정한 책을 '시선을 끌며' 읽음으로써 그 책을 홍보한다. 지하철에서 스마트폰을 만지작거리는 대신 독서라니! 바람직하다 못해 숭고하게까지 느껴지는 독서가의 정체는 윤고은의 기발한 상상력 속에서 그저 마케팅을 위해 동원된 자본의 첩자로 드러난다. 「Q」에서 도시에 대한 소설이 쓰이기도 전에 그 도시 자체를 집어삼킨 자본은 이제 일상의 독서행위까지 포섭하며 진화한다.

정이 『민달팽이의 집』이란 책을 홍보하는 동안 계속 원점으로 돌아오는 순환선은, 자본주의사회 먹이사슬의 아래쪽으로 내려가는 것은 순식간이어도 이 바깥으로 빠져나가기는 어렵다는 사실을 넌지시 알려준다. 이 속도와 순환에서 자유로워질 수 있는 가능성을 문자 안에서 찾는 일에 대해 작가는 회의적인 듯하다. "책의 세계가 얼마나 황홀한지 아십니까? 여러분, 책으로 들어오세요" (212면)라는 뻔한 홍보성 멘트는 가장 끔찍한 방식으로 실현된다.

자신의 몸 하나 의탁할 공간을 찾지 못한 정은 책을 든 채 투신하고, 지하철 바닥을 기어가던 민달팽이가 밟혀서 초록 얼룩으로 남듯 평면의 세계에서 "행간으로"(223면) 남는다. 아직 이곳에 남아 있는 우리는 그 행간을 읽어낼 자격이 있을까. "거세당하지 않고 무럭무럭 발기한"(213면) 요리사–자본가의 손톱으로부터 언제까지 무사히 피해다닐 수 있을까.

「해마, 날다」에 나오는 회사 '해마005'는 술 먹고 하는 진상짓 중 최고봉이라는 음주통화를 '양성화'하기 위해 생겨난 회사다. 일분에 천오백원씩, 거의 해외로밍 수준의 요금이 부과되지만, 필름이 끊어지면서 필터 없이 토해지는 이야기들은 누설되지 않고 전문적으로 폐기처분된다.

'해마005'로 끊임없이 전화를 걸어오는 '당신'들이 수화기 너머로 전하는 많은 이야기들은 대개 취업난에 관한 것이다. 마치 텍스트 바깥에 자리한 독자들을 끊임없이 호명하는 듯한 수많은 '당신'들과 화자는 꽤 오랫동안 대화를 나누지만, 그럼에도 불구하고 어떤 유대감이나 연대를 형성하지는 못한다. '당신'과 '나'는 "어차피 될 놈은 다 되고 있다"(142면)는 의구심과 불안에 함께 발을 담그고 있으나, 그 유사한 실패의 감각은 공유되어 깊은 관계로 발전하기에는 너무나 미미하다. 이 연대 불가능성은 이십대를 하나로 묶어서 통칭하고 싶어하는 세대론의 맹점을 드러내는 것이기도 하다. 취업난이 전지구적으로 보편화되면서, 사람들은 오히려 그 안에 존재하는 미세한 온도차에 훨씬 민감해진다. '나'는 시종일관 친절하게 통화에 임하기는 하지만, 사귀는 사람을 '거래처'로, 결혼을 '정규직 전환'으로 비유하는 '당신'의 말에 어딘가 빈정이 상한다. 졸업을 거쳐 취업으로 이어지는 인생열차에서 "객실 문을 벌컥 열었는데 다음 객실은커녕, 암흑 같은 어둠만 꼬리처럼 달라붙는 그런 상황을"(145면) 경험해본 적 없을 '당신'의 그런 화법은 화자에게 사치스러움 이상도 이하도 아니다.

그러니 처음으로 오프라인에서의 만남을 제안한 어떤 '당신'과 '나'가 어긋나버리는 허무한 결말은 필연적인 것이 아닐까. '당신'이 비밀스럽게 전해준 '달은 누군가가 지켜보는 구멍'이라는 이야기는 언뜻 의미심장하게 들리기도 하지만, 그 이야기는 어떤 비밀도 경험도 담지 않은 채 익명의 사람들 사이에서 맥거핀처럼 돌고 돌 뿐이다. 공유될 수 있는 경험만이 이야기를 발생시키고 또 그 이야기에 가치를 부여한다면, 「해마, 날다」는 우리 시대에 공유될 만한 경험 자체가 너무나 드물고 희미함을 알려준다.

자신의 자리 하나도 지키기 어려운 각박한 현실 속에서 연대는 커녕 관계는 곧잘 치명적인 배신으로 치닫는다. 「P」에서 P타이어 직원들은 고가의 신제품인 캡슐내시경검사를 협찬받는다. 내키지 않지만 회사를 통해 들어온 제안이라 거부하기 어려운 이 검사에서 '장'의 몸 안으로 들어온 '해파리'는 배출되지 않는다. 단순히 속이 더부룩하고 이물감을 느끼는 것을 넘어, 장은 "자신의 모든 것이 캡슐내시경 해파리를 통해 어딘가로 보고될 것 같은 공포를"(170면) 느끼기 시작한다. 급기야 해파리는 몸 안에서 자라기 시작하고, 캡슐내시경에 들어간 성분 중 하나가 유해한 것이라는 기사가 돌면서 그는 P시의 '이물질'이 된다. 위기에서 벗어나기 위해 그가 택한 방책은 같은 이유로 회사에서 퇴출당한 동료가 회사를 고발하려는 계획을 유출하는 것이다. 동료를 배신한 댓가로 복직한 그의 사무실은 "땅 아래로 뚫린"(191면) 지하에 "꼭 스페어타이어를 만드는 틀과 같은 크기"(192면)다. 이곳에 들어서는 순간, 그는 자신이 펑크 난 타이어와 새 타이어 사이의 시간만 견뎌주면 되는 '스페어타이어'가 되었음을 직감한다. 이렇게 굴욕은 내재화된다. 우리 시대의 네트워크는 거듭되는 배신과 체념에 익숙해지며 살아남은 잉여분의 삶들로 우글거린다.

「요리사의 손톱」「해마, 날다」「P」 세 소설은 실직이라는 경험을 통해, 전체라는 개념에 포괄되지 못하는 잉여적 인물들을 포착한다. 물론 문학에서 백수라는 존재가 그렇게 새롭지는 않다. 그러나 이들은 권태롭게 유희를 즐기던 인텔리겐찌아 청년도, 일하기를 거부함으로써 씨스템에 제동을 거는 바틀비 같은 문제적 인물도 아니다. 이들의 비극은 이들이 어떻게든 유기적인 전체 속으로 통합되어 몸 바쳐 일할 만반의 준비가 되어 있지만 아무도 이들을 착취하지 않는다는 데 있다. 그렇다고 이들은 이런 상황을 냉소하거나 유희로 승화시킬 만큼 초연하지도 못하다. 그러니 잉여의 미학 같은 것은 애써 찾지 말자. 오히려 이 소설들에서 흥미로운 것은 잉여로서 선별되는 어떤 표지가 신체의 일부를 통해 나타난다는 점이다. 개별성을 보증하는 징표인 '지문'이 인식되지 않고(「요리사의 손톱」), 기억입력장치인 '해마'의 기능은 외부 업체에 맡겨지며(「해마, 날다」), 해파리는 '내장'을 돌아다닌다(「P」). 신체는 나의 의지 아래 통제되는 대상이기보다 몸 깊숙이 침투한 시선에 의해 투명하게 인식되는 동시에 끊임없이 정상/비정상으로 판별되는 대상이다. 표면적으로 외부의 강압이나 시선이 두드러지지는 않지만, 신체 내부에 이미 스며들어 있는 병리해부학적 시선과 자기규율은 끔찍할 만큼 이들을 죄어온다. 그러니 이 세 소설을 '미시권력 3부작'으로 묶어볼 수도 있겠다. 카프카 소설에서 인물들이 죄인으로 판정받았기 때문에 사후적으로 죄책감과 죄의 세목을 구성했던 것처럼, 이들은 잉여라는 표식을 신체를 통해 먼저 확인받았기에 결국에는 사회 바깥으로 떠밀려 잉여가 된다. 해부적 시선의 사회는 반드시 잉여를 찾아낸다.

3. 쇼는 계속되어야 한다

앞의 세 소설이 내밀한 신체의 일부를 통해 포섭과 배제의 잉여 정치학을 상연하는 사회를 포착했지만, 진화하는 자본은 점점 그 작은 증표조차 필요로 하지 않는다. 굳이 현장에서 지문을 검출하거나 돋보기를 들고 머리카락을 발견하지 않더라도 한순간에 범인의 수법과 동기까지 파악해버리는 고도의 지능적 탐정처럼, 자본은 비가시적인 동선 위에서 자신을 확장하는 중이다. 이를테면 후각으로 승부하는 향수를 파는 데 있어 이미지는 어떻게 동원되는가(「프레디의 사생아」). 여기, 빠리에서도 집세가 비싼 16구에 사업 전략상 세 들어 살게 된 남자가 있다. 사업을 어떻게 진행할지는 캄캄하지만, 화원 주인의 지나가는 듯한 질문에 답할 때조차 "이 도시를, 이 거리를 여유롭게 소비할 수 있는 이방인의 냄새를 풍기는 것"(16면)이 중요하다는 것을 간파하고 있는 이 남자에게 어느 날 노랫소리가 들려온다. 그 목소리의 주인공은 4옥타브를 자유롭게 넘나드는, 퀸의 전설적인 보컬 '프레디 머큐리'다. 그가 죽었다는 건 세상이 다 아는데, 도대체 어찌 된 것일까. 화원 주인은 그 집에 프레디 머큐리가 두해 정도 살았음을 알려주면서, 주인공에게 "이제 아는 사람만 아는 것도 좀 만들어봐요"(15면)라는 오묘한 말을 던진다.

이때부터 새로운 향수 브랜드의 이미지를 구축하기 위한 주인공의 활약이 시작된다. "벽의 균열인 줄 알고 닦았을 뿐인데 걸레에 딸려나온 머리카락 한올"(20면)은 프레디 머큐리의 머리카락으로 돌변하고, 그가 살았던 집 전체를 '볼거리'로 만들어간다. 드디어 향수계의 거물들과 언론의 관심이 쏟아지기 시작하고 향수 브랜드 출시 기념 파티가 성대하게 치러지지만, 더이상 그 모든 것의 시발점에 있던 프레디 머큐리의 노래에 신경 쓰는 사람은 없다. 소설의 마지막 문장은 이렇다. "이제 그 집에는 모든 것이 있다. 단지 프레디 머큐리의 목소리만 없을 뿐이다."(39면)

주인공에게 프레디 머큐리가 마지막으로 불러준 노래가 「Show must go on」이라는 사실은 의미심장하다. 원본인 그는 세상이 원하는 건 더이상 진짜를 엄정하게 가려내는 것이 아니라 진짜보다 더 그럴듯한 쇼를 보여주는 것이라는 사실을 호탕하게 받아들이는 것처럼 보인다. 프레디 머큐리가 진짜 그곳에 살았는지, 그 목소리와 머리카락의 주인이 진짜 프레디 머큐리인지 우리는 알 방도가 없지만 사실 알 필요도 없다. 세상이 요구하는 것은 그럴듯한 이미지를 입고, 그 환상이 균열되지 않도록 지켜나가는 것이다. 한때 공산주의혁명의 주축이었던 인물들까지도 아이콘화해서 염가로 매대 위에 올려놓는 자본주의는 프레디 머큐리 역시 편안한 소비상품으로 만든다. 사람들이 열광하는 프레디 머큐리의 아우라에는 동성애와 에이즈 등으로 고통받았던 한 인물의 복잡하고 균열된 내면이 완전히 거세되어 있으며, 심지어 그의 노래조차 궁극적인 관심의 대상이 아니다. 그렇게 프레디 머큐리는 성대를 빼앗긴 대신 무제한의 향락을 가능케 하는 이미지로 화해 이십일세기 인어공주가 된다. 그 이미지가 낳은 '사생아'들만이 지금 빠리 16구를 넘어 지구 곳곳에서 맹렬히 성장 중이다.

「프레디의 사생아」가 노래를 소거한 프레디 머큐리의 놀라운 가치 상승을 보여줬다면, 「월리를 찾아라」는 캐릭터의 숫자가 늘어나면서 자본으로서의 가치를 상실하는 월리를 보여준다. 마틴 핸드포드가 만들어낸 월리에 대해서 우리가 아는 건 인상착의 하나다. 게임의 유일한 규칙은 한 페이지 안에 사백명 정도 되는 군중들 속에서 월리를 찾아내야 한다는 것이다. 그런 월리가 1987년 영국에서 태어나 1990년 한국에 진출했다는 사실에는 절묘한 데가 있다. 이데올로기가 붕괴된 자리에 개인의 사사로운 일상과 취미가 들어서던 시기, 수많은 군중들 속에서 단 한명의 특정한 개인을 찾아내는 '현미경적 시선'에 대한 갈망이 게임 안에까지 스며든 것이다. 이로부터 이십여년이 흐른 지금, 부활한 월리는 거대 쇼핑몰을 서성이는 중이다.

리버씨티는 "백화점 일곱개를 합친 규모이지만, 그 안에서는 아무것도 판매하지 않"(78면)는 오로지 홍보만을 위한 공간이다. 그곳에서 월리로 변장한 '제이'가 맡은 임무는 사람들이 '좋아요' 스티커를 붙여줄 때마다 사과 한알 교환권을 나눠주는 것이다. 그런데 행사가 시작되고 상당한 시간이 흘렀는데도 제이는 '좋아요' 스티커를 구경조차 하지 못한다. "군중 속에 섞여 있어야 하지만, 절대 숨어 있어서는 안"(83면)된다는 손쉬워 보였던 과제는 메텔, 해리 포터, 뽀로로 등의 캐릭터와 이벤트가 넘쳐나는 이곳에서 더없이 난해한 것으로 변모한다.

'좋아요' 스티커를 위한 월리들의 쟁투는 한병철이 고찰한 대로 투명사회에서 긍정을 표방하는 방식을 보여준다. 투명사회에서 일반화된 판정의 형식은 '좋아요'다. 커뮤니케이션의 가치가 오직 정보 교환의 양과 속도로만 측정되는 곳에서 부정성은 커뮤니케이션에 장애가 될 뿐이기 때문이다. 정보는 계속해서 증가하고 축적되지만 여기에 의미있는 방향성이란 없다. 완벽하게 투명한 이곳은 철저히 탈정치화된 공간이다.[1] 경제는 문화를 관통할 때만 정치가 된다. 그러나 육십명의 월리들이 하나의 관리직을 놓고 싸워야 하는 리버씨티에서 그들이 자신이 처한 계급을 사유하고 연대하는 것은 사실상 불가능에 가깝다. 모든 것이 경제적 가치로 환원되는 이곳에서 제이는 인생 선배로 신뢰해왔던 소장조차 자신을 이용하려 했음을, 속물이 되지 않고서는 생존 자체가 불가능한 상황임

---

1) 한병철 『투명사회』, 김태환 옮김, 문학과지성사 2014, 26면.

을 깨닫는다.

소설은 형식적으로도 실제적인 주인공 제이를 객관화해 이름으로 부르고 캐릭터 윌리를 '나'의 자리에 둠으로써 제이를 철저히 소외시킨다. 서로의 스티커를 빼앗기 위한 치사스러운 분투에 휘말린 끝에 제이는 리버씨티의 육중한 유리회전문을 열고 나온다. "나 없어도 잘 돌아가네"가 아니라 "너 없으면 나는 안돼"(86면)라는 말을 하게 했던 한사람, 절박하고 애틋한 감정을 느끼게 해주는 '장'의 손을 잡고 리버씨티를 빠져나오는 마지막 장면은 이상적이다. 그럼에도 이 결말에는 어딘가 석연치 않은 데가 있다. 당장 또다른 아르바이트를 찾아야 하는 현실의 문제가 해결되지 않은 상태에서 단순히 리버씨티 바깥으로 나간다고 해서 욕망의 방향이 달라질 수 있을까? 제이는 모든 것을 포기한 순간조차 '좋아요' 스티커들이 붙자 진짜 챔피언이 되는 길이 멀지 않았다는 생각으로 황급히 되돌아가지 않았던가. 천안과 대전 사이에 있다는 리버씨티 바깥에는 어쩐지 더 광대하고 폭력적인 '씨(sea) 씨티'가 버티고 있을 것만 같다. 환상이 실재보다 더욱 실재적이고, 이미지가 원본을 압도하는 세상에서 쇼는 계속될 것이다. 그 쇼의 일부가 되지 않을 수 있는 가능성이 있을까?

4. 너무나 많은 오류의 아름다움

씨스템을 향해 결정타를 날리기 위해 불가피한 선택이었겠으나 앞에서 짚은 것처럼 윤고은의 소설은 인물보다 배경에 방점이 놓일 때가 많았고, 그 속에서 우리는 인물들의 실패나 죽음 앞에서 무감해지는 기이한 경험을 하기도 했다. 씨스템의 힘이 막강할 때 내쫓기거나 압사당해 얼룩으로 남는 인물의 운명이란 불가항력적으로 보였던 것이다. 세계는 미니어처처럼 매끈하게 구성되었고, 그 세계 속에서 인간들의 욕망이나 의지는 상대적으로 축소되어 있다. 인간의 삶은 그토록 허망한 것인가. 윤고은은 고개를 끄덕이는 듯했다. 끊임없이 잉여를 양산하고 축출하는 사회를 집요하게 그려낼 때, 거기에는 이런 사회에서 삶을 향한 열망이란 대개 음지 식물처럼 눅눅하고 불편한 것이 아닌지 회의하는 시선이 있었다. 그러나 최근 발표된 「알로하」와 「콜럼버스의 뼈」는 온화한 햇빛 아래 인물들의 기원에 놓인 공백을, 삶에 기입되지 않는 결락이 만들어내는 리듬을 펼쳐낸다. 이제 윤고은은 세계의 공백을 떠나와 인간 내면의 공백으로 파고드는 것처럼 보인다.

　「콜럼버스의 뼈」에서 주인공은 아버지를 찾기 위해 스페인의 쎄비야에 온다. 그러나 아버지가 살았다는 주소를 알아보는 사람은 아무도 없다. 삼십년 동안 친부모의 소식을 기다렸으나 여전히 자신의 기원을 알 수 없는 이 여자에게 찾아온 불면증은 깊고도 깊다. 쎄비야에서 아버지의 행보를 되밟는 일주일이 지난 후, 그녀는 자신이 찾고 있던 주소는 "오류에 의한 것으로 친부는 죽을 때까지 한국을 떠난 적이 없다"는 연락을 받는다. 그러나 일생을 건 존재 증명을 두고 어떻게 이 모든 걸 "단지 '오류'라고 말할 수 있단 말인가."(277면)

소설은 '오류'로 판명된 아버지의 주소에 살고 있는 '콜롬'의 가족들과 주인공을 조우하도록 이끈다. 그리고 주인공이 지닌 기원의 공백에 쎄비야 대성당의 콜럼버스 묘에 대한 이야기를 슬쩍 겹쳐놓는다. 아버지처럼 역사 속의 콜럼버스도 언제 어디서 왔으며 여기에 존재하기는 했는지 도통 알 수가 없는 인물이다. 그런데 몇 세기 동안 계속되어오던 콜럼버스에 대한 논쟁은 2003년 드디어 검증의 시간을 만난다. 콜럼버스의 관이 열렸고, 스페인, 이딸리아, 뽀르뚜갈 등지에서 천여명이 자신의 DNA를 자료로 제공했다. 콜롬의 가족들도 그때 타액과 머리카락을 보내지만, 연구는 별다른 성과를 내지 못한다. 현재의 과학기술에서 콜럼버스의 뼈는 해독되지 않는 암호로 남는다. 하지만 어떤 것도 증명해내지 못하는 콜럼버스의 뼈는 오히려 아버지가 다른 콜롬의 다섯 남매를 모두 '콜럼버스의 형제들'로 묶어놓는 유쾌한 기적을 선사한다. 콜럼버스의 뼈 아래 인류는 하나다. 기원이라는 것이 인류 전체가 짊어진 모호한 문제라는 것이 밝혀지는 순간, 유머의 은밀한 빛은 아버지라는 생물학적 기원의 공백을 부드럽게 덮어낸다.

그러니 '오류'로 시작된 쎄비야 여행이 단지 아버지를 찾지 못했다고 하여 기적이 되지 말란 법은 없을 것이다. 콜롬의 가족은 아버지를 찾기 위해 스페인까지 온 주인공의 오랜 횡설수설을 들어주고 위안의 말을 전하려고 애쓰며, 콜롬의 큰누나는 주인공이 찾으려 애썼던 엉뚱한 주소가 어느 노래의 가사라는 걸 알아낸다. 그녀의 노래를 듣는 동안 주인공은 자신 안의 어떤 공기가 역류하고 비로소 편안해지는 걸 느낀다. 그들은 "나에게 아버지가 이 곡

을 들려주고 싶었던 모양"이라고, "이 수첩 속 주소가 내게 온 데에
는 바로 그런 이유가 있었던 모양"(285면)이라고 말해준다. 때로 삶
의 의미는 이렇게 예상치 못한 샛길에서 찾아지기도 한다. 주인공
의 기원은 여전히 공백으로 남아 있으나, 그 밤 아버지는 노래 속
에 있었고, 그 밤의 전율은 오래 지속된다. "오랫동안 너를 보지 못
했지/수많은 밤이 흘러갔지/그러나 밤은 테이블일 뿐/긴 밤은 조
금 더 긴 테이블일 뿐/너와 나는 그때부터 지금까지 아주 긴 밤을
사이에 두고/조금 떨어져 있을 뿐."(284면)

　이 담백한 인생 예찬의 우아한 선율을 뒤로하고 이 소설집 안에
서 가장 아름다운 소설인 「알로하」로 넘어가야 하겠다. 온화한 호
놀룰루의 햇빛 아래, 지역신문사 '넥스트 호놀룰루'에서 부고기사
를 맡고 있는 주인공 '나'가 있다. '나'가 하는 일은 지역 내의 누군
가가 죽으면 그 사람의 삶에 대해 타블로이드판 두면을 할애해 기
사를 쓰는 것이다. 그런 어느날 '윤'이라는 인물이 자신이 대장암
말기 판정을 받았다며 미리 자신의 부고기사를 부탁해온다. '나'는
그의 이야기를 열심히 듣는다. 하와이에 도착한 후 그의 친구 '빌
리'와 그의 인생이 절묘하게 갈리던 순간에 대해, 대여한 차를 길
가에 세우고 잠이 든 사이에 코코넛 열매들이 떨어져 차가 망가졌
던 사건에 대해, 그 코코야자 주인 '에이미'와 사랑했던 시절에 대
해, 에이미가 떠나고 남은 빈자리에 대해, 그때 자신을 구원한 파도
와 써핑에 대해. 그러나 그에게 에이미를 찾아주려는 순수한 의도
로 검색 싸이트를 열었을 때, '나'는 경악할 만한 사태에 직면한다.

당신이 내게 말해준 이야기들은 정작 당신의 것이 아니었다. 당신의 이야기는 대부분 당신이 겪은 것이 아니라 읽은 것이었다. 당신이 읽은 이야기들은 모두 거리에서 시작된 것이었다. 신문지 위에 몇줄로 남은 인생들을 당신은 덮고 자다가, 깔고 앉다가 읽게 되었고, 읽은 말들을 기억하게 되었다. 말은 말과 만나 더 크게 몸을 부풀렸다. 그러다 어느 시점에는 그 말이 원래 누구의 것이었는지 불분명해지고 말았다. 그래서 그 말들은 다시 당신의 것이 되었다.(64면)

수첩 속 그에 관한 메모들은 하나씩 지워진다. 심지어 서류상으로 그는 이미 오년 전에 죽은 사람이다. 노숙자인 그는 아마도 오래전에 누군가에게 신원을 팔았을 확률이 높다. 이 모든 것은 "아주 흔한 줄거리"였으나 "기사화할 수 없는 오류"(65면)로 남는다. 그는 타인의 인생을 기워 자신을 덮을 수밖에 없던 텅 빈 공백의 존재였던 것일까. 하지만 어느 주말 아침, 호놀룰루에 처음 온 그가 차를 빌려 달렸을 경로를 똑같이 따라 달려보던 주인공은 급작스러운 비를 피해 우연히 들른 집에서 놀라운 경험을 한다. 1989년 12월에 뉴욕에서 날아온 비행기, '빌리'라는 사람의 존재, '에이미'라고 붙어 있는 문패 등 그곳에서 발견된 몇조각의 진실들은 이제 그의 말이 어디서부터 어디까지 진실이고 허구인지 도저히 알아볼 수 없게 한다. 분명해진 단 하나의 사실은 '윤'이라는 대상에 대해 결코 단 하나의 진실된 서사를 구성하고 확정할 수 없다는 것이다. 그는 이해의 범주를 넘어 존재한다.

여기서부터 소설은 다시 시작된다. 대개 한사람의 삶이 종결되면 우리는 그가 남긴 것들을 통해 그의 정체성과 삶의 의미를 사후적으로 서사화한다. 그런데 이 세상에 분명히 존재했던 한사람이 있으나 그가 남겨놓은 것이 오직 확인할 길 없는 농담처럼 타인의 인생들을 꼴라주한 이야기뿐이라면, 그는 어떻게 기억되고 또애도될 수 있을 것인가. 그는 상징질서 속에서 도저히 포착해낼 수없이 내밀하게 누락된 개인의 총체다. 사실 우리는 체험하는 모든것들을 기억하는 것이 아니라 의식화되는 것들, 사유망에서 관찰되는 것만을 기억할 수 있다. 우리는 아는 것들을 기억하지만, 나머지는 모두 붙잡을 수 없는 이미지로서만 간신히 존재한다. 매일 오후 세시에 부고기사를 마감하지만 그 내용을 한줄도 제대로 기억하지 못하는 '나'는, 사실상 무심함 속에서 소멸되는 이미지 속으로 그들의 생을 밀어넣고 있었던 것이다. 그러나 윤은 타인의 인생에 대해 거듭 읽음으로써 이제는 세상에 부재하는 타인에 대해 몇줄로 남은 문장들을 자신의 생 안으로 새겨넣는다. 경험한 바 없으나 자신의 것으로 들어온 타인의 이야기들은 내 것이 아니므로 여전히 거짓일까.

그럴 수는 없을 것이다. 윤의 이야기는 한 인생이 언어 속에서깔끔하게 정리될 때가 아니라 그 언어에 투신하고 응답하는 누군가가 있을 때에만 보증될 수 있다는 것을 다시 한번 알려준다. 아감벤이 미디어 테크놀로지 속에서 점점 공허해지는 말들 가운데'맹세의 고고학'을 끌어내는 논지가 이와 같다. 인간의 언어는 "참말과 거짓말의 가능성에 공기원적으로 노출되어 있는 생명체가 자

진해서 자신의 말에 대해 자신의 생명으로 응답하는 순간에만, 일 인칭으로 그것들에 대한 증인이 되는 순간에만 산출될 수 있"[2]다. 'One wave one man', 한 파도에 한사람씩 즐기라는 써핑의 규칙을 따라 풀어낸 그의 이야기는 무심하게 흘러가는 인생의 한 자락들을 끌어모아 성좌처럼 구성해낸다. 그는 타인의 생이 만들어내는 경사진 파도 위에 두려움 없이 가장 오래 머물렀고, 그 파도의 무너짐에 가장 두려움 없이 자기 몸을 맡긴 써퍼였다. 이는 또한 소설가의 본령이 아닌가. 작가는 오직 씀으로써 기억하고, 기억하는 타인의 생 안에서만 존재한다.

애도와 기억의 문제를 파고드는 이 소설들은 윤고은의 소설세계에 중요한 변곡점을 이루는 것처럼 보인다. 그간 윤고은의 소설에서 등장인물들은 독자가 감정을 이입할 만한 내면을 거의 드러낸 적이 없었다. 작가의 재기발랄함은 때때로 인물을 캐릭터라기보다 자신의 독특한 공상을 진행시키는 데 필요한 피조물로서 다루곤 했다. 그것은 서사의 흥미진진하고 빠른 전개에 효과적으로 복무했지만, 인물의 심리적 고통에 무심한 것은 아닌지 하는 일말의 의심을 품게도 했다. 그러나 이제 인물들은 사회에서 잉여로 퇴출되는 상황에 연연하는 대신, 모든 사람의 내면에 투명하게 설명되지 않는 잉여적인 지점을 응시한다. 끊임없이 어긋나고 상실되는 삶 속에서 그 의미를 찾는 것은 쉬운 일이 아니다. 삶의 의미를 파악하는 해석학적 능력은 개인의 것이기도 하지만 사회에 축적된

---

2) 조르조 아감벤 『언어의 성사』, 정문영 옮김, 새물결 2012, 143면.

문화의 산물이기도 하기 때문이다. 이미지들로 허구적인 욕망을 추동시키는 동시에, 다른 한편으로는 불필요한 노동력을 바깥으로 내쳐버리는 사회 속에서 삶의 의미란 공백을 덮으려는 허황된 '낭만적 거짓'에 불과하기 쉽다. 그러나 윤고은의 소설은 사회가 권하는 낭만적 거짓을 뛰어넘어, 오류로 시작되고 신기루처럼 지탱될지라도 모든 삶에는 가치있는 '잉여적 진실'이 있다는 뜨거운 깨달음에 도달한다. 그 진실이 텍스트 속의 낙원과 익명적 행복에 머무는 것이 아니라, 공백으로 존재해온 익명적 불행을 오래 기억하려는 노력으로서 나타난다는 것은 일말의 구원처럼 느껴진다. 빨라지고, 더 기괴해지고, 해독할 길이 없는 괴물 같은 세계에서 필사적으로 이 질서에 순응하지 않을 수 있는 길을 찾아내며, 그렇게 윤고은의 세계는 점점 넓어지고 있는 중이다.

姜知希 | 문학평론가

모든 일이 그렇겠지만 책 역시 누구 한사람의 힘으로 태어날 수는 없다. 여기 2010년부터 2013년 사이에 쓰인 아홉편의 이야기가 있다. 그들을 한권의 책에 담는 동안 시간과 마음을 내어주신 분들께 고맙다는 말을 전하고 싶다. 특히 김인숙 선생님, 강지희 평론가, 윤자영 편집자를 비롯한 창비 식구들께, 책이 아직 책이기 전부터 귀 기울여주셨던 분들께 감사드린다.

그리고 당신에게.

어떤 말을 전하고 싶은데, 어느 산책로에서 만났던 풍경 하나가 떠오를 뿐이다. 기억은 바다가 보이는 골목에 의자 두개가 나란히 앉아 있는 장면으로 시작한다. 하나는 바퀴 달린 회전의자로 누군가의 책상 앞에 머물다가 늙어버린 것 같다. 다른 하나는 사인용 식탁 세트의 한 축을 담당했을 것이 분명한 나무 의자다. 두 의자는 애초에 실내용으로 만들어진 것. 그러나 지금은 문밖에 나란히 앉아 바다를 바라보고 있다. 길을 걷다 우연히 마주쳐 합석한 것처럼, 꼭 그렇게 앉아 있다.

이 기억은 의자 두개가 나란히 앉아 있는 장면에서 시작해서 그 장면으로 끝난다. 의자들은 그 자리에 가만히 있을 뿐이지만, 그 풍경을 바라보는 것만으로도 나는 수만 킬로미터를 걸은 듯하다. 원래 집 안에 있던 가구였기에, 생활의 흔적이 묻어 있는 것이기에 더더욱, 그 의자에 앉는 사람이 궁금해지는 것이다. 의자를 저 자리에 옮겨놓은 사람이, 의자가 기다리는 사람이 궁금해지는 것이다.

나는 지금 그 의자처럼 문 밖에 앉아 있다. 지붕 없는 길가에 앉아 사람들이 걸어가는 것을 본다. 외로워지면 이런 상상도 한다. 누군가가 곁에 다가와 이 일광욕에 동참하지 않을까, 하는. 그게 당신이라면 어떨까. 우린 닮은 구석이 전혀 없지만 합석한 저 의자들처럼, 꽤 잘 어울릴지도 모른다.

2014년 6월
윤고은

수록작품 발표지면

프레디의 사생아 ······『문학사상』 2013년 8월호

알로하 ······『대산문화』 2013년 여름호

월리를 찾아라 ······『창작과비평』 2012년 겨울호

사분의 일 ······『끝까지 이럴래?』(한겨레출판 2010)

해마, 날다 ······『세계의 문학』 2010년 여름호

P ······ 문장 웹진 2011년 11월호

요리사의 손톱 ······『문학동네』 2010년 겨울호

Q ······『한국문학』 2010년 여름호

콜럼버스의 뼈 ······『도시와 나』(바람 2013)

알로하

초판 1쇄 발행 • 2014년 6월 25일
초판 2쇄 발행 • 2021년 11월 9일

지은이/윤고은
펴낸이/강일우
책임편집/윤자영
펴낸곳/(주)창비
등록/1986년 8월 5일 제85호
주소/413-120 경기도 파주시 회동길 184
전화/031-955-3333
팩시밀리/영업 031-955-3399 · 편집 031-955-3400
홈페이지/www.changbi.com
전자우편/lit@changbi.com